OMNIBUS

Giuseppina Torregrossa

IL SANGUINACCIO DELL'IMMACOLATA

MONDADORI

Della stessa autrice in edizione Mondadori

Il conto delle minne
Manna e miele, ferro e fuoco
Panza e prisenza
La miscela segreta di casa Olivares
Il basilico di Palazzo Galletti

librimondadori.it

Il sanguinaccio dell'Immacolata
di Giuseppina Torregrossa
Collezione Omnibus

ISBN 978-88-04-70969-5

Pubblicato in accordo con Grandi & Associati, Milano
I edizione novembre 2019

IL SANGUINACCIO DELL'IMMACOLATA

A Paolo, a conti fatti

Se non avessi visto il sole
avrei potuto sopportare l'ombra,
ma la luce ha reso il mio deserto
ancora più selvaggio.

E. DICKINSON

I held a knife against her breast
As into my arms she pressed
She cried "oh Willie, don't you murder me
I'm not prepared for eternity".

AUTORE SCONOSCIUTO, *Banks of the Ohio*

SANCIELU DUCI ALLA TRAPANESE
(Sanguinaccio)

Il nome origina da due parole, "sangue" e "gelo", e significa "sangue rappreso". Il sanguinaccio in origine era una preparazione salata e nel tempo è diventato un dessert, molto diffuso in Sicilia.

Ingredienti:

Latte: 1 litro
Sangue: 1 litro
Zucchero: 500 grammi
Amido di farina: 500 grammi

Mescolare gli ingredienti a freddo; portare a bollore mescolando; togliere dal fuoco appena si addensa. Aggiungere scaglie di cioccolata amara e zuccata. Spolverare con cannella e graniglia di mandorle.

Parte prima

L'IMMACOLATA

CUCCIDDATU
(Buccellato)

Il nome deriva dal tardo latino *buccel-latum*, pane atto a essere trasformato in buccelli, cioè in bocconi, per la sua morbidezza.

Per la pasta:

Farina: 1 chilo
Zucchero: 350 grammi
Uova: 8
Sale: 1 cucchiaino
Poco latte

Per il ripieno:

Uova: 2
Fichi secchi ammorbiditi e tritati: 750 grammi
Gherigli di noce: 275 grammi
Cioccolata a scaglie: 100 grammi
Mandorle tostate e tritate: 375 grammi
Uva passa: 250 grammi
Pistacchi: 100 grammi
Cocuzzata a dadolini: 500 grammi
Chiodi di garofano ridotti in polvere: 5
Cannella: 1 cucchiaio
Buccia di un'arancia disseccata e tritata

Impastare fino a ottenere una pasta di consistenza media. Ricavarne una sfoglia e delle corone circolari. Riempire la corona e congiungere in alto i lembi fino a ottenere una ciambella. Infornare a fuoco moderato per 30 minuti.

1

7 dicembre

Si era svegliata con una sensazione di malessere. Il braccio, incastrato sotto il corpo, formicolava. Lo tirò fuori con lentezza, ché le sembrava di averlo di legno. Stropicciò una contro l'altra le falangi intorpidite, il sangue ricominciò a scorrere. Accese poi la lampada sul tavolo vicino, erano appena le quattro del pomeriggio. L'ombra viola di un tramonto precoce si allungava sui tetti di Palazzo Cattolica e scivolava tra le tende del salone. Sollevò il capo per guardare fuori, non pioveva, ma nubi gravide d'acqua nascondevano il cielo e il mare. L'orizzonte era un muro compatto che l'occhio non riusciva a bucare. Ricadde indietro. "Ancora un po' e mi alzo" e invece si raggomitolò sotto la copertina.

Negli ultimi tempi le capitava spesso di sentirsi stanca, così durante la pausa pranzo lasciava l'ufficio e cercava ristoro nel suo appartamento. Nell'ingresso si toglieva le scarpe con uno scarto nervoso dei piedi, le lanciava lontano, allargava le dita mugolando di piacere e, con il cappotto ancora indosso, si sdraiava sul divano. Il tepore del riscaldamento, il profumo di anice e cannella che risaliva dal vicino forno lenivano in parte l'angoscia, che dall'inizio dell'autunno non le dava tregua. Accendeva quindi la tv e subito la stanza si riempiva di un cicaleccio insensato.

Consegnava l'anima alla presentatrice di turno e scivolava in un sonno senza sogni.

Di solito le bastavano un paio d'ore di fiduciosa solitudine per ritrovare se stessa, ma talvolta il disagio tardava ad andarsene. Allora era capace di fregarsene del lavoro, sprofondando in uno stato di abbrutimento totale. Gli occhi vagavano dal soffitto allo schermo, la testa in una nebulosa di pensieri malmostosi. Ogni tanto la abitava un desiderio inconfessabile, che lei cercava di allontanare respirando. Quello sembrava ritirarsi, ma poi di nuovo tornava a bussare ai margini della coscienza e man mano diventava un gorgo che la tirava giù, sempre più giù. Allora si girava e rigirava tra i cuscini, affondando la faccia nei risvolti del cappotto, finché esasperata se ne andava in cucina, apriva il frigo o la dispensa, riempiva le mani di biscotti, il piatto di formaggi, le tasche di mandorle e patatine. Masticando e ingoiando, il gorgo sfumava in acquitrino; e lei si trovava piena ed ebbra, a fare i conti con un pervicace senso di colpa.

"Adesso vado a camminare." Marò scalciò via la copertina, scattando in piedi. Qualche sporadica passeggiata era l'ultimo, in ordine di tempo, tentativo di fronteggiare la sua insoddisfazione.

Fu in quel momento che un tuono roboante fece vibrare i vetri. Bagliori sinistri luccicarono dietro le tende e l'inverno arrivò con una fitta grandinata. Il freddo irruppe inaspettato dalle imposte e scompaginò il suo fragile equilibrio. "Sono sola" si disse e rabbrividì. Aveva affrontato semplici delinquenti, latitanti, boss; maneggiava le armi con disinvoltura, ma i temporali le facevano paura. Lottò contro il vento e la voglia di piangere mentre cercava di chiudere le persiane. Accese poi tutte le lampade della casa, illudendosi che la tristezza potesse svanire insieme alle tenebre; ma la luce è nell'animo umano, e il suo in quel momento brancolava nel buio.

Chicchi grandi come ceci martellavano contro il tetto che rimbombava di un suono cupo. Lei tratteneva il respiro; le bruciava nella gola un saporaccio acido, così potente che cominciò a tossire. Si ricordò di non aver pranzato e se ne andò in cucina, ci voleva qualcosa di sfizioso. Nel frigo trovò petti di pollo ingialliti, foglie di cicoria incrostate di terra, carote legnose, mele ammaccate, cachi mollicci, formaggi ammuffiti. Nella dispensa briciole di biscotti, pacchi di pasta avanzati. Da quanto non faceva la spesa? Da quando non aveva più un uomo da nutrire. Sospirò ricordando il ruvido Sasà, i loro pranzi silenziosi, e si attaccò infine senza ritegno al tubetto di maionese. Succhiò con la vigoria di un neonato affamato il sottile filo cremoso, pieno di conservanti. Un'onda di endorfine si abbatté su di lei, fino a saturare i recettori cerebrali, i suoi muscoli si rilassarono. Stava meglio, ma una nausea dispettosa la colse di sorpresa. Cercò qualcosa di dolce, che facesse da contrappeso all'eccesso di sale ingurgitato. Trovò solo un pezzo di pane rinsecchito, non bastò. Aprì il barattolo dello zucchero, ingoiò un paio di cucchiai e allora si placò.

La bulimia, il mostro che aveva reso infelice la sua adolescenza, sembrava essersi risvegliata senza una ragione apparente. E lei si era abbandonata a quelle fauci impietose con una sorta di piacere masochistico. Pochi minuti e si sentì peggio; il senso di colpa, ah lo conosceva bene quel macigno che le schiacciava il petto, era comparso come al solito dopo ogni abbuffata. Raggiunse il letto e si accasciò come ubriaca, le labbra ancora imperlate di quei dolci cristalli. Non si addormentò, ma rimase inebetita a commiserarsi. L'antica fragilità, celata sotto la divisa e il ruolo, era venuta a galla. Colpa dell'età, del fidanzamento interrotto di recente, dei brutti ricordi. Perciò si era rifugiata tra le braccia di Marina. Già, Marina, la sua algida amante, le cui attenzioni distratte non erano bastate a colmare il senso di vuoto. Lei, che aveva bisogno di sentirsi unica, si era trovata a competere con quel damerino di Filippo e tutta la mondanità palermitana. No, non le piaceva più la sua vita sovvertita, ma come inventarsene una nuova?

Si riscosse che erano già le otto, era di cattivo umore. L'aspettavano per la cena della vigilia, doveva fare in fretta. La sua amica l'aveva lavorata ai fianchi con una insistenza manipolatoria, finché lei aveva accettato l'invito. Ci sarebbero stati tutti quelli che contavano nella solitaria villa di via Imperatore Federico. Marò odiava quelle riunioni di cosiddette "persone perbene" a base di formaggi francesi e pettegolezzi nostrani, con l'aggravante delle feste natalizie.

Ogni anno a Palermo, in osservanza a una consolidata tradizione, dal sette dicembre al sette gennaio tutta la cittadinanza, senza distinzione di ceto, veniva posseduta dal demone del gioco. Nelle aristocratiche dimore del centro, nelle lussuose ville della periferia, negli attici dei palazzi borghesi, negli umili catoi dei quattro mandamenti, uomini, donne, persino i bambini, si svergognavano i gioielli di famiglia, le eredità dei nonni, gli ingenti patrimoni frutto di frodi sfacciate o i modesti risparmi accantonati in un anno di onesto lavoro; e all'occorrenza persino la tredicesima, rinunciando ai regali per i figli o al gruzzoletto messo da parte per le emergenze, né si salvavano gli spiccioli del salvadanaio di creta. Lei però non avrebbe giocato, l'aveva detto chiaro a Marina.

Pioveva ancora. La coperta le si era arrotolata attorno al corpo: tra le lenzuola ordinate, la sua sagoma si disegnava come un salsicciotto. Marò sollevò la testa dal cuscino, le venne voglia di vomitare e subito ricadde indietro. "Le grandi abbuffate si portano dietro le stesse conseguenze delle sbronze" pensò. La sua pancia tesa gorgogliava come una pentola di fagioli. La massaggiò con delicate carezze, quella sembrò chetarsi.

"Settembre, ottobre, novembre... sono tre mesi oramai!" Le sfuggirono un sospiro e una lacrimuccia. Mai avrebbe immaginato che quel buzzurro potesse mancarle tanto. E pensare che ai tempi, quando lui e Lobianco se la contendevano, era stata lei a rifiutarlo. A fatica si mise seduta. Un tepore languido irradiava dal parquet. Aveva fatto bene a scegliere quel tipo di riscaldamento. Niente termosifoni alle pareti, che così si dispiegavano dritte e tese come vele al vento. E poi vuoi mettere la soddisfazione di poter far l'amore sul pavimento senza gelarsi le chiappe? Già, se solo lui non se ne fosse andato alla fine dell'estate.

In bagno salì sulla bilancia. "Sessantadue chili. Se continua così finisco su Real Time in *Vite al limite.*" Stava sviluppando una vera ossessione per il peso. Se la prese con Marina. "Ogni sera una festa, ogni festa una cena."

S'infilò sotto l'acqua fredda, come faceva Sasà quando non si sentiva in forma. Quante cose le erano rimaste appiccicate addosso dalla vecchia relazione. Sentì la nuca irrigidirsi e tante punture di spillo al cuoio capelluto. Contò fino a dieci e chiuse il rubinetto. Una vampata calda si diffuse dalle tempie al collo. Avvolse i capelli in un asciugamano, si guardò allo specchio e quello che vide non le piacque. "Che faccia abbufficata!" si lagnò. "Certo che così non mi vuole nessuno."

Le palpebre erano gonfie e gli occhi quasi non si vedevano; un brufolo campeggiava al centro del naso. "Come si cambia in fretta superati i quaranta!" constatò. "A che sei bella come un'alba radiosa, a che diventi un tramonto cupo." Montava dentro di lei il bisogno di conforto, la voglia di un abbraccio, di un bacio consolatorio.

Si truccò con cura per nascondere i segni della sua infelicità.

"Che mi metto?" si chiese facendo scorrere le mani sulle stampelle. Afferrò un tubino color pavone con una profonda scollatura sulla schiena, il suo vestito preferito. Non lo metteva da un po', perciò ci rimase male quando la gonna si arrestò inesorabilmente all'altezza dei fianchi. Tirò in dentro la pancia, trattenne il respiro, forzò le cosce una contro l'altra, il tessuto si sgranò con un sibilo. Imprecò e passò a una sottoveste di raso lucido dalle spalline sottili, che scivolò sulle sue curve senza difficoltà; ma era troppo corta e le ginocchia sbucavano come pagnotte dall'orlo irregolare. Quel corpo che non riconosceva più come suo le procurava imbarazzo, quasi vergogna. Ripiegò sullo smoking, "il nero sfina". Ma i pantaloni non si chiudevano e la giacchina smilza si arricciava impietosa all'altezza delle spalle. Un abito di maglia scuro e informe fu la soluzione più dignitosa. Chiamò un taxi, inutile pensare di usare la Vespa sotto quel diluvio.

2

Da piazza Croci fino alla Statua i lampioni non funzionavano. «Appena fa due gocce d'acqua...» attaccò turilla il tassista. Marò ne aveva le tasche piene dei lamenti dei suoi concittadini. Per loro la colpa era sempre degli altri. Perciò fece finta di rispondere al telefono. Anche il viale di ingresso alla villa era quasi al buio. La pioggia aveva spento torce e candele, l'autista si addentrò incredulo in un bosco di sughere e lecci. «In piena città!» continuava a ripetere con gli occhi sgranati, un po' per l'oscurità, un po' per la meraviglia. Un palmeto di washingtoniane, disposte in cerchi concentrici, circondava un'ampia serra in stile inglese. Dietro i vetri appannati si muovevano le sagome degli invitati.

Il portiere in livrea pagò il taxi e la scortò con l'ombrello fin sulla porta. Lo spazio, un ampio rettangolo arredato con mobili coloniali, era diviso in quadrati simmetrici da vasi di terracotta. Al centro, tra piante grasse e rare orchidee fiorite fuori stagione, un lungo tavolo brillava di argenti e cristalli. Candide la tovaglia e le porcellane. D'avorio i manici delle posate, bianca la padrona di casa strizzata in un modello sirena, che le andò incontro con un sorriso trattenuto, il labbro superiore appena arricciato sopra una fila di denti perfetti. Sembrava contenta di vederla. La prese per la vita e la condusse al buffet. Il profumo arrogante del tartufo competeva per intensità con quello dei fiori e delle sofisticate essenze delle signore. Marò lanciò uno sguardo distratto al cibo, ché ancora la nausea non era passata del tutto. Rifiutò le panelline croccanti tempestate di semi di finocchio, le languide crocchette di latte, le arancinette marezzate di ragù, lo sfincionello di Bagheria soffice di ricotta, i calzoncini ripieni e fritti.

Accettò il calice di champagne, un bicchiere in mano le servì a darsi un tono. Brindarono insieme alle feste, al Natale, all'anno nuovo, all'amicizia. Poi Marina fu risucchiata dagli ospiti e lei cominciò a passeggiare tra divanetti bianchi e composizioni floreali, combattendo la consueta guerra contro se stessa. "Niente" si ripeteva. "Neanche un pezzettino, un boccone..." ma nella sua testa echeggiava una vocina. "Magari un timballetto di pasta al forno?" "No, gronda sugo e trasuda formaggio; quello me lo ritrovo tutto sulle cosce." "Ma è piccolo, che ti deve fare? Oppure il panino con la milza, è tanto nicu ca pare un bonsai!" Le porzioni in effetti erano minuscole, l'abbondanza in quella cerchia di persone era qualcosa di sotterraneo, un segreto, persino uno stigma.

Lo champagne intanto l'aveva resa molle e la sua determinazione cominciava a vacillare. Ma quanto poteva ancora resistere alle carni selezionate, alle aragostine di Sciacca? E alle tartare di tonno, di salmone e pesce spada, di fassona, di cavallo? Furono i dolci, tremolanti gelatine al limone, creme speziate alla cannella, all'anice, cannoli con spuma di ricotta, buccellati densi di miele e pistacchi, a farla capitolare, e le sue dita infine si allungarono sugli choux al cioccolato.

Poi i camerieri portarono via piatti sporchi e rimasugli. Comparvero tavoli da gioco, tappeti verdi, mazzi di carte e una roulette. Filippo, le labbra scure di libidine, gli occhi rimpiccioliti dal vizio e dall'alcol, inaugurò la stagione del gioco con il lancio di una pallina bianca. «Pronti?» urlò, la bocca umida di saliva. L'annuale rito di disfatta collettiva prese il via tra applausi ed esclamazioni di gioia. Sventolando banconote e libretti d'assegni, gli ospiti si buttarono a capofitto nell'azzardo e nelle scommesse.

Marò, annoiata, cercava un modo per ingannare il tempo, la sua amica si sarebbe offesa a morte se lei fosse andata via così presto. Riempì le tasche di scaccio e si mise comoda su una poltrona nascosta dentro una cascata di ortensie vaporose. Smangiucchiò semi di zucca e noccioline, finché la frustrazione che le derivava dal confronto tra la sua mise arrangiata e l'eleganza sfarzosa delle altre superò il limite del sopportabile. Si sentiva un'isola in mezzo al mare; nessuno sarebbe approdato alla sua spiaggia. Decise allora di fregarsene dell'amica e di andar via senza salutare. Chiamò un taxi, non ottenne risposta. Fece il numero di tutte le cooperative della città, ma un disco le ripeteva la medesima frase: "Al momento non ci sono vetture disponibili". Pioveva ancora, le gocce formavano strie, ghirigori e girandole sui vetri della serra. Li fissò a lungo, rimanendo ipnotizzata; infine si addormentò. Fu svegliata da Marina con un lieve tocco del braccio. «Che ora è?» chiese stropicciandosi gli occhi. «Le cinque, mi pare.» «Ero stanca» si scusò. «Non preoccuparti» l'altra le accarezzò il viso. Marò ebbe l'impressione che la guardasse con compatimento; ci rimase male.

Gli ospiti erano andati via. Nella serra umida le governanti dai grembiulini neri, un esercito di solerti formichine, lavoravano senza tregua. Era quasi giorno, ma l'alba stentava a penetrare la spessa albuginea frapposta tra la terra e il cielo. «Ti accompagno a casa» sussurrò Marina, aiutandola a mettersi in piedi. La sua voce era impastata dall'alcol. Marò la allontanò con uno scarto, dalle sue tasche caddero bucce di arachidi e di semi. Arrossì, l'altra distolse lo sguardo per non imbarazzarla ulteriormente.

In macchina faceva freddo; i vetri erano appannati, Marina accese il riscaldamento, il rumore delle turbine si mischiò con la musica. Poi partì a razzo e infilò dritta il cancello, come fosse la padrona della strada, che sembrava deserta. Una gamba comparve all'improvviso nel cono di luce dei fari. Marina pigiò sui freni, le ruote slittarono sul viale reso scivoloso dal fango, le cinture di sicurezza si serrarono attorno al corpo delle due passeggere, la Mini Cooper inchiodò a pochi centimetri da una donna infagottata.

«Certo che le persone non tengono in nessun conto la loro vita» biascicò Marina sprezzante.

«A quest'ora la gente normale va a lavorare» replicò Marò.

Guardò distrattamente la solitaria lavoratrice, una sagoma grigia e indistinta. «Scusi» sillabò mentre si chinava a recuperare il telefono, che le era caduto dalle mani. Non ebbe il tempo nemmeno di vederla, l'incauta passante. «Forza» urlò impaziente Marina e le fece cenno di muoversi. Quella riprese a camminare con andatura incerta.

«E poi ti ricordo che oggi è festa, anche la gente normale riposa» considerò Marina.

«Vabbè, ovunque stia andando, farebbe bene ad accendere un cero alla Madonna, per grazia ricevuta. Con la tua guida è un miracolo che sia viva» replicò Marò voltandosi verso l'amica. L'altra ingranò la prima e partì senza replicare.

3

8 dicembre

Le prime luci del mattino faticavano a scalzare l'oscurità della notte appena conclusa. La cima del Monte Pellegrino era coperta da nubi compatte, il castello Utveggio galleggiava in quelle umide volute. Nessuno in giro; i palermitani nel giorno di festa se ne stavano al caldo sotto le coperte, sognando vincite miliardarie ai tavoli da gioco. Saveria stava camminando per la via Imperatore Federico a passo svelto. Aveva piovuto tanto, l'Immacolata si annunciava fredda e bagnata. L'asfalto s'era sbriciolato come una torta di nocciole. La macchina, sbucata all'improvviso dal massiccio cancello di ferro, inchiodò a pochi centimetri da lei. Si strinse la borsa al petto, come per proteggersi, e buttò lo sguardo oltre il parabrezza appannato. La bionda al volante le urlò qualcosa che lei non capì; ma non doveva essere un complimento. Era la prima volta che vedeva qualcuno uscire da quel lussureggiante giardino, l'unico sfuggito alla speculazione edilizia. Suo padre in pochi anni aveva trasformato la campagna tra il parco della Favorita e piazza Don Bosco in una selva di palazzi altissimi. Solo su quel bosco fitto non era riuscito a mettere le mani, doveva appartenere a qualcuno molto potente. "E già, c'è sempre uno che sta più in alto di noi!"

La donna suonò il clacson, sollecitandola a muoversi. Saveria si accomodò la borsa sulla spalla e riprese la strada.

La Mini Cooper grigio metallizzato girò all'incrocio, sparendo dalla sua visuale.

Lei sospirò di sollievo per lo scampato pericolo. Le era sembrato di averlo sentito, quella mattina, il rischio che correva. Perciò davanti alla porta d'ingresso s'era fermata, tornando sui suoi passi fino alla camera del figlio. Daniele dormiva felice in quella che chiamava "la mia cuccetta da pirata". Le braccia sollevate accanto al viso, le mani aperte, i riccioli biondi sparsi sul cuscino, era così indifeso nel sonno. Chissà cosa passava sotto alle sue palpebre allungate, si era chiesta. Il pensiero di quella vita che aveva generato, e che tuttavia non le apparteneva più, accentuò il suo sgomento. Avrebbe voluto mangiarselo di baci, ma si era limitata a una lieve carezza. "Non si sveglia un angelo che dorme." Aveva trattenuto la mano sulla guancia paffuta. Daniele era un coccio di fuoco! Che avesse la febbre? Dacché sua mamma era morta, Saveria viveva nel costante terrore delle malattie. Gli aveva toccato la fronte, era fresca a paragone del corpo. Lui aveva sorriso nel sonno, com'era bello! Solo per lui trovava il coraggio di lottare ogni giorno. Di nuovo ebbe la tentazione di prenderlo tra le braccia e stringere forte. Si trattenne ai piedi del letto, finché si convinse che il bambino stava bene. "È ora di andarsene" si era detta con un sospiro. Amava il suo lavoro, ma le pesava separarsi dal figlio, un'ansia sottile l'accompagnava, come se temesse di non trovarlo al ritorno.

Guardò con tenerezza una vecchia foto sul comò. Gliel'avevano scattata subito dopo il parto; lei affaticata dal lungo travaglio, i capelli arruffati attorno al viso stralunato; Daniele un morbido fagotto con una rada peluria che spuntava da un cappellino celeste. La prese e la infilò nella borsa. Poi era andata via, nel cuore ancora quel brutto presentimento. Aveva chiuso la porta con delicatezza, per non farsi sentire dal padre, che abitava nell'appartamento di fronte al suo. Non facevano altro che litigare, incontrarlo le avrebbe rovinato la giornata. Eppure c'era stato un tempo in cui andavano d'accordo. Ma la madre faceva da cuscinetto. Ah, se non l'avesse lasciata così presto.

"Vabbè, ora sai perché ti sei svegliata ansiosa; l'incidente l'hai evitato, puoi stare tranquilla" considerò Saveria, mentre aspettava che il semaforo si facesse verde. La piazza era vuota, né una macchina né un passante. Che camurria le feste. Il lavoro triplicava e lei una sola era! Con tutti quei buccellati da impastare, cassate da decorare. Senza contare il sanguinaccio. Odiava rimestare nel sangue, ma la sua pasticceria era l'unica a Palermo che ancora, per l'otto dicembre, sfornava i mattoncini neri e lucidi, che i clienti più giovani scambiavano per tortini di cioccolato fondente. La ricetta di quel dolce desueto era un segreto di famiglia e, da quando la zà Sarina s'era fatta vecchia, toccava a lei rispettare l'odiosa tradizione. Del resto suo padre per l'Immacolata pretendeva che in tavola ci fossero salsicce fresche e sanguinaccio. "Sennò che festa è?" ripeteva l'uomo in faccia al maiale, prima di ammazzarlo con un colpo di coltello.

Erano così primitivi i suoi familiari, pensò Saveria. Forse, se non avesse studiato, non se ne sarebbe neanche accorta. "... ma la luce ha reso il mio deserto ancora più selvaggio" recitò a memoria, poi piegò a destra e raggiunse piazza Leoni. Una nebbia pastosa avvolgeva l'ingresso del parco; degli alberi si vedeva appena il piede, il fusto e le chiome sparivano nella fitta tela bianca. La pasticceria era al piano terra di una antica casetta dal tetto leggermente sbilenco, indovata tra sgraziati palazzi moderni. Perse un po' di tempo a cercare le chiavi. Aprì il lucchetto e sollevò la saracinesca a metà. Si piegò sulle ginocchia, facendo attenzione a non sbattere la testa; la borsa gonfia, che pareva una valigia, scivolò giù dalla spalla e andò a sbattere contro un polpaccio. La calza sottile si bucò, una scia lunga come una cometa si allungò fino a metà coscia. «Mannaggia erano nuove!» imprecò. Inumidì un dito con la saliva e attorcigliò il filo fermando la smagliatura.

Il locale era un'ampia stanza rettangolare, ricoperta da una pesante boiserie di legno scuro. Nulla era stato cambiato dacché suo padre l'aveva rilevato da una famiglia di mastri fornai.

Pendevano dal soffitto antiquati lampadari, i lunghi bracci adorni di sbrindoli scintillanti; thonet di legno nero, dalle spalliere arcuate e sedute in paglia di Vienna, erano schierate lungo una parete di specchi polverosi; le tende a pacchetto scendevano dall'alto delle vetrine come un sipario liso; negli afosi tramonti estivi servivano a proteggere i dolci dai raggi del sole. Saveria respirò con piacere la fragranza del burro, il profumo delle spezie, l'olezzo capriccioso dei canditi, piccole gemme colorate, capaci di trasformare una semplice brioche in un glorioso quaresimale. «Roberto, Roberto» chiamò, nessuno rispose. Aveva promesso di aiutarla e come al solito suo fratello se ne fregava. Probabilmente in quel momento dormiva della grossa nel letto della buttana di turno, recuperando le energie dissipate in amplessi senza amore. Ah, ma non ne aveva colpa lui! Il padre era il vero responsabile di quella situazione. Per anni aveva concesso all'unico figlio maschio macchine, viaggi, vestiti, né mai gli aveva lesinato i soldi, pur di toglierselo di torno; e a lei invece uno stipendio misero a fine mese, che doveva guadagnarsi faticando in un retrobottega intriso di sangue. Eppure sulla carta la pasticceria era sua, ché per non pagare le tasse la proprietà dell'immobile era stata intestata a lei. E anche la licenza era a suo nome. Saveria avrebbe potuto rivenderla e scegliersi la vita che voleva. Già, avrebbe potuto... "Diamo tempo al tempo" concluse speranzosa.

Si chinò per sollevare del tutto la serranda e in quel momento una mano l'afferrò per i capelli costringendola a girarsi. Un uomo magro, il volto coperto da un passamontagna, la stava minacciando con una pistola in pugno.

«Ssshitta, non parlare. Dammi i sssholdi e non ti faccio niente» sibilò il piccoletto; parlava come Kaa, il serpente del *Libro della giungla*. A lei quella zeppola risuonò familiare. Cercò dentro agli occhi spiritati l'identità celata: «Ma tu...». Quello spinse la pistola contro le sue costole.

«Ssshitta troia, tira fuori i piccioli.» Non fu la durezza dell'acciaio a farla rabbrividire, ma la parolaccia gratuita. E lei, che non tollerava imposizioni, reagì senza pensare alle conseguenze.

«Io sarò troia, ma tu sei un coglione. Una rapina alle sei del mattino? E ti credi che i soldi spuntano come funghi dopo la pioggia?» Scoppiò quindi in una risata beffarda, allontanando da sé la canna con un gesto deciso. Quello le mollò uno schiaffo. Saveria, accecata dalla rabbia, allungò il braccio per togliergli il passamontagna, lui lesto si scansò; lo stesso la pasticciera riuscì a graffiarlo sotto l'occhio e alcune gocce rosse le tinsero le dita. L'uomo si asciugò con il dorso della mano e, come spiazzato dalla sua reazione, si guardò intorno, spingendo lo sguardo fino all'angolo più buio della sala. Poi tornò a fissarla e, cambiando tono, le disse: «Ssshei troppo agitata. Calmati o ci facciamo male».

Lei imperterrita lo provocò di nuovo: «Certo che fare una rapina nella pasticceria di Fofò Russo! Solo un mentecatto poteva pensarlo». Il piccoletto sollevò l'arma e gliela puntò al centro della fronte. Si girò ancora una volta indietro. A quel punto Saveria ebbe l'impressione che un'ombra fosse scivolata tra le sedie e lo specchio. Per un attimo sperò che il fratello fosse arrivato e, accortosi del rapinatore, avesse deciso di nascondersi in una rientranza della parete. Di sicuro aspettava il momento opportuno per agire. Diventò spavalda.

«Eppure lo dovresti sapere chi è Fofò Russo.» Quello intanto aveva cominciato a tremare e la pistola disegnava nell'aria piccoli cerchi. Lei gli spinse il braccio verso il basso. «Senti a mia, vatinni. Ma no da qui, da Palermo, dalla Sicilia e pure dall'Italia, perché a domani non ci arrivi vivo.»

L'uomo torceva il collo da un lato e dall'altro, lo allungava in tutte le direzioni, sembrava indeciso, confuso. Poi la spintonò contro la cassa. Fece cenno di aprire il cassetto, c'erano dentro poche monete e due banconote da cinque euro. «Chista è rapina!» lo prese in giro lei. Il piccoletto fissò il fondo della sala: «Che minchia fai?» urlò spazientito, la sua voce era distorta, come provenisse da un amplificatore a volume troppo alto. Si sentì allora uno strofinio, qualcuno stava spostando le sedie, e un tonfo improvviso.

«Avà coglione!» In quel momento partì un colpo. Saveria sentì un bruciore lancinante, si portò la mano al petto, la stoffa del cappotto era umida.

«Che minchia ci assspetti, tessta di cassho?»

«Madonna Immacolata, mamma!» esclamò Saveria. Improvviso esplose un altro sparo. Uno zampillo di sangue disegnò un arco nell'aria. La donna pigiò forte la mano contro la ferita, poi si piegò sulle ginocchia e scivolò a terra con lentezza. A contatto con il marmo si mise a tremare. I ricordi le passarono davanti come in un film al rallentatore.

Faceva freddo quell'otto dicembre. Lei aveva cinque anni, era l'alba quando un tramestio l'aveva svegliata. "Che succede?" aveva chiesto spaventata alla zia che dormiva nel letto accanto al suo.

"Niente, niente, nun ti scantare." Lei era corsa a rifugiarsi tra le sue braccia, nascondendo la testa nell'incavo del collo, puzzava di becchime.

La donna allora l'aveva sollevata tra le braccia, avvolta in una coperta e portata nel capannone in fondo al giardino. "Vieni, ti faccio vedere che non c'è di scantarsi." Il porco, quello a cui insieme davano da mangiare ogni sera, era sospeso a testa in giù, urlava e si divincolava terrorizzato. I suoi gridi erano raccapriccianti, pareva umano.

"U viri, a picciridda, ora facemu sasizza." La donna credeva che la realtà l'avrebbe tranquillizzata, ché certe volte l'immaginazione... Come se fosse naturale per una bimba di cinque anni guardare la morte da vicino.

Stretti i nodi, la bestia aveva smesso di scartare di lato. Ora era immobile, penzoloni e si lamentava in modo composto, aveva più dignità lui che certe persone di sua conoscenza, considerò Saveria mentre i ricordi si facevano sempre più vividi.

Un improvviso bagliore e il maiale cominciò a rantolare. Il fiotto era sgorgato impetuoso, formando un arco rosso rutilante; sotto di lui una bacinella raccoglieva quel liquido colore della pece. "È più facile ammazzare un cristiano ca un porco" aveva detto il padre, asciugandosi il sudore della fronte. Sorrideva in modo crudele e aveva il respiro corto dall'eccitazione.

"Viii, viii, viii" si lamentava l'animale, come se maledicesse il suo carnefice. La zà Sarina aveva poggiato la bambina in un angolo e ora, le maniche rimboccate, la gonna annodata alla cintola, rimestava con un lungo cucchiaio nel bacile. "Arrimina, forza!" la incitava l'improvvido macellaio facendo roteare il coltello. "U sanceli avi a essiri lisciu e senza gruppa."

La mano di Saveria scivolò sul pavimento, le sue dita pescarono nel sangue appiccicoso. «È più facile ammazzare un cristiano che un porco, e tanto per voi sempre armali sono» sussurrò all'assassino. Stava perdendo conoscenza, il visetto di Daniele era un'ombra che si sgranava. Cercò di muovere le gambe, non si rassegnava a lasciare il figlio orfano; ma già le membra non rispondevano ai comandi.

"Quest'anno u sanceli lo possono conzare con il mio sangue" fu l'ultimo pensiero prima di arrendersi alla morte, proprio come faceva il maiale nel capannone. Sperò solo che la sua agonia non fosse così straziante.

4

Marò si girò su un fianco e provò a riaddormentarsi, mancava ancora qualche ora all'inizio del suo servizio, e che servizio! Il questore aveva ritenuto intelligente e opportuno comandarla alla processione solenne in rappresentanza delle forze di polizia. Da secoli, l'otto dicembre, il fercolo d'argento della Madonna Immacolata sfilava dalla basilica di San Francesco alla cattedrale. Una bella scarpinata, ché la strada era tutta in salita.

Aveva provato a sottrarsi con la scusa della famiglia, ma lo sapevano tutti, pure Bellomo, che il fidanzato l'aveva lasciata e che con sua madre non ci parlava da tempo.

«Che c'entro io?» aveva chiesto a brutto muso.

«C'entra, c'entra, dottoressa. È la festa della Madonna Immacolata, una donna ci vuole a rappresentare la polizia. Lei poi è a capo del gruppo antifemminicidio.»

«Non posso, devo preparare il buccellato per mia sorella.» Quello s'era messo a ridere. Poi d'improvviso aveva fatto la faccia seria. «Sa che le dico, dottoressa? Sarà lei a firmare il patto del voto sanguinario al posto mio. Così ci saranno le quote rosa anche in chiesa. Non volete la parità?»

Marò aveva opposto un'ultima, debole resistenza: «Ma io non ne so nulla delle cose di parrocchietta». Lui paziente le aveva raccontato la storia dall'inizio.

«Nel Seicento, per salvare la città dalla peste non bastarono tutti i santi del paradiso. Si dovette scomodare la Madonna e, potenza delle fimmine, l'epidemia si fermò. Per grazia ricevuta, il senato palermitano giurò di difendere a costo della propria vita il culto e il mistero della Concezione. In epoca moderna è il sindaco a rinnovare il voto che si chiama sanguinario. La sua presenza, dottoressa Pajno, in qualità di capo del gruppo antifemminicidio, servirà a ribadire l'impegno della squadra Mobile nei confronti delle donne. È una pantomima mediatica, ma so quel che faccio. Le bastò la spiegazione?»

Marò aveva borbottato qualcosa sulla noia di quei riti senza significato. «Ringrazi Iddio, dottoressa Pajno, che le risparmio la vigilia e la cerimonia delle cento onze. Ci vado io a consegnare gli scudi destinati a coprire le spese per la cappella della Vergine. Il priore quest'anno ha fatto pure restaurare l'antico cuscino su cui si inginocchiò non so chi nel 1624. Ci saranno botti, canzoni, musiche... e quelli me li sciroppo tutti io. Come vede ha di che essermi grata.»

«Grazie.» Marò aveva abbozzato una smorfia di sarcasmo. Ma perché proprio lei? C'erano tante di quelle poliziotte in carriera!

«Vedrà che non se ne pentirà, dottoressa» aveva aggiunto quello nel congedarla, aveva un'espressione melliflua e la faccia da schiaffi.

Negli ultimi tempi il questore aveva cambiato atteggiamento. Sì, era sempre un po' burbero, ma la colmava di attenzioni e le affidava spesso incarichi prestigiosi. Il nuovo corso aveva reso Marò ancora più diffidente. E per quanto ci ragionasse su, non riusciva a darsi una spiegazione. Fosse stata ancora magra e attraente come un tempo, avrebbe potuto immaginare che quello ci stava provando; era ingrassata però, aveva perso appeal. No, non si trattava di un corteggiamento. Né pensava di essere particolarmente meritevole, ché il suo gruppo, dopo il caso Arcuri, vivacchiava occupandosi di adolescenti irrequieti.

«Tu guarda se una poliziotta del mio valore deve sottostare a questa sceneggiata» concluse infilandosi un maglione. Aveva ancora un po' di tempo prima della processione, tanto valeva preparare il buccellato e mantenere la promessa fatta alla sorella. Anche con lei le cose erano cambiate e da un po' si erano riavvicinate; era successo durante un pranzo di famiglia, quando Nanà, per difenderla, aveva litigato con la madre.

«Finiscila con le cattiverie» l'aveva apostrofata, e quella: «Ma picchì, chi dissi?». Possibile che la madre non si rendesse conto? Per lei le critiche feroci erano osservazioni ironiche, al più manifestazioni d'amore.

Marò cominciò a tritare la frutta secca e intanto faceva scorrere lo sguardo sull'attrezzatura da chef appesa alle pareti, sulle pentole d'acciaio: altro che sofisticati strumenti di piacere, erano solo malinconici testimoni di una stagione che sembrava tramontata per sempre. Anche il Coria, con la sua copertina a disegni floreali, non era più la mappa del tesoro, ma un semplice manuale. Grattugiò bucce d'arancia, aggiunse scaglie di cioccolata, chiodi di garofano e cannella. Impastò affondando le dita in quel magma appiccicoso. La manualità era quella di sempre e la tecnica affiorava alla memoria senza sforzi. Ne ricavò un piacere sensuale che sembrava aver dimenticato. La pasta frolla l'aveva comprata bell'e pronta, un trucchetto per fare in fretta, ma nessuno se ne sarebbe accorto, ché in cucina vale non tanto quello che si prepara, quanto come lo si racconta. Iniziò a spianare la pasta per farla ancora più sottile. Teneva le mani aperte e solide sul mattarello, lo tirava indietro, i gomiti stretti al torace, allungava quindi le braccia in avanti e spingeva, concludendo con un movimento secco dei fianchi contro il piano di marmo. Riprendeva poi la posizione iniziale, il mattarello scivolava lento, come se andasse da solo. Eppure un disagio le passava per il corpo, come una tensione che cercava via d'uscita.

La cucina è cosa di femmine sensuali, pensò, e ogni gesto, ogni movimento si nutre di un sentimento erotico che ha bisogno di un interlocutore; e lei in quel momento era sola. Senza pubblico non valeva la pena di affaticarsi, considerò continuando a impastare. Tuttavia il dondolio delle membra sembrava aver sciolto i nodi dell'anima; si sentiva languida, e un timido sentimento di gioia le stava riempiendo il cuore, le sue labbra erano atteggiate in un sorriso.

Lo squillo del telefono la riportò alla realtà. Aveva le dita imbrattate, non poteva rispondere. "Fanculo, richiamerò dopo", ma quello continuava a suonare. Afferrò cauta con la punta dei polpastrelli il cellulare, che le sfuggì e cadde dentro la ciotola con la farcia. "Ora la smetterà", ma il trillo continuava a propagarsi leggermente attutito. Marò strofinò l'indice sul display, una larga striscia di frolla si appiccicò sul vetro. Non riuscì perciò a leggere il nome di chi la chiamava, ma almeno poté rispondere.

«Chi è?» chiese con tono brusco.

«Dottoressa, sono Fedeli...»

«Botta di sale, Fedeli, che vuoi? T'avevo detto di non disturbarmi per nessun motivo.»

«C'è una morta ammazzata.»

«Che fu?»

«Una pasticciera.»

«Giusto, giusto!»

«Le hanno sparato questa mattina presto, all'apertura dell'esercizio. Una rapina forse...»

«E a mia che me ne fotte? Te la devo spiegare di nuovo la differenza tra femminicidio e omicidio?»

«No, dottoressa, per favore, u capiu. Lo sanno pure le balate oramai cos'è un femminicidio. Il fatto è che ha chiamato il questore, vuole che ci vada lei e nessun altro. "Chiama la Pajno, dille che è un ordine" testuali parole, dottoressa, non se la pigghiasse cu' mia. Poi vi vedete alla processione per parlarne.»

«Passami a prendere.» Marò chiuse e cercò di ripulire il cellulare, ma più strofinava, più la macchia sul display si allargava. Avvolse il telefono nel domopak, dopo ci avrebbe pensato. Lottò con i pantaloni della divisa, erano così stretti, dovette sdraiarsi sul letto per tirare su la lampo, che non ne volle sapere di chiudersi. La fermò con una spilla da balia. "Domani mi metto a dieta", ma lo disse senza convinzione, se lo ripeteva quasi ogni giorno.

Fuori dal portone la macchina di servizio l'aspettava con il motore acceso.

«Buongiorno dottoressa.»

«Buongiorno quando è buono, ma è una malajurnata, perciò ciao Fedeli» e sprofondò nel sedile. La pioggia veniva giù con furia e i tombini erano saltati ai margini delle strade. Il Kemonia gorgogliava sopra e sotto le balate. «Ci vorrebbe un gommone con l'acqua che sta facendo. Allora?» borbottò. Aveva oramai assunto i modi bruschi dei suoi colleghi più anziani. "Si vede che la maleducazione è contagiosa" constatò Fedeli prima di rispondere.

«Niente, dottoressa, ne so picca e niente. Si tratta della pasticceria Perla a piazza Leoni. Pare che un uomo sia entrato all'alba, cercando soldi. Non ce n'erano e ha sparato alla titolare. Certo che fare una rapina in un bar prima dell'apertura, o era un tossico o un cretino.»

«Ma quella non è zona controllata da Fofò Russo?»

«Proprio! Anzi il bar è di sua proprietà. Ce l'ha presente quella casa antica, piccola piccola in mezzo ai palazzi nuovi?»

«Come no! Apparteneva a una dinastia di mastri fornai. Poi hanno venduto e sono spariti dalla circolazione. Una mattina è spuntata la pasticceria, così mi ha raccontato mia madre.»

«Chidda è!»

«Fedeli, vedrai che non ci sarà bisogno di indagare. Il rapinatore, appena capisce in che guai si è messo, si consegnerà spontaneamente al primo posto di polizia. Ma è più facile che Fofò Russo lo trova per primo e a noi ci recapiteranno un cadavere nel giro di qualche giorno.»

5

La macchina si fermò, sollevando una salva di schizzi. Marò aprì la portiera, c'era un piccolo torrentello tra lei e il marciapiede. Prese lo slancio e fece un salto, ma non fu abbastanza agile e l'orlo dei suoi pantaloni sfiorò la piena. "Mi pesa il culo. Non basta la dieta, ci vuole anche la palestra."

L'intero isolato era stato transennato e un lungo nastro bianco e rosso delimitava l'ingresso della pasticceria. La piazza era vuota; mancava il capannello di curiosi, di parenti urlanti, di amici piangenti ai margini del luogo del delitto.

«Ma com'è ca un c'è nuddu?» chiese Marò guardandosi intorno.

«Oggi è festa, si vede che ancora dormono.»

«Ma di che nicche e nacche, Fedeli?» lo rintuzzò lei. «La gente non c'è perché è ammucciata. Questo è il regno di Fofò Russo, la rapina rappresenta uno sfregio fatto a lui e poi ammazzargli la figlia... una tagliata di faccia. Si scantano tutti della sua reazione. Altro che festa!»

I colleghi della scientifica erano già al lavoro; si muovevano lenti e goffi, le tute umide di pioggia appiccicate al corpo. Il medico legale era inginocchiato accanto al cadavere quando Marò entrò nel locale. Sollevò il viso abbronzato e sorrise.

«Buongiorno dottoressa Pajno, lei ha un profumo inconfondibile.» Un nuovo paio di baffi, sottili e candidi, ombreggiava il suo labbro superiore. Non gli donavano e lo invecchiavano di parecchi anni. Se lo avesse saputo, Burgio se li sarebbe strappati uno per uno, e con le mani, quei peli così curati che sembravano disegnati con la matita.

«Professore...» rispose Marò compassata; si bardò e si avvicinò. La donna giaceva sul pavimento nello spazio tra la cassa e il bancone, circondata da bignè, cannoli, biscotti; nella caduta doveva aver trascinato con sé le prelibatezze destinate alle tavole dell'Immacolata. L'immagine del corpo si rifletteva negli specchi con un curioso effetto moltiplicatore, sembrava una mattanza e invece la vittima era una sola. Le gambe erano piegate, le ginocchia divaricate. Un braccio lungo il torace, la mano destra scivolata sul fianco. Gli occhi sbarrati, di un verde così intenso che parevano vivi, avevano un'espressione incredula. Il viso terreo, le guance esangui soffuse di una lieve tonalità rosata.

«Anche da morta, guardi che incarnato! Miracoli del fard» scherzò il medico.

La ragazza era carina. Sporgevano dalle labbra serrate gli incisivi, larghi e distanziati l'uno dall'altro; non era mai stata da un dentista e tuttavia quei dentoni, che forzavano la bocca in un ghigno, nel complesso non disturbavano l'armonia del volto. Aveva un caschetto di capelli castani e lisci, che scendeva fin sotto le orecchie. Una frangia ordinata copriva parzialmente la fronte. Somigliava a Valentina, l'eroina di Crepax, ma più grossa e con i fianchi molto pronunciati. All'altezza del torace, una larga pozza nera.

«Un foro in prossimità del cuore, una ferita sotto al seno» la informò Burgio.

«E quello?» chiese indicando una macchia nera, circolare, alla radice del naso, una sorta di terzo occhio.

«Nulla, sangue rappreso. Anch'io sono stato tratto in inganno e ho pensato in prima battuta che le avessero sparato in testa. Deve essersi toccata con la mano sporca. Si sarà scansata i capelli dagli occhi, le donne lo fanno spésso, è un gesto così sensuale.»

«Mentre stava morendo?» replicò Marò sconcertata; troppe volte l'uomo era andato oltre il suo ruolo istituzionale con laide considerazioni, ammiccamenti, allusioni che in presenza di un cadavere risuonavano oltraggiose. Quello scrollò le spalle con noncuranza.

«È morta da poco, tra le sei e le otto, questo è tutto.»

Un insopportabile puzzo dolciastro, come di sangue marcio, proveniva dal retrobottega. Nemmeno nelle stragi Marò aveva respirato qualcosa di così intenso e nauseante. Seguendo la scia aggirò il bancone e, superato un disimpegno, sbucò nel laboratorio. «Ma cos'è? Pare di stare in una discarica di assorbenti usati!» urlò e si ritrasse disgustata.

«Sanguinaccio» la informò Fedeli indicando le file di tortini scuri su centrini di carta crespa. «La pasticceria è famosa proprio per il sanguinaccio.»

«Tenga, dottoressa» l'ispettore le offrì un unguento di vaselina ed eucalipto. «Me lo ha dato un collega della scientifica, un po' aiuta.» Lei lo spalmò all'interno delle narici, il puzzo si affievolì; ma così il suo olfatto era fuori uso.

«Sanceli, lo chiamava mia nonna. Che cosa antica!» esclamò lei.

«Sì, oramai non lo prepara più nessuno, è proibito dalla legge usare il sangue fresco del maiale, ma esistono ancora i cultori del genere.»

«Già, ai palermitani le cose truculente piacciono: milza, polmone, cartilagini, mammelle... Che sappiamo della vittima?» chiese poi ai colleghi intervenuti per primi.

«Saveria Russo, ventisette anni, proprietaria del negozio. Sposata, un bambino di dieci anni. Il cadavere l'ha scoperto il fratello. Era venuto per aiutarla, ché la banconista giusto giusto ieri si è ammalata.»

«Magari sta male davvero...»

«Seee, dottoressa! Quella voleva santificare la festa. Comunque la saracinesca era sollevata a metà, la luce spenta; Roberto Russo è quasi inciampato nel corpo. Pensava che la sorella si fosse sentita male, ha acceso la luce e appena ha visto il sangue si è reso conto. Pensi che invece di toccarla, scuoterla, ha chiamato subito la polizia.»

«Meglio, non ha inquinato la scena. Gliene saranno grati i colleghi della scientifica, di questa accortezza. A proposito, che ne pensano?»

«Stanno lavorando.»
«E lui dov'è?»
«È corso a casa ad avvertire la famiglia.»
«Che tipo vi è sembrato?»
«Un figlio di buttana, coperto di vestiti firmati, ma scantato morto.»
«E si capisce, gli hanno ammazzato la sorella... Se torna chiamatemi, ci voglio parlare.»
«Non ne dubiti, dottoressa.»
«Vabbè, Fedeli, facciamo un giro pure noi.» Marò tornò nella sala e si spinse in fondo a esplorare la zona più buia. Davanti a uno specchio chiazzato dal tempo stava una fila di sedie schierate con precisione millimetrica. Ma due di queste erano disallineate, spostate in avanti di un palmo, le spalliere girate al contrario rispetto alle altre, una terza a terra capovolta. "Non avevano ancora fatto le pulizie dalla sera prima o cosa?" si chiese lei. L'ambiente aveva un che di trasandato e di vecchio. Le parve di sentire un lieve odore di gas. «Avete trovato qualche fornello acceso?» chiese ai poliziotti che erano intervenuti per primi; quelli scossero la testa.
"Chissà cosa ha percepito il mio naso" pensò. Con l'unguento nelle narici, l'olezzo del sangue che permeava pareti, mobili, tende e la fragranza del caramello che proveniva dalle vetrine, non poteva certo contare sul suo olfatto. Marò in quel momento si sentì menomata.
La scientifica stava facendo i rilievi al cassetto dei soldi.
«Non sarà facile in un locale pubblico identificare le impronte» osservò lei.
«Ci proviamo, dottoressa. Certo i frigoriferi, il bagno, il laboratorio non li prendiamo neanche in considerazione, con tutta la gente che è andata e venuta; ma sul bancone e sulla cassa, forse qualcosa troviamo; e se il rapinatore è schedato... Non si sa mai una botta di fortuna!»
«Insomma, una rapina a tutti gli effetti.»
«Parrebbe così, dottoressa.»
«Be', alle sei del mattino, che soldi potevano trovare? Un euro per il pane e panelle?»

«Perciò, come dicevamo in macchina, un tossico disperato» ribadì l'ispettore.

«Ma che ti devo dire? Io drogati nella mia vita ne ho visti... La borsa della vittima è lì, sotto il quadro della luce, la vedi? E pare piena piena. Cu fu, cu un fu, manco l'ha taliata.»

Marò frugò con lo sguardo dentro il borsone. Allargò delicatamente i bordi, era zeppo di roba, compreso il portafoglio. Un drogato l'avrebbe portata via.

«Lasciamo lavorare i colleghi adesso. Io me ne vado, ché tra poco devo essere alla processione, come piacque al questore di ordinare. Tu rimani qua, se c'è qualche novità mi chiami.»

«Come dice lei, dottoressa» acconsentì l'ispettore, assumendo un'espressione contrariata.

«Fedeli, che c'è che mussii?» chiese lei tornando indietro. L'altro arrossì, si tolse il cappello scoprendo la chioma folta e ricciuta di cui era molto orgoglioso, e balbettò.

«Insomma, si c'è cosa, parra.»

«No, dottoressa, è che io...» tossì, respirò, fece roteare tra le mani il copricapo. Lei gli fece cenno di concludere. «No, dottoressa, ehm... se mi permette. Non se la pigghiasse in criminale, ma io un sopralluogo più accurato lo farei.»

Marò si irrigidì, sbiancò in volto. «E fallo tu allora» sbottò piccata. Ma che ci girava ultimamente in testa ai suoi uomini? Tutta questa confidenza, che poi finisce a malacrianza, chi gliel'aveva data? «Fallo, Fedeli, tanto rimani qui e così ti passi il tempo.»

L'ispettore si diede del cretino. Come gli era venuto di riprendere la sua capa? Mancava poco alla pensione e ancora non aveva imparato il parrapicca.

«Professore, mi mandi il referto al più presto, per favore» urlò Marò ed era quasi fuori dalla pasticceria quando lui la richiamò.

«Venga, dottoressa Pajno, le voglio mostrare una cosa.»

«Non posso, sono in ritardo.»

«Un minuto, non si faccia pregare. C'è una cosa che non mi torna.»

Di malavoglia lo raggiunse, la bocca atteggiata in una smorfia di disappunto.

«Guardi» l'uomo sollevò un po' l'orlo della gonna. «Reggicalze! Non ne vedevo dagli anni Ottanta. Sono così sexy! Chissà perché le donne si sono arrese ai collant? Guardi questi gancetti di alluminio, che tenerezza! Hanno il fascino del vintage.»

«Cos'è, una delle sue solite fantasie?» lo aggredì lei, gli occhi stretti a fessura.

«Dottoressa, com'è irritabile oggi! Non c'era alcuna allusione. Mi sono domandato piuttosto perché una madre di famiglia alle cinque del mattino, nonostante sia seccata per la levataccia, sotto un abituccio di lana, che manco mia nonna, ha gana di indossare calze trasparenti e un reggicalze di pizzo? È vero e verità, ma qualcosa ci sperciava a questa qui, non si va a lavorare così combinata. Magari aveva un appuntamento d'amore» l'uomo sottolineò l'ultima parola inumidendosi le labbra con un pezzo di lingua.

Certo che Burgio non si smentiva mai.

«Guardi, dottoressa, guardi» continuò e lei, visibilmente a disagio, fu costretta dall'insistenza morbosa del medico ad avvicinarsi al corpo. Ma più che dalla biancheria, la sua attenzione fu attirata dalla calza rotta. La smagliatura si allungava verso l'alto e aveva un che di patetico, qualcosa di disperato, che le fece male al cuore. E subito pensò ai suoi pantaloni troppo stretti, a quella chiusura lampo, i cui lembi non ne volevano sapere di combaciare. Se fosse stata uccisa, se Burgio avesse fatto i rilievi sul cadavere, per prima cosa avrebbe notato la sua pancia grassa, i fianchi pingui e quella penosa spilla da balia. La vergogna per il suo corpo imperfetto si sommò alla compassione per la vittima. Fosse dipeso da lei, a Saveria Russo avrebbe risparmiato l'oltraggio dell'autopsia; quel reggicalze meritava riserbo per qualunque motivo l'avesse indossato.

«Addio professore, si sbrighi con l'autopsia, il questore non mi ha raccomandato altro. "Digli a Burgio di non fissiarsela" mi ha ordinato al telefono.» Non era vero, mentiva per il gusto di farlo sentire in soggezione, ché il medico era sensibile al potere di Bellomo. Diede uno sguardo d'insieme al locale. Tutto quel legno, gli specchi opachi, gli arredi più vecchiotti che antichi. «Pare un obitorio» esclamò a voce alta.

«Così lo chiamano nel quartiere, l'obitorio» confermò Fedeli. «Colpa dell'odore di sangue che si sente fin dal marciapiede e non va mai via.»

Fuori grandinava, qualche curioso fingeva di passeggiare tra le aiuole spelacchiate di piazza Leoni con il cane al guinzaglio; nessuno osava però avvicinarsi all'isolato, un po' per rispetto, un po' per paura; nzà mà Fofò Russo se la pigghiava in criminale.

6

La piazza San Francesco era gremita. Il questore all'ingresso della basilica sorrideva e stringeva mani. Marò si fece largo fino a lui. «Entriamo, qui c'è troppo rumore per parlare» le urlò Bellomo e la trascinò per un braccio.

Il fercolo d'argento era fermo davanti all'altare maggiore; aveva già percorso i tre giri che per tradizione compiva attorno alla navata; gli uomini della confraternita scaldavano i muscoli prima di affrontare la scinnuta.

«Qui» bisbigliò il questore e superò la balaustra, infilandosi nella cappella dedicata a san Giorgio. Appoggiò le spalle alla parete e un piede sul gradino, assumendo una posa plastica, sembrava parte integrante del bassorilievo. Marò lo aggredì: «Ma è sicuro che mi devo occupare...».

«Della rapina?» la interruppe lui, prevenendo così qualsiasi polemica sulla processione. «Certo, le spiegherò domani il perché. Adesso ho altro da dirle» e le ordinò di tacere, passandosi indice e pollice sulle labbra nel gesto di cucirle. «Mi ascolti con attenzione, non ho tempo di ripetere. Quando arriverà in cattedrale alla testa della processione, prenderà posto sull'altare, alla mia destra, nella fila riservata alle autorità. Alla fine della cerimonia, appena sindaco, consiglieri comunali e capo della confraternita avranno firmato il registro delle promesse solenni, io prenderò la parola. Pronuncerò un discorso a trasi e nesci sul significato della festa dell'Immacolata, a partire dall'antico culto dei monaci di

San Francesco. Mi soffermerò sulla devozione dei cittadini, e soprattutto sull'importanza delle donne nella storia della Sicilia. Per concludere con una cosa che riguarda anche lei.»

«A mia? Scusi ma perché proprio a mia?» lo interruppe Marò. «Dirigo il gruppo antifemminicidio, non le catechiste della parrocchia.»

«Capirà tutto dopo.» Bellomo giocava a fare il misterioso. «Le basti sapere che ci sono le elezioni l'anno prossimo.»

«Ma di che nicche...»

«Dottoressa, dopo, dopo. Si limiti a rispettare gli ordini, senza se né cusà.» Si staccò dalla parete. L'intonaco farinoso aveva lasciato una vistosa striscia bianca sulla costosa Tasmania blu notte. Marò lo aiutò a spazzolare la polvere con manate violente.

«Piano dottoressa, tanto non cambio idea.» L'uomo fece un passo indietro e si fermò a osservare la scultura del Gagini. «Ha visto? Manco a farlo apposta san Giorgio che uccide il drago! Nulla è per caso, dottoressa Pajno. Si vede che quello dobbiamo fare, lottare per la salvezza delle fanciulle.»

"Ha gana di babbiare!" pensò Marò e tornò a chiedere spiegazioni.

«Domani, dottoressa, domani. Ora me ne vado, ché non voglio arrivare dopo il sindaco e lei si sbrighi, non lo vede che la Marunnuzza è già sulla porta?» quindi si allontanò, perdendosi tra la folla.

Gli uomini della confraternita avevano cominciato a spingere la vara. Piegati sulle ginocchia quelli davanti, sulle punte dei piedi gli altri dietro, attraversavano con cautela la pedana di legno che riduceva il dislivello tra chiesa e sagrato. I muscoli tesi per lo sforzo, le vene del collo gonfie, le facce paonazze, gli occhi fissi all'infinito, cercavano di non perdere l'equilibrio; ché quando si è gravati da una massa di quelle dimensioni, persino tre piccoli gradini rappresentano una parete scoscesa. Tutto intorno risuonavano urla di incoraggiamento e raccomandazioni.

«Accura, c'è u filu da luci!»

«Bedda matri s'impinciu a curuna!»

«I cannìli!»

«Tira!»
«Fermativi!»
«Avanti!»

E finalmente, dopo diversi tentativi, la statua conquistò il centro della piazza. La fiumana dei fedeli si aprì in due e si formò un corteo che partì diretto a piazza San Domenico. Marò, con la sua divisa blu d'ordinanza, era la prima della fila; dietro di lei la nuvola azzurra della confraternita del Porto e Riporto. «Già, perché vi chiamate così?» domandò a un omone che scandiva il ritmo della cordata.

«Perché prima la portiamo fuori e poi la riportiamo a casa» rispose quello con sufficienza. «Secondo lei la dobbiamo lasciare 'nmezzo a strata a Marunnuzza?»

«E certo» convenne Marò sentendosi un po' stupida. Aveva dimenticato che la lingua siciliana è figlia della realtà; ogni singola parola, sillaba, frase ha un significato concreto e letterale. Porto e riporto, vado e torno, non c'era spazio per metafore, avrebbe potuto arrivarci da sola.

Le pie donne, le picciridde, le verginedde avevano intonato canti e Salve Regina. C'era tutta la città a rinnovare la professione di fede nel mistero dell'Immacolata, l'unica concepita senza peccato. In piazza il lungo serpentone si allargò come acqua fuori dal recipiente. Un pingue vigile del fuoco raggiunse a fatica la cima della colonna votiva. Ansimava l'uomo, ché la pancia gli era di ostacolo e sudava, la camicia bagnata sulla schiena, due grosse gore sotto le ascelle.

«Manciatilli quattro cannoli» urlò un buontempone dalla folla.

«Glielo dico sempre pure io! Ma lui niente, di n'aricchia ci trasi e dill'autra ci nesci» chiosò una virago scarmigliata, forse la moglie, che doveva considerare l'appetito del vigile un argomento di interesse pubblico. E pensare che i panni sporchi un tempo si lavavano in famiglia. Pochi anni di televisione commerciale avevano azzerato il naturale riserbo e l'atavica omertà delle siciliane, pensava Marò con rammarico.

Deposta la corona di fiori, l'uomo si fermò a cavalcioni

della stessa scala, anche da lontano si sentiva il suo respiro boccheggiante. Il prete aspettava paziente che quello scendesse per riprendere il cammino, ma lui se ne stava sul gradino, una mano al petto, l'altra alla fronte.

«Avà, c'ammo a fari?»

«A Marunnuzza a tia aspetta!» protestarono i fedeli.

«Itivinni» ordinò lui dall'alto, aveva bisogno di riposare. La processione riprese lentamente la salita del Cassaro al grido di «Amunì».

Ci vollero ore per raggiungere la cattedrale. Quando Marò varcò il portone centrale, di fronte al palazzo del vicariato, si trovò al cospetto della più alta istituzione della città: Santa Rosalia. Ai suoi piedi, sull'altare maggiore, ingobbiti e grigi, i moderni viceré.

La fragranza dell'incenso, il puzzo del sudore, del potere stratificato nei secoli si infilarono dritti nelle sue narici e raggiunsero l'encefalo, mischiandosi in modo caotico. C'era una tempesta di microparticelle dentro di lei, odori fantasma si alternavano a quelli reali. Il disordine olfattivo fu una scoperta nuova. Quel sangue marcio della pasticceria le aveva procurato un *vulnus*, la sua capacità investigativa ne avrebbe risentito.

Bellomo anche al cospetto della Santuzza continuava nella sua attività preferita, distribuire inchini ossequiosi. Marò cercò il suo sguardo, quello le fece un cenno d'intesa. Lei allora attivò tutti i sensi e, guardinga come un cucciolo maltrattato, raggiunse il posto che le era stato assegnato.

L'arcivescovo diede inizio alla celebrazione della messa. Pronunciò un'appassionata omelia sul valore delle donne e il loro ruolo nella costruzione di una società giusta e umana. Alla benedizione le numerose teste si chinarono con perfetta sincronia, un'unica onda dalla tonalità argentea. Poi il sindaco si alzò in piedi, aggiustò la fascia tricolore risalita fino al torace, sulla pancia le frange spampanate come rose antiche e, prostrato davanti al fercolo, professò il voto sanguinario: l'avrebbe difesa lui Maria Vergine e Immacolata a costo della sua stessa vita. Pronunciò quelle parole con il tono drammatico dell'eroe, in quanto a retorica era maestro! Due messi comunali ingessati in livree lise si affrettarono a portare un registro rilegato in cuoio. Il sindaco sollevò la penna in aria, il metallo brillò alla luce dei ceri come una saetta e lui appose una firma svolazzante. I consiglieri comunali sfilarono anche loro per sottoscrivere l'impegno. Il patto tra la città e la Madonna a quel punto era stato rinsaldato. Fu allora che Bellomo impugnò il microfono e cominciò a parlare.

«Cari concittadini, voi tutti conoscete l'amore e il rispetto che i palermitani nutrono verso le donne di questa città. Che saremmo senza le nostre mamme, le sorelle, le zie, le amiche? Io stesso devo tutto a mia madre, santa donna. Da solo non avrei concluso niente nella vita. Negli anni è stato fatto tanto per migliorare l'esistenza delle palermitane tutte. Alla squadra Mobile, per esempio, c'è un gruppo dedicato solo ai femminicidi. L'ho voluto io, in segno di gratitudine verso l'altra metà del cielo. Quando ce la prendiamo con le femmine» continuò Bellomo tronfio «non consideriamo che il nostro futuro è a rischio. Sono loro che fanno i figli, che tengono in piedi le famiglie, e noi alla famiglia ci teniamo.» L'uomo si zittì, giusto il tempo di controllare che la platea fosse ben attenta, quindi riprese a parlare con più convinzione.

«Dicevo, molto è stato fatto, ma non abbastanza. Dopo la tragica morte di Giulia Arcuri, ho avuto ripetuti incontri con le istituzioni per sviluppare misure di prevenzione atte a migliorare la sicurezza delle nostre donne. Lasciatemi a tal proposito ringraziare il primo cittadino» Bellomo si voltò e fece un profondo inchino, «che ha destinato una somma sostanziosa del bilancio comunale al gruppo contro la violenza di genere. Grazie signor sindaco, è stato davvero generoso. Con quei soldi acquisteremo nuovi computer; pagheremo finalmente psicologhe e assistenti sociali, che sono al momento semplici volontarie. Solo il lavoro di squadra ci permetterà di combattere la piaga del femminicidio; ho avuto anche la disponibilità dell'assessorato alle politiche sociali; grazie quindi anche a lei, signor assessore. La curia poi, in nome di Maria Immacolata, ha messo a disposizione un intero stabile; lo trasformeremo in un centro di accoglienza per le madri costrette ad abbandonare la propria casa. Grazie, Eccellenza. Io, nel mio piccolo, in qualità di questore, ho già disposto il potenziamento del numero degli agenti dedicati. Infine, a titolo personale, alle Rosalie della città prometto solennemente che da oggi qualunque tipo di violenza contro di loro non sarà più tollerato. Non daremo tregua ai maschi che, con la scusa dell'amore, picchiano, stuprano, ammazzano.» Il questore assunse un'espressione addolorata. «Questa mattina è stata uccisa una pasticciera sul posto di lavoro; la vicequestora Pajno ha la responsabilità dell'indagine. Venga, venga dottoressa.» Marò arrossì, aggiustò il nodo della cravatta e, a schiena dritta, percorse quei pochi metri. «Eccola, colei che dirige il gruppo antifemminicidio. Dicevo, poco importa che si tratti di una rapina, di un omicidio stradale, di un uxoricidio, da questo momento la dottoressa coordinerà le indagini ogni volta che in città viene ammazzata una donna.»

L'applauso scoppiò fragoroso. Il questore si godeva il momento; Marò era basita. "Che figlio di puttana" pensava. "Avrò un carico di lavoro enorme; ma qual è il vero scopo di tutta questa pantomima?"

«Sapevo che avreste approvato» continuò lui. «Palermo è fimmina fin nelle pieghe più nascoste del suo animo, e noi in questo senso vogliamo onorare il suo eterno femminino. È un progetto visionario, lo so, e stiamo giocando d'azzardo, facendo qualche piccola forzatura legale. Ma se uno nella vita la schedina non la tenta, di sicuro non può mai fare tredici.» Di nuovo applausi a levapilu. «Ci rassicura in questa scommessa la disponibilità del primo cittadino...» altro inchino «dei consiglieri comunali, degli assessori che hanno sposato la causa senza indugi.» Pausa, battimano, sorrisi.

«Ma non è finita qui; c'è una nuova e importante iniziativa della questura.» Marò non ne poteva più; un mattone le pesava sullo stomaco, lo scaccio della sera precedente si era riproposto e, sommato al puzzo stantio dell'opportunismo, le fece venire voglia di vomitare.

«Spesso le vittime di violenza rimangono inascoltate e chi denuncia si trova sola e senza protezione. Dobbiamo porre rimedio a questa manchevolezza. Dopo le vacanze di Natale ho già un incontro fissato con il ministro della Giustizia e degli Interni. C'è bisogno di una nuova legge, che assimili queste donne ai pentiti di mafia. Lo Stato deve istituire un fondo nazionale per le vittime di violenza. Perché, una volta avviato il procedimento, esse ricevano un sussidio, una nuova identità. Sappiamo tutti che le ordinanze restrittive non servono a nulla, i molestatori se ne infischiano dei divieti, perciò le donne devono essere allontanate dal luogo dove vive il loro carnefice. Mai più morti annunciate!»

Bellomo su quell'ultima frase c'aveva messo un'enfasi imponente, la sua voce si era impennata per poi rimodularsi in un tono più basso, accompagnato da un vibrato commovente. «Mi sembra di vederlo il sorriso di queste mamme. Immaginatele nelle loro nuove casette, le tendine alle finestre, i giochi ordinati in un cesto, i bambini che scorrazzano felici, finalmente tranquilli. E i passaporti nel cassetto, un nome nuovo, magari più moderno. Lorenza, Giada... invece di Carmela, Giuseppina», la sua faccia si torceva in un'espressione di pietà, pareva una mappina strizzata.

Dalla navata si levò un'ovazione. Forte del consenso, lui non mollava più il microfono.

«Non potranno rifiutarci i soldi. Ce la faremo, con l'aiuto della Vergine in primo luogo e delle istituzioni poi» e aveva compiuto un passo indietro per stringere la mano al sindaco «... e della Chiesa, sempre così vicina ai più deboli» e ora il questore si era superato baciando l'anello al vescovo; «e delle palermitane tutte» e a sorpresa sollevò Marò tra le braccia. Lei, rigida come uno stoccafisso, gli sibilò all'orecchio: «Mi metta giù. Ma che storia è questa?».

«Ne parliamo domani in ufficio» tagliò corto l'uomo, accompagnandola fino al registro, che Marò dovette firmare. Quindi l'organo prese a suonare, il coro intonò: «O Maria Mmaculata, accarizza i to figghi, alluntana i pirigghi» e il corteo riprese la strada del ritorno.

Sulla piazza di San Francesco il Magnificat concluse le

celebrazioni, la statua della Marunnuzza rientrò nella cappella a lei dedicata e il cancello fu chiuso: l'avrebbe riaperto il priore l'anno dopo. Il corteo si sciolse. I fedeli raggiunsero la vicina rosticceria, reclamando panelle, crocchè e cucciddatu.

7

9 dicembre

Il discorso del questore proprio non le era andato giù e per tutta la notte non aveva fatto altro che rimuginare. All'alba, stanca e intontolita per il sonno perduto, Marò si era infilata sotto la doccia. L'acqua le aveva restituito un po' di lucidità. Per prima cosa doveva vedere Bellomo ed esigere una spiegazione, l'indagine poteva aspettare. Si infilò la divisa pulita; la giacca profumava di ammorbidente, i pantaloni cadevano a piombo con una riga perfetta. Carmela era davvero una stiratrice provetta, assumerla era stata una buona idea; peccato che bisognasse pregarla per fare i lavori di casa. «Non sono cosa di puliziari cessi e pavimenti. A mia mi piaci cantari e, piegata a dinucchiuni, la vuci arresta ncrucchiuluta, commissaria!» Nonostante Marò le avesse spiegato che lei era una vicequestora, quindi stava un po' più in alto nella scala gerarchica della polizia di Stato, non c'era stato verso di convincerla ad abbandonare quell'appellativo. «Pi mia, gli sbirri, sunnu tutti commissari» aveva tagliato corto Carmela.

Fece il nodo alla cravatta. «Siamo uguali solo per questo cappio al collo» mugugnò. A parità di lavoro, i suoi colleghi maschi mietevano riconoscimenti e lodi, mentre lei doveva fare affidamento sulla benevolenza dei superiori o sulla sua avvenenza.

Si specchiò con un po' di timore, la camicia tirava sul seno. Il suo corpo aveva avuto un qualche nocumento dai chili in più; al contrario la pelle del viso, liscia e tirata, ne aveva guadagnato. Era una donna divisa in due metà che si muovevano su piani temporali diversi. Il volto di ragazza, il resto di quarantenne un po' passatella.

Prima di uscire controllò che il gas fosse chiuso. In cucina, sul ripiano di marmo, abbandonati dal giorno precedente, c'erano gli ingredienti del buccellato. La frolla, fuori dal frigo, era diventata durissima. La gettò nella spazzatura. «Peccato» esclamò; in compenso la farcia era ancora morbida e trasudava una melassa trasparente, che le faceva gola.

"Ho pure i denti puliti" si ammonì, per impedirsi di mangiare. "Vabbè, un pezzettino piccolo che mi fa? Non tocco cibo da ieri" considerò e riempì un cucchiaino. Lo portò alla bocca. Il composto granuloso si appiccicò sul palato. Lei chiuse gli occhi, il piacere esplose dentro la pancia, una scossa elettrica attraversò i suoi muscoli. Marò si buttò su quel trito mieloso e lo finì in quattro bocconi: aveva perso la prima battaglia della giornata. "Salterò il pranzo" disse al suo censore interno per metterlo a tacere.

Chiamò l'ascensore, l'avevano inaugurato da pochi giorni. La cabina di cristallo risalì silenziosa; le vennero in mente le colorite imprecazioni di Sasà costretto a venir su per le scale. «Peccato» ripeté ancora. Provava per ogni fidanzamento interrotto lo stesso rammarico che nutriva nei confronti degli avanzi, li considerava un imperdonabile spreco.

Janek all'angolo spazzava di buona lena. «Ciao principessa» la salutò con cordialità. Com'era cambiato. Il barbone alcolizzato e senza uno scopo nella vita era sparito. Al suo posto un giovane uomo alto, piacente, dal viso aperto. Gli occhi avevano assunto la tonalità di un cielo a primavera e sprizzavano una gioia intensa. Era stata Carmela a compiere il miracolo. La sua voce soave era entrata dentro di lui e lo abitava, impedendogli di perdersi.

Per quella nuova coppia, formatasi sotto gli archi di Palazzo Marchese, si era mobilitato l'intero quartiere. Dal parroco al cassamortaro tutti avevano dato un contributo, perché l'amore, si sa, smuove le montagne. Gli amministratori dei condomini avevano affidato al polacco la pulizia della piazza e dei vicoli limitrofi, spesso ignorati dal servizio di nettezza urbana. E lui, fin dal mattino presto, armato di ramazza, svolgeva il lavoro con molta serietà. Le balate ora risplendevano fin dentro le fughe, un profumo di fresco si levava dai marciapiedi, la munnizza era sparita come per incanto. A fine mese, a fronte di quell'impegno, riscuoteva un piccolo salario.

Carmela svolgeva servizi di lavanderia. Era brava, ordinata e non dimenticava mai di rinforzare un bottone penzolante. Alla sera i due innamorati se ne tornavano nella loro casa, un basso in via Lungarini, ottenuto in comodato da un ricco immobiliarista, che aveva voluto mantenere l'anonimato. Al riparo da sguardi indiscreti, si abbracciavano stretti e lei lo cullava con le più belle canzoni d'amore. La sua voce languida si librava al tramonto, mettendo a tacere passanti e uccellini.

Affaccia beddu e senti sta canzuni,
la canto sulu a tia cocciu d'amuri
lu sangu mi fa buddiri ne i vini
se nun ti viu mi veni di muriri.

I vicini spegnevano la tv per non perdere neanche una nota di quella melodia che chetava i bambini e le vecchie malmostose, ammorbidiva i duri di cuore, impietosiva gli aridi.

Il polacco stava asciugando la Vespa. «Attenta umidità, principessa, per te raffreddore problema. Senza naso, tu non lavora.»

Lei sorrise: dacché aveva rotto con Sasà, Janek era diventato protettivo. "Perché uomo ci vuole, principessa, uomo che sta attento."

«Dov'è Carmela?» chiese Marò.

«Io non so, principessa. Forse lavare, forse stirare. Tu chiama, lei ora telefono» e muoveva le mani in aria, come se l'avesse davanti quella sua donna e potesse accarezzarla.

«E bravi, dopo la casa anche il cellulare!» Marò si fece dare il numero e chiamò. Rispose una voce cinguettante, pure quando parlava Carmela pareva cantasse.

«Mi puoi allargare qualche vestito per favore? Sono un po' ingrassata» disse. Aveva abbassato il tono della voce, le seccava confessare questa sua debolezza in pubblico.

«No» rispose brusca la donna.

«E perché?»

«Picchì lei l'avi a finiri di mangiare. Che le pare che non le vedo in casa sua le cartuscelle dei cioccolatini, gli scatoloni vuoti della pizza? No, commissaria, se io ci allargo le cammise, vossia si sente autorizzata a mangiare ancora. E se vi fate più pacchiona, poi sono guai. Sintissi a mia, lassassi a vistina così com'è e s'attruvassi un masculu, commissaria!»

«Bedda matri, Carmela, pure psicologa!»

«Commissaria...»

«E basta cu stu commissaria!» la interruppe lei infastidita. «Vi-ce-que-sto-ra, lo capisci sì o no? Pare che mi fai la ripassata.»

«Come dici vossia, commissaria, ma un masculu ci vuole, uno qualsiasi. Per esempio c'è quel beddo posteggiatore dietro a piazza Borsa. Chiddu cu l'occhi nivuri nivuri e certe vrazza ca parinu vastedde. Ci duna certe taliate. Ecco attaccasse bottone cu' iddu.»

«Ma è un posteggiatore abusivo!» protestò Marò.

«E vossia ci mittisse le manette, macari s'addiverti chiossà. Un masculu, no na sarta.»

Marò concluse la telefonata, aveva un'espressione esterrefatta. Janek la guardava contrito.

«Tu bene principessa? Tu perdona; tu sai come fatta; ti vuole bene, tu conosci...»

Lei lo fissò con una certa invidia. Era bastata una donna semplice e con un po' di cuore a resuscitare uno che pareva morto, forse doveva dare retta a Carmela.

«Tu sai, principessa, amore potente come Dio; anzi amore è Dio!» esclamò quello con voce altisonante. Lei mise in moto; lo straniero, senza patria né cultura, ne aveva di cose da insegnare a lei e a cu si sentiva u megghiu. Poi imboccò il vicolo della Correria come al solito contromano, se si sbrigava il questore lo trovava a inizio giornata.

8

«Dottoressa Pajno, che fa qua?» il questore le fece cenno di sedersi con un sorriso affabile. Indossava una morbida giacca di cachemire, che veniva voglia di accarezzare; la camicia celeste pallido faceva risaltare la sua abbronzatura da sportivo; un paio di gemelli d'oro e corniola ai polsi, al collo una cravatta di seta rossa con cavallucci marini blu. "Un damerino!" pensò Marò a disagio; quell'eleganza ricercata faceva da contraltare alla sua trascuratezza. Si scrollò alcune briciole dalla divisa, quindi prese posto sul pizzo della sedia.

«Che fu bella la cerimonia in cattedrale, vero dottoressa?»

«Questore, mi deve delle spiegazioni!» disse lei senza girarci intorno.

«Veramente io sono il suo superiore e non le devo proprio niente» rispose Bellomo piccato; poi sciogliendosi in un sorriso seduttivo aggiunse: «Ma le voglio bene e farò finta di non aver sentito. Piuttosto, non dovrebbe essere al lavoro sul caso della pasticciera? Ha una pista?».

«Questore, che fa cugghiunia?»

«Dottoressa, non sia così sboccata» la rimproverò quello fingendosi scandalizzato. «Una poliziotta come lei, non dico che dovrebbe parlare in versi, ma almeno usare un po' di gentilezza. La donna virtuosa adorna la casa. E poi sono sempre il suo superiore, non lo dimentichi!»

Come se l'autorità di un uomo fosse la conseguenza diretta del ruolo, voleva controbattere Marò.

«Le faccio portare un caffè?» le chiese Bellomo con voce gentile.

«Nzù» rispose lei alzando il mento in segno di diniego, il trito di frutta secca ingoiato prima di uscire le aveva fatto veleno.

«Preferisce una spremuta, un cappuccino?»

Ma com'è che era così premuroso? Marò aveva l'impressione che volesse flirtare, ma giusto giusto con lei? "No, questo mi vuole fottere e non in senso letterale" concluse.

«Dal momento che è qui, le dirò come stanno le cose, ma dopo, dottoressa, si deve impegnare nelle indagini e non pensare più a nulla.» Il questore si passò la mano tra i capelli con un gesto piacione. «Dunque, come le avevo accennato, tra sei mesi andremo a elezioni e sembra che ci sarà una vera rivoluzione politica.»

«Ma, a me...» obiettò Marò.

«Non posso scendere nel dettaglio.»

«Sì però...»

«Dottoressa, non mi interrompa. Sa cosa sono le tre "i"?»

«Nzù.»

«Improvvisatori, inconsapevoli e incompetenti, sono i nuovi politici, gli emergenti. Qualcuno che sappia amministrare però ci vuole e per noi tecnici si prospetta un periodo felice. Mi hanno contattato...» Bellomo fece una pausa, lasciando intendere che non poteva fare nomi. «Hanno bisogno di uno che capisca di leggi e codici; che abbia un'esperienza concreta nel campo legale e, se le cose vanno come devono andare, lei ha davanti il prossimo ministro della Giustizia.» Pronunciò l'ultima parola con enfasi. Aveva anche gonfiato il petto, era così tronfio che Marò quasi si intenerì.

«Ma con quale schieramento politico?»

«Ora lei vuole sapere troppo, dottoressa.»

Marò passò in un secondo dalla tenerezza al fastidio. "Che si crede che sono un pupo?" pensò e per la rabbia le guance le si fecero rosse. Lui dovette accorgersene, perché aggiunse subito: «Glielo dirò, ma a tempo debito. Il gruppo antifemminicidio ha funzionato benissimo, è stato molto apprezzato sia dai vertici sia dall'opinione pubblica. Non faccio altro che rispondere alle telefonate dei giornalisti. Ora ha capito perché ho deciso di puntare tutto sulla difesa delle donne?».

Marò taceva pensierosa. «Insomma, non mi fa i complimenti?»

«Complimenti. Ora mi vuole spiegare io cosa c'entro?»

«Ma come, ancora non l'ha capito? Rimarrà il mio posto vuoto e io vorrei che lei fosse il nuovo questore di Palermo. Insieme formiamo una squadra invincibile.» Di nuovo quell'espressione piaciona, come se volesse fare colpo su di lei.

«Questore, ora lei cugghiunia veramente!»

L'uomo scattò in piedi, sembrava contrariato. Aggirò la sedia e si mise alle sue spalle. «Dottoressa Pajno, lei era, fino a pochi mesi fa, una delle donne più sexy della squadra Mobile. Portarla alle cerimonie era un piacere. I miei colleghi mi invidiavano. Cosa le è successo? La trovo un po'...»

«Non credo che la cosa debba interessarla, con rispetto parlando» lo bloccò Marò.

«E invece sì» rispose piccato, quasi che il cambiamento di Marò fosse un dispetto fatto a lui personalmente. «La forma è tutto nella vita. Dovrebbe dedicare un po' di tempo a se stessa. Perché non va a correre qualche ora al mattino? Lo sa come si dice, *mens sana in corpore sano*. Il questore poi deve avere una certa immagine.»

«E se le cose non vanno come devono andare?»

«Non è possibile» rispose lui con sicumera. «Io sarò ministro e lei questore.»

«Questora, dottor Bellomo, que-sto-ra! Non sarò al massimo della forma, ma sempre donna sono.»

«Va bene, questora, come vuole lei» le fece il verso l'altro.

Marò si era fatta pallida, stringeva i pugni. Anni di duro lavoro per dimostrare di valere quanto un suo pari grado di sesso maschile e ora Bellomo la voleva come questora perché un tempo era stata bella ed elegante.

«Lei non crede in se stessa» le sussurrò lui addolcendo il tono. «Dottoressa Pajno, mi porti l'assassino della pasticciera, le do tempo fino alla Befana e vedrà che dopo tornerà a essere felice. Il potere gratifica quanto e forse più dell'amore.

Le do la mia parola, si fidi, non sempre le cose sono come appaiono. Ah, non mi faccia mancare il resoconto dello stato delle indagini. Voglio fare una raffica di comunicati stampa, sommergerò di dichiarazioni i giornali. Ora la saluto, ho un incontro importante.»

Marò si congedò in tutta fretta. Il questore aveva cambiato registro perché consapevole del suo disagio? E quell'allusione all'amore e al potere, come se Bellomo conoscesse bene la sua solitudine. Certo è che c'era stato un momento in cui si era sentita nuda davanti a lui.

"Altro che promozione" pensava, "mi rimarrà la nciuria, fanculo. Se questo si fa scappare la notizia, per tutti alla squadra Mobile sarò la *questora*. Che idea del cazzo!"

Il cielo era nero nero, ma non pioveva. Camminò fino al bar Marocco.

«Caffè?» chiese il barista, mettendole sotto al naso una brioche fragrante.

«Dammi un Alka-Seltzer, ho un chiummo da digerire.»

9

10 dicembre

La mattina dopo, sotto un cielo plumbeo che nemmeno a Torino, Marò se ne andò a casa della vittima. C'era traffico e rimase bloccata al semaforo di via Marchese di Roccaforte, ridotta a uno stretto budello dalle bancarelle del mercato, che dilagavano oltre il marciapiede fin sulla carreggiata.

Fedeli, le mani strette sul volante, teneva lo sguardo fisso avanti e respirava lungo, pareva in trance.

«Aziona la sirena» comandò Marò. Quello le indicò la strada «Non c'è da dove passare» e sprofondò nel suo torpore rassegnato.

«Che fu, ispettore, ha fatto le ore piccole questa notte?»

«Abbiamo giocato a tombola, dottoressa. Che vuole, sono feste pure per noi poliziotti.»

«E ha vinto?»

«Ma quando mai! Mio cognato invece ha una fortuna... pure il tombolino, quello che lasciamo apposta per i bambini s'è portato a casa. Figghiuzzi miei, che delusione.»

Marò sorrise, sotto Natale il demone del gioco abitava proprio tutti, compreso quel pacioccone del suo ispettore.

«È tutto l'anno che metto da parte i soldi per le giocate di Natale. Non mi sono comprato un vestito nuovo, né un paio di scarpe, mi faccio bastare la divisa. Non fumo, non bevo, non mi fermo al bar per il caffè, ché c'è poco da sguazzare in una famiglia con un solo stipendio. Ma la tombola no, non me la devono levare. Non lo so che mi pigghia, ma quando passa la cinquina mi sale un'adrenalina!»

«Chiste su emozioni, Fedeli!» lo prese in giro lei.

«Sapesse che bello! La casa è piena di gente, che non riusciamo a chiudere la porta per quanti siamo. Mio suocero tiene il tabellone, lui conosce tutti i numeri e i modi diversi di chiamarli. Ogni estrazione si alza in piedi e urla "Le gambe delle signorine, la fortuna..." e noi a indovinare. Un divertimento.»

«Me ne compiaccio, ispettore.»

«Vede, dottoressa, lei penserà che sugnu un poco fissa perché m'addiverto cu niente; e magari lo sono.» Fedeli aveva l'espressione furba di chi ha un segreto e lo sta per rivelare, i suoi occhi erano lucidi di emozione. «Il Natale per me è magico, forse pure miracoloso. Ci si ritrova ogni sera per giocare, ma le carte sono una scusa. La verità è che a noi, intendo io e mia moglie, ci piace stare vicini vicini, ammassati nella stanza da pranzo, che è sempre la stessa dai tempi di mio nonno. A mano a mano che escono i numeri ognuno ha una cosa da cuntare, un ricordo speciale, un modo di dire. Cose di famiglia, và. Ci sembra così di essere di nuovo al completo e il cuore arrisagghia di felicità. A questo serve la tombola, che si crede?»

Marò non replicò, anche a casa sua aveva funzionato a quel modo finché suo padre era stato in vita; ma poi le relazioni familiari erano come implose. Lui era il capitano di una barca, che dopo la sua scomparsa s'era arenata.

«Dottoressa, deve venire una sera da me, sono sicuro che le piacerà.» Lei lo guardò storto. «Macari chistu!» replicò, ma che si era messo in testa Fedeli, di diventare suo parente? Basta, il discorso si era fatto troppo intimo e lei non aveva nessuna intenzione di cedere al sentimento.

«Ne approfitto per fare la spesa» e prima che l'ispettore avesse il tempo di replicare, lei era già fuori e aveva chiuso lo sportello. «Vedrà che arrivo prima io» urlò dal marciapiede e sparì tra le alte piramidi di broccoli, le capannucce di cardi, al di là di una lunga palizzata di carciofi. Fatti pochi passi sconfinò in un dedalo di arance lucide come palle di Natale, mandarini incartati in veline colorate, limoni con la buccia rugosa, mele croccanti dalle sfumature gialle e fucsia, carnosi finocchi dalle tonalità lattescenti. Non le fu difficile orientarsi, tutti i mercati riflettono la medesima toponomastica. Il viale degli ortaggi era la zona più esterna; il quartiere degli agrumi si trovava a metà tra la piazza delle spezie e l'isolato del pesce. Marò si addentrò tra collinette di lucide olive nere, verdi, marroni che trasudavano umori. Si fermò al centro di una rotonda di frutta secca. Nulla la tentava più di noci, nocciole e datteri imperlati di zucchero. Ne comprò un cestino colmo, aggiunse una collana di polverosi fichi secchi e un sacchetto di mandorle pralinate, che cominciò subito a sgranocchiare.

La fimmina insoddisfatta mangia, ripeteva spesso quel saccentone di Sasà.

La casa della famiglia Russo si trovava in una strada di scorrimento, che univa la periferia di Palermo a una borgata popolosa. Fedeli era arrivato prima di lei e se ne stava appoggiato alla macchina con un'espressione sorniona.

«Ha perso la scommessa, dottoressa.»

«Vuol dire che le offrirò un caffè» replicò lei con la bocca piena.

C'era un'aura di abbandono che avvolgeva tutto l'edificio. La facciata di cemento grezzo era una macchia scura al centro di un giardino spelacchiato.

«Manco una mano di vernice» constatò l'ispettore indicando le ringhiere dei balconi rosse di antiruggine. Sotto una tettoia di onduline un camper sgangherato, una vecchia Renault 4 di colore indefinito, un'Alfa Romeo Duetto rosso fuoco. All'ultimo piano, oltre il cornicione, al centro del lastrico, una vasca tonda, una via di mezzo tra piscina e serbatoio d'acqua. Tutto attorno una striscia di terra indurita dal gelo. Un gallo altezzoso ostentava i suoi potenti rostri su una fascina di legna. Una donna vestita di nero, la testa coperta da un fazzoletto, camminava su e giù dentro al recinto. «Chiti chiti chiti» urlava lanciando manciate di granoturco. Alcune galline si fiondarono sul pastone, svolazzando a pochi centimetri da terra. Beccavano e veloci fuggivano mentre il gallo le inseguiva con un frullio minaccioso di piume.

Sul citofono le targhette con i nomi scritti a penna. "Russo, Fundarò", Marò li pigiò tutti e due. Comparve di lì a poco un tipo basso e magro, dalla faccia spigolosa e gli occhi sfuggenti, aprì il cancello e fece cenno di seguirlo. Li condusse davanti a una sorta di montacarichi industriale dalle pareti di ferro, sporco di terra e grasso. Fece scorrere il cancello di sicurezza e infilò una chiave nella bottoniera.

«Andiamo a piedi» disse Marò sperando di poter curiosare. Quello scosse la testa e indicò un mucchio di scatole gettate alla rinfusa sui gradini insieme a copertoni usati, attrezzi da giardino, filo spinato, teloni cerati, paletti arrugginiti e tanto altro ciarpame. L'ascensore era ampio e salì lentamente, sussultando e stridendo. Stavano comodi lì dentro, abbastanza lontani l'uno dagli altri; Marò sentiva un forte puzzo di cane bagnato emanare dal ragazzo. Se il suo naso in quel momento percepiva correttamente, quello doveva essere un tipo fedele, uno che mai avrebbe tradito il padrone.

Sul pianerottolo li aspettava un giovane uomo, i capelli lisci e corti, un ciuffo scomposto sugli occhi arrossati.

«Sono il marito di Saveria» disse tendendo la mano, Marò gliela strinse e fu travolta da una corrente di angoscia. Attraversarono il corridoio, dalle porte spalancate lei poté curiosare dentro le camere, arredate in modo modesto. Nel salone solo mobili Ikea, persino la tv era un modello vecchio. Eppure alla figlia di Fofò Russo i soldi non dovevano mancare.

«Condoglianze» disse Marò mettendosi seduta. Il ragazzo segaligno si sistemò alle sue spalle, lei riusciva a sentirne il respiro sottile e frequente. Il Fundarò ringraziò con un filo di voce.

D'un tratto un bambino riccioluto sfrecciò sui pattini a rotelle, le guance arrossate, la maglietta che si gonfiava nell'impeto della corsa. Fece il giro della stanza un paio di volte, si dileguò lanciando urla gioiose, per ricomparire subito dopo, le braccia allargate a mimare un aeroplanino.

«Mi dica, dottoressa» la sollecitò il vedovo.

«Stiamo indagando sull'o...»

Il servitore balzò rapido in avanti, si portò un dito al naso e fece cenno di tacere. Poi seguì nel corridoio il pattinatore, lo sollevò per la vita e insieme sparirono sul pianerottolo.

«Scusate, mio figlio ancora non sa nulla» spiegò il padre. Marò aveva osservato la scena con una certa perplessità. Il ragazzino sollevato a peso morto e portato via come un pacco! Lo scagnozzo poi, per quanto magro, sembrava forte. E quei modi bruschi, come se trattenesse a stento una rabbia antica.

«Dove lo ha portato?» chiese lei, la sua voce tradiva un certo turbamento.

«Dal nonno, abita qui di fronte. Daniele è cresciuto con lui» rispose l'uomo accavallando le frasi, come se avesse fretta di rassicurarla. Le pupille erano dilatate, la mascella serrata e il muscolo massetere un cordoncino rilevato sotto la barba rada.

«Le dicevo che stiamo indagando sull'omicidio di sua moglie.» Marò si fermò a cercare le parole giuste per non urtare la sensibilità del vedovo. Compose nella sua testa frasi senza aggettivi con avverbi dal tono neutro, che non contenessero giudizi espliciti. Coniugò i verbi in forma impersonale e si attenne ai fatti, pochi per la verità. Era il suo modo di vincere eventuali resistenze.

«Tutto sembra indirizzare verso una rapina, anche se ci sono molte incongruenze. Alle sei del mattino, la cassa di un bar appena aperto di solito è vuota. Le risulta che sua moglie avesse l'abitudine di lasciare del denaro?» Sentiva, sia pure in modo indistinto, che non era ben accetta; e che il Fundarò non si sarebbe lasciato andare a nessuna confidenza; in quell'ambiente la meglio parola è quella che non si dice.

Quello si scostò i capelli dagli occhi, traspariva un dolore senza sorpresa. La morte, se fai parte di una famiglia mafiosa, la guardi negli occhi fin da bambino.

«Era Saveria a occuparsi di tutto, io veramente non so nulla, faccio l'impiegato al Comune.»

«Sua moglie andava a lavorare sempre così presto?» Intanto

lo scagnozzo era tornato al suo posto e presenziava alla conversazione. Il Fundarò cominciò a parlare lentamente, soppesando anche lui le parole con il bilancino, alzava spesso lo sguardo al soffitto e poi lo puntava oltre le spalle di Marò.

«No, era Ninetta, la commessa, ad aprire. Saveria arrivava verso le nove. Prima portava il bambino a scuola; sa, gli era molto legata; ogni momento libero lo passava con lui. Ma l'otto dicembre è un giorno speciale, mia moglie prepara il sanguinaccio, è l'unica in tutta Palermo a fare ancora questo dolce, mio suocero ci tiene molto.»

«E la commessa dov'era?»

«Ammalata. Ha telefonato la sera prima, dicendo che stava influenzata e con la febbre alta. Se solo avessi potuto immaginare...» l'uomo scoppiò a piangere.

Lei aspettò che si calmasse. «Avete mandato il medico per la visita fiscale? Talvolta i rapinatori sono aiutati da un basista all'interno del negozio.»

«Dottoressa, ma che va pensando? Ninetta è una di famiglia. Nella pasticceria ci lavorano solo persone di fiducia. Le sceglie mio suocero personalmente.»

«Certo, capisco. Mi racconti qualcosa di sua moglie.»

«Cosa posso dirle? È stata il mio primo amore. Ci siamo conosciuti sui banchi di scuola e sposati molto presto. Daniele è arrivato subito.»

Marò era disorientata, il suo olfatto percepiva fragranze buone. "Com'è possibile che il genero di Fofò Russo sia una persona perbene?" Quel suo naso davvero non voleva saperne di fare il suo dovere.

«Ci sono altre persone che lavorano al bar?»

«Una donna delle pulizie.»

«Vi fidate anche di lei?»

L'uomo fece una smorfia. «Che dice? La Perla non è una pasticceria qualsiasi, è la succursale di casa Russo.»

«Avete mai ricevuto minacce?» Lui abbozzò un sorriso e non rispose.

«Non le pare strana una rapina all'alba? Il quartiere è molto tranquillo, non è mai successo nulla di simile.» Marò fissava il vedovo dritto in faccia, quello sostenne il suo sguardo.

«Davvero non so che dire.»

«Va bene...» Marò si alzò in piedi per andar via. Ma possibile che il Fundarò non avesse nulla da raccontare oltre a quello che lei poteva apprendere all'anagrafe comunale? Si guardò intorno: eppure la casa, sebbene spoglia, parlava di una famiglia come tutte le altre. La tv, le foto, una sciarpa appallottolata sul divano. «Scusi la mia invadenza, ma non ha un ricordo di sua moglie che ha voglia di condividere?» Cercava un appiglio, qualcosa che le permettesse di delineare il carattere di Saveria; non che servisse alle indagini, in fondo si trattava di un omicidio a scopo di rapina, piuttosto ne aveva bisogno lei, per familiarizzare con la vittima, per dare un po' di umanità al suo lavoro.

Lui sembrò pensarci, poi si addolcì.

«Una cosa forse gliela posso dire, dottoressa.» Lei tornò a sedersi. Di nuovo quel puzzo di cane bagnato, lo scagnozzo s'era risistemato alle sue spalle. «Eravamo due caratteri diversi. Io malinconico, lei sempre allegra, io pauroso, lei aveva coraggio da vendere; io pigro, lei... insomma, l'ho sempre considerato un peccatuccio veniale, tutt'al più un difettuccio. Invece Saveria mi rimproverava spesso di non essere abbastanza solerte. Lei per scherzo mi chiamava "l'abate di San Zeno"! Sa quello che scontava la pena nella quarta cornice del Purgatorio, correndo e urlando agli altri di non perder tempo? Saveria amava Dante, avrebbe voluto laurearsi in lettere.» Il Fundarò sorrise, quel ricordo gli era caro. Ma di colpo i suoi occhi si offuscarono. Una nuvolaglia si addensò nelle sue pupille. «La pigrizia è un danno!» e tacque.

Marò era diventata pensierosa. Nella sua mente scorrevano le immagini delle occasioni mancate. Era davvero pigrizia o piuttosto egoismo?

Il silenzio calò nella stanza, si sentiva il respiro del vedovo, ansioso e veloce come vento tra gole rocciose.

«Va bene, io tolgo il disturbo. Vorrei parlare però con il fratello di Saveria, so che è stato lui a trovare il corpo.»

«Ora non è in casa, ci sono molte questioni di lavoro e qualcuno se ne deve occupare.»

«Allora il padre...»

«Senta, mio suocero è distrutto, non vuole vedere nessuno.»

«Va bene, proverò a chiamarli entrambi per un appuntamento.»

Si salutarono. Lo scagnozzo accompagnò i due poliziotti all'ascensore, azionò la leva del motore e li mandò giù.

In giardino, appoggiata alla rete del pollaio, l'anziana custode delle galline se ne stava a riposare. «Fanno uova anche in pieno inverno?» chiese Marò. Quella sorrise indicando il cestino ai suoi piedi che ne era colmo. In quel momento lei ebbe la sensazione di essere spiata. Sollevò lo sguardo, c'era nel vano della finestra un'ombra scura, che subito si tirò indietro; forse il terribile Fofò Russo la osservava dall'alto della sua fortezza. Stava per tornare sui suoi passi, quando il ragazzo segaligno le si parò davanti e, senza dire una parola, la condusse oltre il cancello, poi rapido richiuse il lucchetto. Si trovarono fuori, lei e l'ispettore, mentre quello era già sparito dentro la palazzina.

«Che ne pensa, dottoressa?» chiese Fedeli in macchina.

«Non lo so. Mi è sembrato strano che quel tipo rimanesse ad ascoltare tutta la conversazione.»

«Magari è stato il boss a mandarlo. Lo sa come sono questi mafiosi, degli sbirri non vogliono sentire nemmeno il ciauru.»

«Il vedovo mi è parso intimidito, non voglio dire spaventato, ma in soggezione sì.»

«È normale, stiamo parlando di un capofamigghia!»

«E poi quel picciotto non ha detto manco buongiorno.»

«E quello magari è muto.»

«Magari! Comunque c'è poco da pensare, Fedeli. Se entro due giorni troviamo un cadavere incaprettato vuole dire che è rapina e il boss ha fatto giustizia; sennò dovremo darci da fare.»

Alla Fiera del Mediterraneo rimasero imbottigliati. C'era stato un incidente. Il vecchio e glorioso mercato internazionale dell'industria, chiuso da anni, cadeva a pezzi. L'intonaco dei padiglioni si stava sgretolando, erbacce selvatiche bucavano marciapiedi e facciate.

«Hai voglia a riempirti la bocca con "Palermo capitale della cultura"!» esclamò Fedeli.

«Ma non l'avevano aperta di nuovo?» chiese Marò.

«Sì, dopo dieci anni di chiusura.»

«Com'è che è così malridotta?»

«È che non l'hanno mai restaurata. Ogni tanto ci fanno qualche sagra di paese.»

«Mio padre mi raccontava che dopo la guerra, quando la inaugurarono, la Fiera era bellissima. Edifici eleganti, i viali alberati, Monte Pellegrino che la dominava. Qualche volta da bambina mi portava, ma io mi ricordo solo lo zucchero filato.»

«Proprio così. Ora c'è soltanto un grosso capannone, quello centrale, che funziona; periodicamente lo trasformano in un suq. Ci vendono tappeti, elettrodomestici, divani, lampadari, gelati, pizza e caffè, qualche giostra e il saltarello per i bambini. La modernità.»

«Aziona la sirena» comandò Marò, voleva allontanarsi al più presto da quella zona desolata, che minacciava i suoi ricordi più belli. La luce blu cominciò a lampeggiare, l'urlo spaccatimpani dell'urgenza riempì la strada, la fila però non si mosse di un centimetro. Fedeli si attaccò al clacson, si sporse fuori dal finestrino, insultò e minacciò, finché le macchine davanti a loro si spostarono con riluttanza. Scavalcarono la fila, inseguiti dagli improperi degli automobilisti.

«Che fa ti scappa di pisciare?», «Ora di mangiare è!» urlavano da dentro gli abitacoli puzzolenti di fumo. I palermitani possono tollerare il traffico, il disagio, la munnizza, ma l'esibizione del potere no. E fanculo se si trattava di un'emergenza, a quella oramai ci avevano fatto l'abitudine.

10

Nel pomeriggio Marò decise di tornare sul luogo del delitto.

Il quartiere sembrava aver ritrovato una certa normalità. L'aria profumava di agrumi e legno bruciato. Le luminarie brillavano a fasi alterne; pupazzi di Babbo Natale attaccati ai balconi lasciavano penzolare goffi sederi; abeti spelacchiati spuntavano da vasi di cemento colmi di cicche; ai loro rami grosse palle di plastica, ammaccate dalla grandine. La tramontana aveva allontanato le nubi e spezzato i nastri della polizia.

Alcuni monconi svolazzavano nell'aria, schioccando come fruste. Un gruppo di ragazzi giocava a calcio sul marciapiede costellato di pali dissuasori, più utili per delimitare un immaginario campetto che per evitare la sosta selvaggia. I leoni all'ingresso della Favorita trasudavano goccioline di umidità ingrigita dallo smog. Davanti alla pasticceria un piantone dall'aspetto pacifico passeggiava su e giù; era lui l'unica traccia del recente delitto.

«Fedeli, guarda quante telecamere! Vai dal preside della scuola e fatti dare i nastri di quelle, puntano dritte dritte al bar. Io faccio un giro qua intorno. Quando hai finito ci vediamo alla macchina.» Marò attraversò l'aiuola centrale e raggiunse l'edicola all'angolo con via del Fante, il giornalaio si stava preparando per chiudere.

«No, non ho visto nulla, dottoressa» rispose l'uomo senza smettere di ammucchiare scatoloni di riviste e giornali.

«E nei giorni di festa apro più tardi; questo è quartiere di signori, loro dormono e io ne approfitto per riposare.»

«E figuriamoci» esclamò Marò, la voce che vibrava di indignazione. «In questa città nessuno sa e non ha mai visto niente.»

«Che le devo dire? Se è per farle piacere mi posso inventare qualcosa.» Faceva lo spavaldo, ma puzzava di paura e reticenza. Come dargli torto? Era stata ammazzata la figlia del boss, la regola in questo caso era di non parlare nemmeno del tempo.

«Se ti venisse in mente qualcosa...» Marò gli lasciò il numero di telefono, ma non sperava in nulla.

Fedeli la raggiunse dopo poco.

«Ho le registrazioni, ma dubito che ci saranno utili.»

«Non fare il disfattista.»

«Il fatto è che, a quello che dicono, il posto è tranquillo, mai un furto, un'aggressione. Il custode della scuola, uno sciancato che vive dentro un gabbiotto di legno in fondo al campo da tennis, sostiene che in trent'anni non è mai successo niente. Quasi quasi mi trasferisco qua, ché sotto casa mia si fottono pure la munnizza.»

«E allora perché hanno le telecamere?»

«Per gli studenti, altrimenti entrano ed escono quando pare a loro. Però, manco a farlo apposta, sono rotte dal giorno prima dell'Immacolata. Tu guarda certe volte le coincidenze.»

«Fedeli, tu ci credi alle coincidenze? Se vai a scavare, il più delle volte trovi organizzazione e programmazione.»

«Comunque io i cd che avevano li ho presi tutti; anche quelli della banca di via degli Artificieri e del negozio di sport all'angolo: la telecamera inquadra l'ingresso secondario della pasticceria, quello che dà accesso al laboratorio; non si sa mai.»

Se ne tornarono in ufficio. C'era festa alla Mobile, ché il sovrintendente Machì con l'anno nuovo sarebbe andato in pensione. Nella sala conferenze, sulle scrivanie apparecchiate con tovaglie a quadretti, erano comparse misteriose pietanze, ché ogni piatto era avvolto in un doppio strato di alluminio. Avevano aspettato loro due per cominciare e

Marò fu costretta a fermarsi e a intrattenersi con i suoi uomini e le loro famiglie.

Uno per uno saltarono gli involucri e comparvero spiedini di carne, polpettine all'arancia, broccoli in pastella, cardi fritti, cotolette con doppia panatura, crostate di marmellata, frittatine di pasta spolverate di zucchero, frittelle di riso, babà con crema, cannolicchi di ricotta. Machì, il volto animato dall'emozione, il petto gonfio d'orgoglio, offrì a Marò una fetta di torta. «L'ha preparata mia moglie; l'assaggi, è buonissima; tutta roba genuina.» Lei rifiutò con gentilezza.

«Non dica di no, mia moglie ha lavorato tutta la notte», l'uomo aveva uno sguardo supplice. Lei prese il piatto, decisa ad abbandonarlo appena lui si fosse distratto.

Da un po' di tempo la distanza che la separava dai suoi uomini si era accorciata. Il loro atteggiamento si era fatto paterno e accondiscendente. Quella sorta di prossimità emotiva la infastidiva, temeva che così da vicino potessero accorgersi della sua strana, nuova fragilità. Si guardò intorno cercando una sedia. Fedeli scattò in piedi e le indicò la sua con un sorriso.

«Grazie» mugugnò seccata, non aveva ancora l'età perché gli altri le cedessero il posto.

«Avanti» la incoraggiò il sovrintendente indicando la torta. Lei sollevò un sopracciglio e lo guardò storto. Proprio in quel momento la sua pancia cominciò a gorgogliare. «Lo sente? Pure il suo corpo le dice che deve mangiare.» Vagli a spiegare, pensava Marò, che era colpa dell'Alka-Seltzer se il suo intestino rumoreggiava come un tubo ingorgato.

«Avanti!» ripeté quello e si puntò il dito grassoccio al centro della guancia, facendolo girare in tondo. «Buono!» esclamò come si fa con un bambino che rifiuta la pappa. Ma talia a chistu!, la trattava come una picciridda capricciosa. Per toglierselo di mezzo raccolse con i polpastrelli le briciole disseminate sul bordo del piatto e le portò alle labbra. La torta era delicata, profumava leggermente di limone. Affondò allora la forchetta, la crema cominciò a grondare dai bordi come dentifricio dal tubo. «Giusto un pezzettino, per non essere scortese» quindi si lasciò sedurre dal tenero pan di spagna e infine spazzolò tutto leccando i rebbi appiccicosi. «Perché chi non accetta non merita» concluse.

«Che le avevo detto? La moglie del sovrintendente ha le mani d'oro» chiosò Fedeli. Marò, pacificata, ché lo zucchero agisce più velocemente dell'eroina, gli sorrise. Lui le offrì dello spumante. Brindarono a Machì e alla sua nuova vita; poi i colleghi levarono i calici, Fedeli le suggerì in un orecchio: «Dottoressa, si aspettano da lei un discorso di saluto». Marò sbuffò e scosse la testa. «Dottoressa, offesa mortale sarebbe.» Allora lei si alzò in piedi. «Auguri» disse puntando il bicchiere in direzione di Machì. «Naturalmente, nei giorni che ancora le rimangono prima della pensione, mi aspetto che si occupi con il consueto impegno del caso della pasticciera, e adesso forza, cominciamo a lavorare.» La frase era uscita male, non ci teneva a fare la sconzajoco, voleva solo prefigurare nuove soddisfazioni al sovrintendente, nonostante il suo lavoro fosse oramai di fatto concluso. Provò a rimediare, ma non le uscì nulla di sensato, la sua infelicità era così profonda che non le riusciva di gioire con gli altri?

Intanto i sorrisi si erano spenti, un brusio di malumore s'era levato tutto intorno. Lei girò i tacchi e si chiuse nella sua stanza.

Fedeli bussò alla porta ed entrò senza aspettare il permesso, aveva il volto rabbuiato. «Volevo parlarle...» il tono era secco e alle orecchie di Marò suonò come un rimprovero. Oh, ma che voleva questo? Non è che l'ispettore con la scusa dell'affetto era venuto a farle la ramanzina? Si irrigidì e drizzatasi sulla sedia chiese: «Della rapina?».

«E di che altro sennò?»

Marò tirò un sospiro di sollievo, si abbandonò sulla spalliera e gli fece cenno di proseguire.

«Volevo farle sapere cosa hanno fatto gli uomini del gruppo finora.» C'era una nota polemica nelle sue parole. Lei fece finta di non capire.

«Io personalmente ho chiamato Burgio, ci darà i risultati dell'autopsia a breve. I colleghi della scientifica stanno lavorando sodo, ché Bellomo pare li abbia tempestati di telefonate. "Massima urgenza" ha detto, "lasciate perdere tutto il resto"; sono stati trovati due cellulari, uno nella tasca del cappotto della vittima, l'altro nella borsa. Ci sta pensando Machì, che si è messo al lavoro senza indugio, come suo solito del resto. Per Santa Lucia, se Dio vuole, avremo le impronte, le perizie sul proiettile, le traiettorie balistiche e naturalmente la cuccia, per addolcire la giornata» concluse l'ispettore con un sorriso conciliante, non ce la faceva proprio a star sulle sue.

«Non ci rimane che aspettare, allora. Vabbè, Fedeli, ma io qualcosa intanto devo fare.» Marò allentò con fare discreto la cinta dei pantaloni, il gesto non sfuggì all'ispettore.

«Che hai da guardare?» lo rimbrottò.

«Niente, dottoressa» lui tirò in dentro la pancia, incrociò le braccia davanti al petto, raggomitolandosi nella divisa come una lumaca nella sua casetta.

«Ci sarebbero i nastri delle telecamere» suggerì il poliziotto mettendo appena fuori il naso da quel suo rifugio di carne.

«Ecco, bravo Fedeli, esaminali, io me ne vado a casa.»

Marò uscì senza salutare, lo sguardo deluso dei suoi uomini la seguì fino alle scale.

11

Aveva lasciato la Vespa al riparo, sotto il grande arco dell'atrio. Sul sellino trovò un biglietto di rimprovero. Ai sofisticati condomini della Correria non andava giù quel posteggio "abusivo e indecoroso", c'era scritto. Ma cosa aveva di indecoroso la sua bellissima moto?

"Chiovi" scrisse in risposta su un foglietto, che appiccicò vicino alla cassetta della posta. Sasà sarebbe stato orgoglioso di quella sua risposta che non dava sazio a nessuno. Per le scale si sentiva il cicaleccio delle famiglie radunate attorno alla tavola; la cena veniva servita presto in quel periodo, ché dopo si giocava. Non vedeva l'ora di togliersi i pantaloni, si spogliò nell'ingresso. L'impronta della cintura era un segnaccio rosso appena sotto l'ombelico. Massaggiò la pancia, il sangue riprese a circolare. Alzò il termostato e si infilò sotto la doccia. Ci rimase a lungo, facendo a mente l'elenco delle cose più urgenti di cui occuparsi; e poi si perse in quella nebbia profumata. Indossò infine un accappatoio leggero. Ancora umida e con i capelli che gocciolavano, si sdraiò sul divano. Telefonò a Bellomo, che cominciò a premere per convocare una conferenza stampa. «Non voglio aspettare molto. Abbiamo bisogno di visibilità.»

«Troppo presto. Notizie in fondo non ne abbiamo, sono passati solo due giorni, però non dubiti che sto indagando.»

«Ci sentiamo domani. Appena scopre qualcosa mi chiami

subito, a qualsiasi ora, ché il ferro va battuto quando è caldo; e poi si faccia carina, la voglio al mio fianco, dottoressa.»

Quell'aggettivo "carina" le fece venire i nervi. "Sono una poliziotta, non una modella" si disse, ma prima o poi gliel'avrebbe fatto vedere a quel ganimede chi era Marò Pajno.

Smanettò sui social. I soliti selfie con la bocca a culo di gallina; due colleghe con le tette strizzate in corpetti di latex; il ragazzo del bar sotto casa, quello che la corteggiava, con i pettorali in bella mostra; insomma il nulla spalmato ovunque. Lesse qualche post profetico, un altro minaccioso, l'oroscopo, pubblicità di integratori e una serie di articoli surreali.

"Sei sempre stanca? È perché non ti piace quello che fai. Vuoi recuperare l'energia perduta? Non lamentarti più e cambia vita." Sembrava scritto per lei.

Chiamò la sorella. «Non ci siamo viste per l'Immacolata.»

«No, è che la mamma ne ha combinata una delle sue» si scusò quella. Marò non approfondì la questione, si sentiva in difetto. Nanà aveva sul groppone tre figli, un marito e la vecchia madre inacidita dalla solitudine. «Ci vediamo a Santa Lucia» si promisero prima di salutarsi. «Sì, preparo la cuccia e sparliamo di parenti e amiche» aggiunse Marò.

Appena il tempo di chiudere che il telefono suonò, era Fedeli.

«Hai guardato i nastri?» lo assalì lei.

«Non ho avuto tempo. Machì però ha lavorato sui cellulari e ci sono novità.»

«E allora?»

«Uno è intestato alla vittima; nella memoria poche telefonate e quasi tutte al marito e al figlio. Comunque ho chiesto i tabulati.»

«L'altro?»

«Appartiene a un certo Manlio Proja.»

«E chi è sto tipo?»

«Un cugino di Saveria. Machì ci sta ancora lavorando.»

«Sei entrato nella posta?»

«Non abbiamo ancora la password.»

«Vabbè, ci vediamo domani.»

«Dottoressa, tutto bene?» chiese allora Fedeli, nella voce una nota di premura.

«Buonanotte» replicò lei brusca. Chiuse gli occhi e andò con il pensiero a Saveria, alla sua vita tragicamente interrotta, al figlio privato dell'affetto materno. "Certo che per un motivo o per un altro la famiglia è più un problema che una risorsa." Si riferiva a sua madre, una presenza costante il cui affetto non aveva mai percepito, anche quando lei si sforzava di dialogare. Una nuova telefonata la distrasse dalle sue considerazioni.

«Allora vieni con me da Filippo?» la voce squillante di Marina le perforò il timpano.

«No guarda, sono appena tornata e non ho nessuna voglia di uscire.»

«Dai, c'è una cena fantastica. Ostriche francesi, champagne, ricci, frutti di mare...»

«Non insistere.»

«Ma si può sapere che hai? Devi mangiare, sì o no? Le ostriche non ingrassano. Stiamo un po' insieme, chiacchieriamo e guardiamo i professionisti palermitani che si scannano al tavolo da gioco.»

«Ci sentiamo domani» Marò chiuse la conversazione. Aveva avuto da ragazza un fidanzato che giocava forte. Se le ricordava ancora le notti passate in bianco ad aspettarlo, e non c'era volta che tornasse contento. Poi i soldi che sparivano dalla sua borsa; i gioiellini di poco valore impegnati al Monte di Pietà. E lui con quegli occhi sempre più piccoli, i lineamenti tirati, le camicie stazzonate; quando aveva cominciato a chiedere i soldi in prestito agli strozzini, un puzzo di terrore emanava dalla sua pelle e non bastava l'acqua di colonia a coprirlo. Marò non riusciva più ad abbracciarlo. Quando sparì il brillante di fidanzamento, lo lasciò e senza rimpianto. Forse non era così importante per lei. Si versò del vino, in amore comunque sembrava non azzeccarne una.

Allungò le gambe sul tavolo, dovette farsi largo tra cartacce e avanzi vecchi di qualche giorno, che emanavano un odore rancido e pungente. L'aria stantia non faceva bene al suo olfatto sensibile. Guardò la finestra, "ora mi alzo e la apro" si disse, ma la pigrizia la fermò. Tirò giù i piedi, poi li rimise al loro posto. Nessuno è mai morto per l'aria viziata. Ma il naso avrebbe dovuto tenerselo da conto, era grazie a lui che aveva risolto dei casi difficili. Accese la tv, cambiò canale finché non trovò un vecchio film in bianco e nero. Un magnifico attore dalla mascella quadrata e virile se ne stava allacciato a una donna bellissima che lo fissava adorante e sussurrava parole appassionate. L'amore, il più grande inganno che esisteva. Marò tolse l'audio e scivolò nel sonno.

12

Fu svegliata di soprassalto dal cicaleccio del citofono. Non rispose, non aspettava nessuno. Guardò l'orologio: le dieci. Aveva dormito pochi minuti e le sembrava notte fonda. Di nuovo quel trillo imperioso. "A chi ci spercia di seccare a quest'ora? Hai visto mai un condomino che ha da ridire sulla Vespa?" Si alzò dal divano come una furia; provava un tale fastidio che l'avrebbe preso a calci nel sedere quello scemo, anzi non vedeva l'ora di trovarselo davanti.

«Chi è?»

«Sono io.» Marina era venuta a stanarla. Marò aprì, tornò a sedere sul divano e si preparò a litigare.

Lei entrò con la sua andatura flessuosa. Indossava pantaloni neri aderenti e, sotto un bolerino di pelliccia, una camicia morbida di seta che si apriva in una profonda scollatura; i seni piccoli, liberi da ogni imbracatura, se ne stavano fermi al loro posto. I capelli annodati in uno chignon, le labbra rosso fuoco. Era bella come un'indossatrice.

«Se la montagna non va...» non finì la frase, si piegò per slacciare le scarpe, i suoi glutei si stagliarono nell'aria come parentesi tonde. A piedi nudi aveva dieci centimetri in meno, ma era altissima lo stesso.

«Sushi» disse mostrando due scatole di cartoncino bianco lucido, chiuse da un fiocco dorato. «Il migliore di Palermo.» Si guardò intorno, indecisa tra il tavolo da pranzo e quello davanti al divano. Marò buttò per terra cartacce e avanzi. «Mettilo qui» le disse senza alcuna dolcezza. L'altra prese una stuoia, la srotolò e apparecchiò per due. Si muoveva tra il soggiorno e la cucina con la disinvoltura della padrona di casa, Marò ne era infastidita. Si era infilata in quella relazione senza pensare alle conseguenze. Dopo Sasà, prepotente e asfissiante, Marina le era sembrata la leggerezza, la libertà. Una mattina aveva trovato in bagno il suo spazzolino da denti, nell'armadio qualche vestito, il vino preferito nel frigo e, d'un tratto, l'amica discreta si era trasformata in un'amante pressante, senza che la parola "amore" fosse stata mai pronunciata.

«Vino e Citrosodina, non ti pare di esagerare?» la rimproverò affettuosa, indicando il barattolo bianco e giallo della medicina, le bottiglie vuote accumulate in un angolo della stanza.

«Meglio che alcol e barbiturici» rispose lei laconica. Marina le si mise accanto, sfiorando la sua guancia con un bacio.

«Come stai? Non ci vediamo da un po'.»

«Appena due giorni. Hai dimenticato la cena della vigilia?»

«Ah, quella non vale, c'era un sacco di gente! Intendevo io e te da sole» e cominciò a toccarla. Le sue mani si infilarono nei capelli, scesero lungo il collo e frugarono dentro l'accappatoio, insinuandosi tra i seni. Marò si sottrasse con un gesto di insofferenza. Come al solito se ne fregava dei suoi bisogni, pensò. Da un po' voleva chiudere con lei, troppo ambigua e incurante degli altri, ma non sapeva come fare.

"Con un uomo è molto più semplice" pensava. "Lui fa una specie di dichiarazione, magari mormora un 'ti amo' e da quel momento si sta insieme; quando le cose non funzionano, ci si dice addio." Marina invece non lasciava spazio alle situazioni definite. Da quando "giocavano" insieme, così Marina chiamava i loro incontri d'amore, nessuna delle due aveva mai pronunciato la parola "legame", perciò a cosa poteva appigliarsi?

Se poi a letto avesse funzionato, tuttu buono e biniditttu! Invece il sesso, dopo la sorpresa iniziale, si era rivelato noioso e ripetitivo. A ogni carezza, bacio, sospiro, l'altra rispondeva con la stessa carezza, un identico bacio, un eguale sospiro. Era come fare l'amore con la propria immagine riflessa nello specchio. Performance prevedibili che non le piacevano proprio. Doveva chiudere, si ripeté, e non sapendo da dove cominciare, si alzò dal divano e scavalcò quelle lunghe gambe perfette: «Vado a farmi una doccia» annunciò scrocchiando il collo bloccato dalla tensione. «Ma se l'hai appena fatta!» esclamò l'altra afferrando un lembo dell'accappatoio. Lei sollevò gli occhi al cielo. Che palle!

«Dai, mangiamoci il sushi» la invitò Marina, ignorando la sua freddezza. Ah, non l'avrebbe mollata tanto facilmente, pensava Marò; non era tipa da accettare un rifiuto.

Strinse la cintura e si sbracò sui cuscini. Afferrò con le mani i rotolini di salmone, li annegò nella soia, a due a due li portò alla bocca. L'altra aveva disposto in bell'ordine alcuni pezzetti sul piatto, la salsa in una ciotolina e ora brandiva i bastoncini con eleganza. Il grosso brillante all'anulare sinistro mandava bagliori di luce azzurrina. Quindi versò il vino. «Facciamo un brindisi. Al gioco, alla leggerezza che rendono la vita sopportabile.» Marò fece una smorfia indecifrabile, bevve tutto d'un fiato, abbandonò la testa sulla spalliera del divano, chiuse gli occhi come se volesse dormire. Dentro di lei c'era una volta un posto tranquillo, doveva trovarlo. D'un tratto sentì le labbra di Marina sulle sue, la lingua umida premeva per forzarle i denti. Si eccitò suo malgrado e ricambiò istintivamente il bacio. E subito le dita di lei cominciarono a frugarla. In quel momento Marò si rese conto che era stata di nuovo manipolata. Un'onda di rabbia spense i suoi ardori; scivolò da un lato e riprese a mangiare. Ingoiò il sushi rimasto senza pause tra un boccone e l'altro; la salsa di soia colava lungo i polsi e s'infilava nelle maniche, sembrava un camionista affamato. L'altra incassò l'umiliazione del rifiuto con eleganza e, stringendo gli occhi per non mostrare le sue emozioni, cercò nella borsa le sigarette. «Che mi racconti?» chiese con tono mondano.

«Ho avuto un lungo colloquio con il questore e sono un po' perplessa.» Marò parlava con la bocca piena e guardando il soffitto.

«Che ti ha detto?»

«Vuole promuovermi» e prese a raccontare della pasticciera, della processione dell'Immacolata, dei pazzi progetti di Bellomo, dilungandosi in particolari inutili e considerazioni farraginose, con l'unico scopo di aumentare la distanza tra loro.

«Ma questa è una gran notizia!» si complimentò Marina.

Lei si incupì ancora di più. «Veramente la carriera non è la priorità della mia esistenza. Quello mi vuole tirare dentro a un meccanismo di potere che mi fa paura. No, non è questa la vita che ho sognato» aggiunse addentando l'ultimo, solitario calamaro.

«Se vuoi mangiare tutta la vita pane e sputo fai pure» la rimproverò sprezzante l'amica. Marò ne aveva abbastanza della sua arroganza da ricca borghese.

«Sento freddo, vado a letto.» E in effetti, nonostante il riscaldamento, stava tremando.

«Ti tengo compagnia?»

«Non credo sia il caso!» Ecco, l'aveva detto finalmente.

Marina si infilò le scarpe e andò via senza voltarsi.

13

11 dicembre

Nella notte si era levato un impetuoso maestrale, le persiane sbattevano con tonfi cupi. Il sentore delle alghe, sospinto dal vento, era arrivato fino in centro città, infiltrandosi nelle case. Le nuvole passavano veloci nel cielo. Erano bambini gioiosi, che improvvisavano girotondi e capitomboli.

Anche a Marò sarebbe piaciuto tornare alla spensieratezza dell'infanzia; si trovava invece in un momento cruciale: l'inizio di una indagine.

Davanti a lei si aprivano diverse strade, ma senza i suoi superpoteri correva il rischio di imboccare un vicolo cieco. L'olfatto, neutralizzato dal puzzo del sanguinaccio, le aveva fornito indizi evanescenti. Esaminare, interrogare, supporre, quello doveva fare, ché continuare a sperare nell'intuito era una inutile perdita di tempo. Ma razionalità e logica non erano i suoi punti di forza; ci voleva Sasà a tirare le somme delle sue intuizioni, ma chissà dov'era finito.

"Nulla è come appare" si disse cercando di muoversi come un qualunque poliziotto di esperienza. Cercare un rapinatore solitario era molto complicato, Marò lo sapeva bene. Nemmeno sugli informatori avrebbe potuto contare questa volta, nessuno avrebbe dato notizie dell'omicidio di Saveria Russo, la figlia di Fofò, l'ultimo rappresentante di una mafia in via d'estinzione. Da anni l'uomo, una sorta di leggenda, regnava sul borgo marinaro alla periferia di Palermo, senza che qualcuno fosse mai riuscito a incastrarlo, né a spodestarlo dal suo trono.

«Figuriamoci, chi ha informazioni le darà al boss personalmente.» Doveva incontrarlo, pensò Marò e decise di andare a casa sua.

«Voglio vedere se fa così paura come dicono. E con l'occasione parlo pure con il figlio, magari ha visto qualcosa che mi può tornare utile.»

Fedeli la aspettava appoggiato alla macchina.

«Fa un freddo, eh ispettore!»

«Vero, cadono aceddi morti.»

«Almeno non piove.»

«Dottoressa, pioverà.»

«Pure meteorologo!»

«No, lo disse il signor MeteoBilli, "Acqua a tinchitè e quando meno te l'aspetti".»

«E cu è MeteoBilli? Tò cucinu?»

«Perciò, dottoressa, non conosce u signor Billi? Il meteorologo più famoso della città. I palermitani non prendono iniziativa se prima non chiedono a lui.»

«E che fanno, gli telefonano?»

«Dottoressa, c'è Facebook. Gli scriviamo – se vuole anche in privato – e quello risponde. Pensi che fa le previsioni cantunera per cantunera, vanedda per vanedda. Tanto per dire, vuole andare da piazza Pretoria alla Cala alle tre di notte? Lo chiede al signor Billi, quello risponde e le spiega esattamente dove la nuvola s'assistimò. Ma poi dà consigli se fare la gita alla Favorita; quando c'è il Primo maggio, per esempio, e tutti se ne vanno fuori ad arrostire stigghiola, uno lo deve sapere se portare o no la tettoia per riparare la carbonella? Oppure, tanto per dire, ha organizzato la festa del picciriddo in giardino? O macari deve correre la maratona, c ora i cinquantini addivintaru tutti sportivi. Insomma, il signor Billi è vicino alle famiglie nel momento del bisogno. Taliasse qua.» Fedeli le mostrò il telefono con la schermata della pagina di MeteoBilli.

"Signor Billi, m'avi a scusari, ma domani devo andare alla processione, ci posso portare me' nonna? Nzà mà chiove, quella si pigghia la polmonite, cà vecchia è!"

"Amico mio, Billino, questa notte le posso fare tre lavatrici, ché da noi l'acqua arriva na vota a simana? E se chiove non posso fare la stanning."

«Stanning sta per stinnuta» precisò Fedeli. Marò fece un'espressione sbigottita, quello si prodigò in nuove spiegazioni.

Le palermitane i panni puliti li mettono ad asciugare fuori, usando fili tremuli tesi tra una facciata e l'altra di un palazzo, o tra le ringhiere dei balconi. Quello che in molti Comuni del resto d'Italia è vietato con ordinanza del sindaco, a Palermo è un'arte antica, che si tramanda di madre in figlia. Chiacchi, canne, teli di plastica sono come pennelli per un artista. Ogni brava massaia sa che, esponendo lenzuola candide e profumate, mutande caste, camicie ricamate, dà conferma della sua devozione a marito e figli.

«Non lo sapevo.»

«Ma perché, dove campa?» chiese l'ispettore.

«Ah Fedeli! Non mi piacciono i lavori di casa. Certo che Palermo non smette mai di stupire» esclamò lei. «E che faceva prima u signor Billi?»

«Il giornalista.»

Marò era sinceramente ammirata. I suoi concittadini erano veri campioni nell'arte di arrangiarsi. Prova ne era la pagina del meteorologo, sublime sintesi tra la modernità dei social e le antiche tradizioni dello stenniture e del lastricu.

«E oggi che previsioni abbiamo?»

L'ispettore le mostrò un complesso intreccio di nuvolette, ombrellini, soli tremuli e indecisi.

«Che significano tutti sti disegnini?»

«Chiovi a lassa e pigghia.»

«Cu stu ventu?»

«Sissì.»

«Vabbè Fedeli, vado a prendere l'ombrello.»

«Si convinse dottoressa?»

Lei farfugliò una risposta senza senso e salì a casa. Marò, da brava palermitana, era piena di contraddizioni. Non aveva certo bisogno di consigli, ché ogni testa è tribunale; ma poi non poteva trascurare l'eventualità che MeteoBilli avesse ragione. "Nzà mà piove davvero."

Tornò trafelata, con un ombrello tra le mani. Fedeli sorrideva sornione. «Megghiu diri chi sacciu ca chi sapia, eh dottoressa?»

14

La pioggia per quel giorno invece sembrava scongiurata, ché il vento soffiava impetuoso dal mare, agitando le acque del Golfo – ora fitte crestine bionde si scorgevano in lontananza – e rimescolando la munnizza della città. Buste di plastica e fogli di giornale danzavano caotici ai margini della strada, sbattevano contro i muri, si sollevavano in vortici. La polvere formava nell'aria mulinelli che si sfarinavano sui vetri.

La casa di Fofò Russo era avvolta nel silenzio, sembrava disabitata. Un cartello stradale vibrava sul palo, con un tintinnio di campanelli. Il cancello era spalancato. Qualcuno doveva pur esserci, a Marò pareva di sentirne il respiro dietro le finestre schermate, oltre la facciata grezza. Si addentrò nel viale, Fedeli la trattenne per un braccio.

«Dottoressa, non ha idea di cosa è capace Fofò Russo, entriamo con il suo permesso, è meglio.» Suonarono al citofono e rimasero ad aspettare.

Contrariamente alle previsioni del signor Billi, un pallido sole filtrava tra le siepi rade. Il territorio di competenza del meteorologo si arrestava prima delle falde di Monte Pellegrino, pensò Marò. I raggi si allungavano sulla terra gelata, così compatta che pareva asfalto. Poche robuste piante sbucavano dalla crosta marrone attraverso sottili crepe. Suonarono ancora senza ottenere risposta; Marò decise di far di testa sua ed entrò.

«Tu stai qua e attento» raccomandò all'ispettore, avventurandosi per il viale. All'improvviso da un gabbiotto basso venne fuori la solita signora anziana. Marò la osservò con attenzione: aveva le spalle curve, il viso scarno; la pelle, indurita dall'età, pareva una cotenna; il grembiule, lungo fino ai piedi, era pieno di patacche.

«Chiti chiti chiti» urlava agitando in aria le mani nodose. «Chiti chiti chiti.» La seguiva un gruppetto di galline svolazzanti.

«Chiti chiti chiti» le fece eco Marò per segnalare la sua presenza. Quella si girò verso di lei e sorrise cordiale, come se la conoscesse.

«Chiti, chiti, chiti» la donna continuò a dialogare in quella lingua sconosciuta, mentre un nugolo di penne colorate le danzava intorno.

«Oh quante belle figlie madama Dorè» scherzò la vicequestora.

«Oh quante belle figlie!» rispose l'altra, distribuendo carezze tra creste e bargigli. Erano così seducenti quelle creature, alcune di un candore assoluto, altre blu come un cielo di notte, o del colore caldo dell'ambra.

«Livornesi, le migliori sulla piazza. Grandi lavoratrici, scodellano un uovo al giorno, certe volte anche due, non si ammalano mai, sono fedeli come cani e danno molte soddisfazioni.»

«Praticamente perfette.»

«Qualche piccolo difetto ce l'hanno pure loro. La vede quella marrone che pare un biscotto bruciato? Appena vuole fare l'uovo, si assetta. Ma poi se ne pente e si mette a girare torno torno, coccoccococcòòò. C'ha presente quelle fimmine che al momento di sgravare invece di spingere gridano? Così è Filomena, perde la testa. Vuole una che la incoraggi. Perciò mi ci metto vicino, le parlo piano piano e alla fine lei si convince che dentro non se lo può tenere; lo deve fare per forza, è nella sua natura.» Marò annuiva, la signora pareva un po' svanita, ma era simpatica e diceva delle cose molto originali.

«E guardi quella là. La bionda con l'occhio scaccino. Si chiama Teresa, la mia preferita.» Marò si avvicinò alla gallina per guardarla meglio. «Capisce tutto. "Fai chistu, fai chist'autru." Idda non se lo fa ripetere due volte. Teresa, Teresa, Teresaaa» urlò la donna. La gallina dispiegò le ali, erano corte e tozze. Le agitò con forza, come se volesse volare, ma non riuscì. Prese allora la rincorsa, puntò le zampe e facendo leva saltò un palmo da terra, per atterrare ai piedi dello steccato. La vecchina la raggiunse, la prese tra le braccia. «Bedda, la addinedda mia adurata. È troppo spiciusa, si vrucculia.» La carezzò e le sussurrò vicino a quell'unico occhio: «Terè, a suoru, adesso me lo dici dove l'hai fatto l'uovo?» e la mise a terra. Quella sollevò la testa, torse il collo, ondeggiando il suo grosso sedere fece un giro su se stessa, e puntò dritta a un angolo della staccionata. Raspò la paglia con le zampe e si sedette come per covare. La vecchia le andò dietro e frugò con delicatezza sotto di lei. «Eccolo! Brava Teresa!» Poi si rivolse a Marò, come volesse confidare un segreto: «Mi ritrova pure le cose che perdo» e assestò un buffetto a Teresa sulla schiena larga. Marò non credeva ai suoi occhi, aveva sempre pensato che le galline fossero animali scemi, disse a voce alta.

«Sceme queste? Si vede che non le conosce. Capiscono tutto, hanno una resistenza inimmaginabile e si accontentano di niente, ché di solito mangiano i nostri avanzi. E sono generose. Con quel poco che hanno creano opere d'arte. Leonardo, con rispetto parlando, ci può pulire le zampe alle mie gaddine. Pensi all'uovo, così pieno di sostanza, tondo, liscio, un sole arancione dentro una scorcia di vetro. Non è il culo della gallina che lo produce? Non mi faccia dire cosa esce dal culo degli uomini. Ancora ci parono babbe?»

«No, ha ragione lei. Ma qual è il difetto di Teresa? Non me l'ha detto.»

«È curiosa, vuole sapere cosa c'è oltre la rete.»

«E questo lo chiama difetto?»

«La curiosità può essere un problema a seconda di dove nasci, magari una malattia. Le ho dovuto tagliare le ali, per non farla scappare.»

Marò si chinò e prese una gallina. Sentiva i battiti accelerati del cuore, i muscoli guizzavano e sollevavano le piume in piccoli vortici, le zampe scattavano nervose. La vecchia a sorpresa gliela strappò dalle mani. «Nzà mà le sporca i vestiti, certe volte lo fa a sfregio.» La vicequestora sorrise con accondiscendenza.

«Le pare strano, vero? Il fatto è che sono armali deboli e devono sottostare. E allora ti cacano di sopra.» Marò scoppiò a ridere.

«Guardi che la cosa è seria» la ammonì la vecchia. «Sono libere per vocazione e noi le rinchiudiamo. All'inizio si ribellano, ma quando si rendono conto che non possono più volare la finiscono di sbattere le ali e si assoggettano» continuò la donna, le piaceva parlare e finalmente qualcuno la ascoltava con interesse. «Rimangono lì dove sono, depongono l'uovo sempre nello stesso posto; ma Teresa no, è testa dura. Corre avanti e indietro, prova a saltare finché non è stanca morta. Per lo sforzo certe volte l'uovo le scappa unni e ghiè. Se aspetta, quantu junci e quella prova a scappare.» E infatti la gallina all'improvviso cominciò ad agitarsi; fece qualche balzo in avanti, si sollevò da terra, mostrando un sedere glabro e violaceo, quindi ricadde su se stessa. «Non si arrende mai. Ha perso tutte le piume del didietro, ha le zampe consumate, ma continua a desiderare quello che non può avere, mischina!»

«Ma poi la trovano la strada di casa?» chiese la vicequestora.

«Sì, ma fuori ne succedono cose!» si era rattristata la donna. «Siete un'amica di Saveria?» chiese d'un tratto.

«In un certo senso...» e subito quella la afferrò per un braccio e la costrinse a chinarsi per parlarle in un orecchio. Marò fu investita da un forte odore di mangime, di foglie umide, di cose stantie, proveniva da quegli abiti sformati dall'uso; era l'effluvio del tempo passato e che mai più sarebbe tornato, della giovinezza perduta, dei sogni delusi, delle speranze naufragate, il sentore della sconfitta.

«Io sono la zà Sarina, Saveria era mia nipote, puvirazza! Non è mai stata felice, che vita amara ha fatto! Era come Teresa, curiosa, libera, ci piaceva girare e ogni tanto se ne scappava.» La zà Sarina sollevò lo sguardo, quegli occhi verdi, gli stessi della vittima, intensi, trasparenti, puliti come il cielo dopo un acquazzone. «Ma io le ali non gliele ho mai tagliate. L'ho cresciuta, dopo che è morta la madre. Picciridda, era china china di vita. Suo fratello invece era completamente diverso, scantulinu, scontroso, chiuso di carattere, ché non si capiva mai cosa ci passava per la testa. Saveria si divertiva a prenderlo in giro, gli faceva certi scherzi e poi rideva. Quello invece si murmurava, piangeva come un nutricu... e pensare che era lui il più grande. Si erano scanciati i robbi i due fratelli. Saveria doveva essere il maschio di famiglia, no so frati. A mano a mano che i due picciriddi crescevano, le differenze si vedevano tutte. Roberto è rimasto sempre scantulinu. Accussì si nsigna Fofò, cà i figghi sunnu tutti i stessi. E iddu, in principio ci pinnia sulu per il masculu e a Saveria manco ci dava conto.»

La donna si fermò a inseguire un ricordo forse felice, perché sorrideva.

«Una volta, per la festa dei morti, Roberto era sul balcone che giocava. Il sole stava spirennu, la giornata era picchiuliusa, anticchia pioveva e anticchia no. La picciridda era di quattro annuzzi e aveva u trippu; lo sa come ci piglia ai ragazzini? Saltano, corrono, cantanu, ci sperciava di jucari. Senza farsi vedere si arrotolò nella tenda e cominciò a gridare: "Sono il fantasma formaggino!". Il fratello si mise a piangere scantato morto. In quel momento arrivò il padre e li prese a legnate tutt'e due: una perché aveva importunato l'erede, l'autru perché piangeva come na fimminedda. Glieli ho dovuti togliere io dalle mani. Roberto ha dormito con me per un mese. Saveria dopo due minuti era di nuovo casa casa ad architettare diavolerie. Assumigghiava a Teresa, con il culo che le faceva male, ma non si arrendeva.»

In quel momento il gallo irruppe nell'aia con un chicchirichì autoritario. Era un animale maestoso, imponente. Il piumaggio del dorso mandava bagliori fulvi, un collare giallo oro sul torace; sotto al becco curvo e pronunciato come un rostro due bargigli rosso fuoco, gli occhi vividi, lo sguardo malfidato. «Sciò, sciò» urlò la donna sferrando un calcio. «Le monta con rabbia. Vede quegli artigli? Glieli affonda nel dorso, si aggrappa alle loro schiene e lascia certe ferite profonde. Sa quante ne ho dovute ricucire? E poi pomate, garze. Povere bestie, soffrono senza neanche la consolazione di potersi lamentare. Un urlo, chicchirichìììì, e quelle stramazzano a terra piene di sangue. Perciò sono sempre qua, per controllare, ché iddu è pure capace di ucciderle nell'impeto dell'amore. Ma non mi faccio meraviglia. Così sono i maschi. Allisciano, accecano per quanto sono beddi e, quando l'hanno montata, feriscono la femmina; ma non lo fanno apposta, è nella loro natura. Prima cercano soddisfazione e quando sono sazi danno nel fituso. Si scantano della passione.» La donna si azzittì, aveva gli occhi liquidi di lacrime, come se quel gallo avesse riportato a galla un'ombra dolorosa del suo passato.

«E lei proteggeva Saveria come le sue galline?» chiese Marò. Finalmente qualcuno che parlava della vittima senza farsi pregare.

«Certo. Non solo lei, pure il fratello. Ci sono sempre stata io a guardargli le spalle. L'ho promesso alla madre in punto di morte.» Quindi abbassò il tono della voce e le si avvicinò ancora di più, i loro visi si toccarono. Quello della vecchina era umido, come se avesse pianto. I profondi solchi rugosi sembravano serbatoi di disperazione.

«Fofò è come questo gallo, fa male senza rendersene conto. Da giovane se la prendeva con sua moglie, si scantava che lo lasciasse, che gli potesse mettere le corna. Quella, mischina, era un'armuzza santa del purgatorio. Lo sguardo sempre basso, il respiro leggero, né parlava, né ciatava, per non dargli l'occasione di arrabbiarsi. Quando Carmela morì, lui si fissò con Saveria. Ogni due tre era a casa per stare cu idda. "Di chi sono questi occhiuzzi? E sta vuccuzza? E sti manuzzi? E sta picciridda?" poteva sembrare una cosa d'affetto, ma io ci vedevo una cosa d'animale che marca il territorio. Certe volte l'acchiappava con le sue mani grosse, la stringeva forte e quella diventava rossa che pareva non respirare. Oppure la faceva saltare in aria. "La picciridda mia!" gridava, e Saveria anticchia rideva contenta, anticchia piangeva scantata, perché nella voce del padre un poco c'era affetto, un poco malevolenza. Sa quante volte chidda si svegliava di notte con gli incubi? Allora io correvo a pigliarla e la stringevo forte. "Zittuti figghia, dormi" le dicevo. Idda si cunuttava e subito se ne tornava a letto sulle sue gambette. Quando Saveria cominciò la scuola, ci furono altri guai. Le piaceva studiare, ma Fofò che ne poteva capire di storia, di poesie? Sempre scantato di perdere il controllo della situazione. "Unni è a nica? Unni sta jennu? Di dunni veni?" Dire na camurria è picca. Più idda cresceva, più Fofò strammiava. Si deve figurare che quando addiventò una signorina e usciva per comprare i vestiti, era lui ad accompagnarla. "Questo sì, questo no. Chistu è troppo curtu, chistu è trasparente." Sua moglie è stata fortunata a morire presto, ma la povera figlia ha dovuto sopportare di tutto, e siccome è stata sempre cugghiunuta, è riuscita a prendere il diploma. Lei era forte, un muro di spina, volitiva, capace di mpettare con tutti. Ma quando Fofò addiventava nfuscu, poteva essere pure pericoloso. Nessuno ci poteva. Sulu di mia certe volte si pigghiava la carricata, perché gli altri se li mangiava vivi. A Roberto a un certo punto, siccome lo considerava una minchia vacante, non lo ha più calcolato. Ma lo ha sempre riempito di picciuli per non farlo parlare a matula, e lui non si è mai lamentato. Intanto Saveria ha conosciuto suo marito, Dio nni scanzi e liberi, un bordello ci fu! Tantu dissi e tantu fici ca la picciotta scappò di casa. Io l'ho aiutata a fare la fujtina, ché Lorenzo a mia mi faceva simpatia, lui con tutta la sua famigghia. Questo era il problema, a Fofò non ci piaceva la famigghia e se l'è andata a riprendere fino al Continente sua figlia. Ma i picciotti si erano sposati di nascosto. Quando lei uscì incinta, lui parse che s'acquietò. Il picciriddu lo trattava come cosa sua. Ora che Saveria è morta, mi aspetto la guerra. Daniele se lo vorrà tenere Fofò, e Lorenzo, se vuole vederlo, gli toccherà di fare i salti mortali. Non ne posso più di tutta sta nfamità. Prima Carmela, ora Saveria, sempre a mia tocca di crisciri l'orfani. Malidittu destinu!» Si fermò a riprendere fiato. Il suo corpo oscillava come se le gambe non riuscissero a reggere il peso di tanta sofferenza.

«M'avi a scusari per lo sfogo» aggiunse, sembrava preoccupata della portata delle sue dichiarazioni. «Ma pure una vecchia ogni tanto ha bisogno di parlare e qua nessuno mi calcola.»

In quel momento comparve un uomo alto, magro e con un grosso naso, forse uno degli scagnozzi del boss. «Zà Sarina, che fa fuori cu stu friddu?» Si avvicinò alla vecchina e la spinse dentro casa. «Pure senza cappotto! Trasissi dintra, all'età sua, nzà mà na prumunia.» Poi, rivolgendosi a Marò: «Non le dia retta, non ci sta con la testa e dopo la morte della nipote, peggio! L'aviva pi figghia».

«Vorrei parlare con Fofò Russo» chiese la vicequestora.

«È alle pompe funebri.»

«E Roberto Russo?»

«Non c'è» rispose l'uomo.

«Quando lo trovo?»

Quello allargò le braccia, poi infilò la chiave nella toppa.

«Non c'è nessuno, solo la zà Sarina e io devo stare attento che non combini guai» picchiò sulla tempia con l'indice. «È pazza» ribadì.

Serrò dall'esterno la porta di casa con due mandate di chiave, quindi si dedicò alle galline, le radunò e le portò nel casotto di legno, chiuse l'uscio fermandolo con un sasso. Infine la condusse fuori. Fece scattare il chiavistello. Quella casa era un carcere di sicurezza, dal quale si usciva solo da morti.

«Aspetto qui» urlò lei dietro le sbarre del cancello.

«Come ci pare, ma i morti si piangono in famiglia e vossia, con rispetto parlando, è un'estranea.»

15

12 dicembre

Marò salì in macchina, ma fatti pochi metri cambiò idea e decise di andare a piedi, una passeggiata le avrebbe fatto bene. Si fece lasciare alla via Sanpolo, una trincea angusta e scivolosa di fango. «C'è malotempo, dottoressa. Le previsioni del signor Billi...» Fedeli provò a dissuaderla.

«Fatti i fatti tuoi» tagliò corto lei. Prese la direzione del porto, sperava di trovare Tonino, un tossico che viveva sotto un tetto di cartoni a ridosso di un negozio chiuso da tempo. Se qualcosa bolliva in pentola, lui lo sapeva e il suo costante bisogno di droga gli scioglieva la lingua. I suoi racconti, a metà tra fantasia e realtà, erano fiabe contorte; agli interlocutori il compito di distinguere il vero dal falso.

Camminare tra gli alti palazzi e i tir diretti all'imbarco fu come giocare una scommessa con la morte. Marò sbuffava e imprecava, schivando motorini rumorosi, aggirando Suv maleducati che occupavano per intero il marciapiede risicato. Superato l'Ucciardone, si infilò nella via Crispi. Alla sua sinistra si intrecciavano, fitti come rami di antiche sequoie, i bracci delle gru. Molte strade laterali erano ancora chiuse a causa degli interminabili lavori per il collettore fognario. Le buche grandi come acquitrini si aprivano a sorpresa davanti ai suoi piedi. I camion, incolonnati lungo il viale in attesa di superare il varco del porto, eruttavano sbuffi di carburante. La vicequestora aveva la nausea a forza di respirare gas di scarico. «No, proprio non ci riescono a prendersi cura di questa città i palermitani, come se non gli appartenesse!»

Nuvole nere si erano accumulate in una strozzatura tra Monte Pellegrino e il mare. Improvvisa la raggiunse una scarica di pioggia. Le gocce puntute le martellavano la testa. "MeteoBilli c'aveva azzeccato" pensò e aprì l'ombrello. Una raffica di vento glielo strappò come fosse un aquilone di carta. Si infilò sotto i portici per cercare riparo. Davanti alle bische stazionavano capannelli di disoccupati e delinquenti di piccolo calibro, con le mani in tasca discutevano dei massimi sistemi, delle mogli rompiscatole, dei governanti corrotti, ché loro a confronto parevano novizie. Dalle porte aperte uscivano improvvise nuvole di fumo, vapore, zaffate dolciastre di marijuana, bestemmie colorite.

Il suo informatore era sdraiato su un telo di plastica, accanto a lui un cane con la sua stessa espressione rassegnata. «Eh, Tonino», Marò agitò le mani mostrando un paio di banconote. Lui le fece cenno di avvicinarsi. «Sei qui per la pasticciera, vero? Non so niente.»

«Ti scanti pure tu di Fofò Russo?» Quello scrollò le spalle, non aveva proprio nulla da perdere. «Torna tra due giorni, ma i soldi lasciali.»

«Guarda che voglio la verità.» Lui calò la testa.

Aveva smesso di piovere, Marò decise di andare alla Kalsa a prendere il grano per la cuccia.

«Talia cu c'è!» urlò qualcuno alle sue spalle. La voce arrochita proveniva direttamente dal passato e apparteneva a un uomo magro, con i vestiti che gli cascavano addosso. Era appoggiato a un pilastro annerito dallo smog, le braccia ciondoloni ai lati del corpo, lo sguardo vacuo di un vecchio fattone. «Chi non muore si rivede!» la salutò sollevando a fatica una mano. Il cuore di Marò ebbe un tonfo, gli occhi si inumidirono per l'emozione.

«Sasà, cazzo, non ci vediamo da mesi e questo è il tuo modo di farmi festa?»

«Ah sì? Ciao, novità?» rispose lui. Una fugace contentezza gli animò lo sguardo, ma subito il suo viso si fece di pietra.

«Ma che fai qui? Giochi d'azzardo e ti ammazzi di canne? Non ti posso lasciare solo, che ti metti sulla strada del vizio?» un rimpianto struggente trasudava da ogni parola.

«Che dici? Lo sai che fumo solo Monopolio, bevo Coca-Cola e odio le carte. Vengo qui all'ora di pranzo per distrarmi. È che mi alzo molto presto al mattino, alle tre già comincio a studiare; a quest'ora sono bollito ed esco per riposarmi. Con loro» e indicò un gruppo di ragazzini dalla pelle color ebano, carichi di braccialetti e collanine «con loro mi diverto. Parlo di fumetti, mi raccontano delle fidanzatine; magari do qualche consigliuccio...» S'interruppe, ammiccò verso quelle facce allegre «... e così mi passo il tempo».

Sasà maestro d'amore, da non crederci! Marò gli si avvicinò, profumava sempre di colonia e sigarette. Lo tirò a sé, le sue ossa pungevano. I muscoli erano assottigliati, la pelle sulle guance squamosa e striata di venature bluastre. La faccia a tratti pareva una maschera tragica; solo gli occhi, nonostante alcune venuzze dilatate attorno alle palpebre, erano rimasti i suoi: azzurri e gelidi. Le mani gli tremavano leggermente e i capelli, quasi rasati, erano una sfumatura bianca sul cranio spigoloso; in qualche punto piccole chiazze cornee denunciavano un nuovo problema, la psoriasi. Era invecchiato di dieci anni, forse anche un po' imbruttito, ma Marò sentì dentro montare il consueto desiderio. L'avrebbe volentieri trascinato a casa e amato con ardore dentro a quel suo letto troppo ordinato.

«Come stai?» gli sussurrò stropicciando il viso contro il suo. Lui fece un balzo indietro.

«Scusa sai, ma oggi ho un dolore fortissimo proprio qui» e indicò l'orecchio. Lei posò una lieve carezza sul lobo carnoso, cercava un gesto che ripristinasse l'intimità perduta.

«E poi sento un freddo» continuò lamentoso.

«È inverno, Sasà. È normale.» Marò aveva una voce dolce, un atteggiamento accattivante. Il suo corpo oscillava morbido come a voler provocare, parlava di nuovo il linguaggio della seduzione.

«Non è normale. Quando mi piglia così tremo tutto e vado a letto vestito. Mi sono comprato pure una calzamaglia intera.» Sollevò la manica, dallo spesso maglione di lana spuntò un polso minuscolo come una zampetta di pollo, avvolto in una aderente pellicola di seta. «Questa puntura di spillo all'orecchio però è la cosa peggiore, mi fa uscire pazzo.»

«Sei stato dall'otorino?»

«Sì, dice che non ho niente e mi ha dato un ansiolitico.»

Era rimasto l'ipocondriaco di sempre; i dolori gli spuntavano in zone del corpo inaccessibili e sconosciute anche ai medici; le malattie si manifestavano in lui con sintomi ridicoli, persino divertenti. Però era davvero molto sciupato. Che avesse un problema di salute?

«Hai fatto le analisi del sangue?» chiese Marò preoccupata.

«No, non mi fare pensare all'ago sennò svengo.» Le sue labbra sbiancarono, sotto la barba grigia le guance scavate assunsero una sfumatura giallina, le ginocchia gli si piegarono. Lui sollevò un braccio, era un naufrago che chiedeva aiuto tra i marosi.

«Commissà, chi succede?» urlò un ragazzino nero come la pece e corse a sostenerlo, le sue treccine rasta sobbalzarono a ogni movimento. «Signora, u lassassi perdiri, u commissariu è fradiciu comu un lignu nmezzo all'acqua» la rimproverò mostrando una fila di denti storti e disposti a caso.

«Sasà, perché non vieni via con me? Che fa un poliziotto in questa bisca? E poi chi sono questi qui? Insomma, hai sempre un ruolo.»

«Marò, non ci scassare la minchia!» rispose lui brusco e si accese una sigaretta.

I due piccoli assistenti, adolescenti cresciuti in fretta, si strinsero al suo fianco e lo afferrarono per le braccia. «Un si scantassi, commissà, ci semu nuautru. E poi u sapi ca ora ci passa.»

«Ecco perché li ho reclutati, ho bisogno di una badante» annunciò Sasà all'amica. Era arrossito però e aveva assunto un'espressione mortificata.

«Non è che ti hanno cacciato fuori dalla polizia?»

«Quasi.»

«Senti, facciamo una cosa, vieni con me, devo fare un po' di spesa; passiamo da Chiluzzo, prendiamo le verdure, qualcosa di pronto, magari un pesce arrostito, delle salsicce e andiamo a casa mia a mangiare. Intanto parliamo un po', ci raccontiamo quello che è successo. È molto che non ci vediamo, mi farebbe piacere stare con te» parlava accarezzandogli la mano e i suoi occhi brillavano di tenerezza.

«Marò, per me mangiare va bene, ma di scopare non se ne parla.»

«Ma che dici! Eravamo amici, siamo amici. Te lo ricordi quando stavamo in Aspromonte?»

«E chi se lo scorda, bei tempi quelli! Beata gioventù e il questore Lobianco era ancora vivo a guardarci le spalle a tutti e due» i suoi occhi si immalinconirono.

«Dai, andiamo.»

Sasà si lasciò convincere, staccò le spalle dal pilastro, infilò il giubbotto di pelle, allungò dieci euro ai ragazzi e li salutò. «Sai, abbiamo fatto un patto. Io li pago e loro in cambio non fanno più scippi.» Non si smentiva mai, sempre teso a combattere l'ingiustizia, a riportare la legalità, con metodi talvolta bizzarri, ma rimettendoci sempre di tasca propria.

«Marò, dobbiamo prendere il motore, non ce la faccio a camminare.»

«E il peso della *bestia* lo reggi?»

«Dipende.» Lei prese posto sul sellino, premette il seno sulla sua schiena, era così dimagrito che anche attraverso gli abiti riusciva a sentire i battiti del cuore, l'aria diffondersi nei polmoni insieme a fischi e rantoli del fumatore.

Alla Cala la moto ondeggiò pericolosamente sull'asfalto irregolare e un paio di volte la ruota posteriore scartò imbizzarrita su un cordolo; Marò si strinse forte a lui e pregò di arrivare intera. Si fermarono davanti alla chiesa di Santa Teresa. «Ti aspetto qui» bofonchiò Sasà, girò la chiave, armeggiò due o tre volte prima di riuscire a sollevare la moto sul cavalletto.

«E vieni con me» lei atteggiò le labbra in uno di quei bronci che un tempo lo facevano capitolare.

«No, mi scanto che me la fottono» disse accarezzando il serbatoio lucido.

«Ca un tocca niente nuddu» sibilò un uomo seduto sui gradini della chiesa.

«Tranne le opere d'arte, e la mia Triumph è megghiu di un quadro antico!» replicò lui con la faccia torva. Anche così indebolito non aveva perso la voglia di litigare.

«Lascia perdere» lo rabbonì Marò.

«Ma come? Lo sai che qui hanno rubato gli stucchi dei Serpotta? Ma no uno, assai! E più avanti, all'oratorio di San Lorenzo, si sono caricati la *Natività* di Caravaggio, il quadro più famoso della storia dell'arte, anche se nessuno l'ha mai visto; e di questo dobbiamo ringraziare tutti i galantuomini che non rubano niente.»

Sasà accese la sigaretta e si accasciò stanco sul sellino, aveva esaurito le forze.

Marò infilò la porta della bottega dei legumi. Un uomo panciuto si scaldava davanti a un vecchio braciere. Ci aveva buttato dentro delle bucce di mandarino. L'aria era profumata di una fragranza fresca e amara.

«Benedica» salutò, scattando in piedi. Cominciò a sfregarsi le mani e a battere i piedi. «A stare sempre seduto, mi formicola tutto.» Indossava una giacca di finta pelle sdrucita in più punti, dal collo spuntavano il bordo di una maglietta ingiallita e un ciuffo di lunghi peli neri. Il viso aveva un pallore antico, che parlava di miseria e stenti.

C'erano dei fogli di giornale attaccati a un chiodo, lui ne staccò alcuni e li arrotolò in cartocci di misure diverse. «Che ci posso dare?»

«Semi di zucca, arachidi, nocciole, noci: senza scaccio, che Natale è?» L'uomo tirò giù una vecchia basculla a due piatti e dei pesi ossidati. Aprì alcuni sacchi di juta e si levò un intenso odore di paglia e muschio.

«Le fave non le vuole? Vengono da Leonforte. Non è facile capitarle. Se gira tutta Palermo, trova solo quelle egiziane. E le cruzzitedde? Lo sa che sono buone con le lenticchie?»

La vicequestora annuì e intanto affondava le mani nel grano. I chicchi ovali, dalle estremità aguzze, avevano una consistenza dura e scorrevano tra le dita come ghiaia.

«Tri ghiorna ammoddu all'acqua» si raccomandò quello.

«Ma Santa Lucia è domani!» protestò lei.

«Allora deve comprare quello precotto; ma io di queste cose moderne non ne ho. Al supermercato.»

Marò pagò e se ne andò da Chiluzzo, il venditore di frutta, famoso in tutta la città per il suo senso artistico. Più che un negozio il suo pareva una galleria d'arte. C'erano giostre di agrumi, girandole di sorbe, torri di cachi, piramidi di pere; un san Giuseppe dalla faccia seria vegliava da una cornice di luminarie. A bordo strada, su un barbecue improvvisato, il mastro fuochista arrostiva carne e pesce. Marò si fece incartare salsicce in punta di coltello, broccoli in pastella, patate bollite, cardi al gratin e tornò da Sasà.

Accovacciato sulla moto, il suo ex fidanzato pareva dormire. Lei gli bussò sul casco, quello senza aprire gli occhi mise in moto e insieme ripartirono.

16

«Spogliati e levati le scarpe, c'è il riscaldamento a pavimento, sentirai che bel calduccio.» Lui ubbidì, aveva piedi lunghi, affusolati, con unghie candide, dai bordi arrotondati. La giacca invece se la tenne addosso e incassò il collo tra le spalle, non si trattava di ostilità, ma di gelo interno, quello non si scioglie mai.

«Fai come ti pare, la testa dura ce l'hai» replicò lei. Mise sul tavolo il pacco delle salsicce e le verdure, senza piatti né tovaglioli.

«Minchia du cambiamento!» esclamò Sasà sbalordito. «Quando mai pietanze già cotte e senza manco apparecchiare?»

«Mangiamo che la carne si fredda» tagliò corto la vicequestora, un po' arrabbiata, un po' delusa dal suo atteggiamento. Erano diventati due estranei, ma lui la trattava con l'intimità cattiva di un marito insofferente.

«Sei ancora allo Scaro?» Moriva dalla curiosità di sapere qualcosa di lui.

«Nzù.»

«Cioè?»

«La storia è lunga.»

«Cunta.»

«Se ho la forza...»

«E caso mai ti riposi.»

«Mi sciarriavi con il questore.»

«Sai che novità. Che fu stavolta?»

«Ti ricordi tutto il lavoro che ho fatto allo Scaro? Pure la talpa alla fine ho trovato e complimenti a tinchitè, tanto quelli non costano nulla. Ora, secondo gli accordi, il capo della Mobile mi doveva mandare alla sezione investigativa. Invece mi chiama e dice che ha un problema al commissariato Sciuti. Le solite identiche camurrie: macchine bruciate, permessi falsi, straordinari a tinchitè. "No, voglio il mio posto allo SCO" rispondo; e lui: "Poi vediamo. Intanto domani pigli servizio là". Io ci calo la testa e la mattina dopo mi butto malato per due settimane. Quello si piglia la carricata e mi trasferisce alla caserma Firenze, addetto al controllo dei magazzini.»

«Un posto tranquillo.»

«Così pare. Ma dopo pochi giorni scopro che i fornitori, in combutta con un magazziniere, avevano messu su il solito magna magna. Nessuno protestava, perché tutti avevano il loro tornaconto e certi poliziottacci si portavano a casa i belli pacchi della spesa, quelli destinati alla mensa. Io comincio a rompere i coglioni e il superiore mi fa un avvertimento. "Sai che paura!" rispondo. Ai primi di ottobre mi arriva un carico di giubbotti antiproiettile scaduti e io non li accetto. La ditta protesta e si rivolge al comandante in persona, che mi ordina di firmare la ricevuta e di imboscarli da qualche parte. Io mi rifiuto di nuovo; quello mi minaccia ancora. Io me ne fotto e rimando il carico indietro. Dopo una settimana arriva un nuovo ordine di servizio e mi ritrovo in ufficio a firmare permessi ai dipendentacci che non vogliono mai lavorare; che hanno le pistole solo per sparare al travagghiu.»

«Cioè a firmare ogni tanto qualche foglietto?»

«Sì.»

«Mi pare un lavoro di tutto riposo! E com'è che sei così magro e stropicciato?»

«Pure tu non è che sei molto in forma. Cos'è sta pinguedine sulle cosce?» si vendicò lui.

Marò avvampò e lesta si difese. «Lo stress, Sasà, non riesco più a mangiare bene e non cucino più da che...» si interruppe, le guance soffuse di un rossore che tradiva il suo rimpianto.

«La verità è che ti manca un uomo, è vero?»

«Ma che dici, pensi sempre alle stesse cose» protestò lei; ma aveva ragione Sasà, le mancava il gioco della seduzione, il sentirsi desiderata. Continuarono a masticare in silenzio, nel cuore la nostalgia di un amore non del tutto consumato. Se solo avessero avuto un po' più di fiducia l'uno nell'altra. E invece uno guardingo come sempre, l'altra insicura come mai, avevano ripreso a litigare da dove avevano lasciato. Quel gioco insensato e crudele però era il loro modo di sentirsi vicini. Sasà mangiò un pezzetto di tutto, poi si accese una sigaretta, abbassò le palpebre, forse stanco o magari travolto dai ricordi.

«Rimani e riposati» sussurrò lei.

«No, me ne vado; alle tre attacco a studiare, il concorso si avvicina e non mi posso distrarre.»

«Ma si vede che sei stanco! Ti devi riguardare, la salute prima di tutto!»

«La salute prima di tutto... si fa presto a dirlo, Marò. E perché credi che stia male? Per il lavoro che non mi viene riconosciuto, per la merda che ho dovuto ingoiare. Vincere il concorso è la medicina, condurre una vita dignitosa è la cura. Questa è l'ultima occasione che ho per ritornare quello di una volta. E a tutti questi magnoni, se divento magisciato...»

Marò scoppiò a ridere, Sasà non ce la faceva proprio a pronunciare correttamente quella sillaba ostile.

«Sì, magisciato, peché tu come dici? Appena sono un magisciato della Repubblica, ce lo faccio vedere io, tutti indagati e la metà di loro in galera.» Era livido di rabbia, consumato dalla frustrazione, bruciava dal desiderio di rivalsa. Lei invece moriva dalla voglia di abbracciarlo, di sentire il suo corpo ossuto, di ricevere una carezza forte, un bacio sugoso. Gli posò una mano sul petto.

«È inutile che mi pettini e m'allisci, che il cunto ca t'ha fattu un t'arrinesci. Marò, non la prendere sul personale, ma il lavoro per un uomo è la virilità e io per ora sono un eunuco.» Afferrò il casco, se lo calò sulla testa e si avviò alla porta.

«Manco un tinto grazie, sei il solito vastaso!» lo rimproverò lei con la voce piagnucolosa.

«E tu la solita chianciulina.»

«Potresti essere più gentile.» Sasà si fermò sulla porta, sembrava ci avesse ripensato.

«Vabbè, non litighiamo. È un periodo difficile» si scusò e cercò nel suo limitato repertorio le parole più delicate che conosceva. Voleva mostrarle interesse, affetto, in fondo quella donna era stata la sua più grande amica e il suo ultimo amore.

«E tu che fai?» chiese allora; ignorare le cattiverie appena dette era il suo modo di ricucire. Marò colse al volo l'occasione per pavoneggiarsi un po' o magari sedurlo.

«Io ho il problema contrario al tuo. Bellomo mi vuole in posti di comando. Ora si è messo in testa di diventare ministro della Giustizia e io devo diventare la nuova questora...»

«Miii, la *questora*! Pare un film pornografico.»

«Perdi il pelo ma non il vizio. Comunque mi ha costretta a indagare pure sull'omicidio della pasticciera di piazza Leoni.»

«La figlia di Fofò Russo, mischina! Una brava ragazza, sposata con un uomo perbene, figlio di un magisciato del tribunale di Palermo. Il boss invece una bestia. Credimi che ha gli occhi di Satana.»

«Ma che ne sai tu?»

«Mi è capitato di interrogarlo, uno che ne ha sulla coscienza! Ma non sono mai riuscito a trovare le prove per arrestarlo.»

«E che ne pensi dell'omicidio? Parrebbe una rapina finita male.»

«Io non ci credo. Se tu avessi visto solo una volta Fofò Russo in faccia, capiresti. Quello mette paura solo a nominarlo. Il più tinto dei tossici a rota preferirebbe iniettarsi candeggina, piuttosto che fargli uno sgarro. Ti consiglio di scavare nell'ambiente mafioso. Perché l'uccisione della figlia potrebbe essere l'inizio di una guerra tra famigghie. Ora che ci penso, anche sulla morte della moglie, la povera Carmelina, ci sono state delle dicerie. Era ammalata di cancro, è vero, ma se n'è andata in cinque minuti. Ci fu maretta tra i Russo e la famiglia di Carmelina. I fratelli di lei ne volevano conto e soddisfazione della sua morte improvvisa. Una di queste mezze tacche che ho arrestato alcuni anni fa si fece scappare che il marito l'avesse avvelenata perché non sopportava di vederla soffrire. Hai capito l'anima fragile? Magari una vendetta tardiva, lo sai che queste famigghie non dimenticano; sono capaci di ammazzare pure dopo vent'anni. Eppure si dice che lui l'amasse molto. Ora, se non sono capace di amare io che sono mezzo e mezzo, come può un demonio di quella caratura? Bah! Se ti vai a guardare le fotografie dell'epoca, Carmelina era una picciotta sicca e delicata, con una facciuzza scunchiuduta. Mah, come ci finiu nel letto di stu satanasso? Ora me ne devo proprio andare, sennò mi salta il programma e divento nervoso. Addio» disse porgendole la fronte quasi cercasse la sua benedizione. Lei gli posò un bacio casto. «Ti posso telefonare?» chiese trattenendo il pianto. «Il cellulare l'ho buttato. Ti chiamo io appena avrò di nuovo la mia dignità di maschio. Addio» e se ne andò sulle gambe magre che sguazzavano dentro i pantaloni larghi.

Marò rimase a guardarlo mentre si infilava nell'ascensore. Scosse la testa, questa volta l'aveva perso per sempre. Chiuse la porta e si infilò dritta a letto, cercando consolazione. Ma il dolore era una lama conficcata nel ventre. Il corpo di Sasà se lo sentiva addosso, un fantasma che si divertiva a tormentarla. "E lui invece niente, non gli ho fatto nessun effetto. Solo preoccupato del suo lavoro." La nostalgia divenne rabbia, il desiderio frustrazione. Marò buttò all'aria la coperta, prese a cazzotti i cuscini e se ne andò in cucina. Frugò nella dispensa, c'era solo un avanzo di biscotti. Da quanto tempo erano lì? Fece spallucce e ne addentò uno. Sapeva di vecchio ed era molliccio. Li divorò tutti, uno dopo l'altro. Smise quando vide sul fondo della scatola qualcosa di piccolo e rotondo che si muoveva tra le briciole. Un verme? «Che schifo!» urlò e d'un tratto ebbe pietà per se stessa. Si sedette per terra e pianse.

Doveva fare qualcosa per venir fuori da quella situazione. Si asciugò le lacrime, si lavò i denti, pettinò i capelli e si truccò. Fosse stata sua madre avrebbe cominciato a pulire la casa con frenesia. Ma riordinare era un po' come rimuginare, perciò diede un calcio al sacco della spazzatura, buttò all'aria strofinacci e scope, si infilò il cappotto e uscì sbattendo la porta. Accese la Vespa, il tempo non prometteva nulla di buono, ma scorrazzare tra i vicoli le avrebbe fatto bene. E intanto che l'aria fresca leniva il bruciore delle ferite, il suo animo si chetava. Conosceva tante donne che valevano meno di lei, eppure avevano mariti innamorati, fidanzati appassionati. Poteva farcela, doveva solo andare da un bravo parrucchiere, perdere quei cinque chili che le arrotondavano la vita e i fianchi, cominciare a uscire la sera, frequentare qualche locale, magari accettare i consigli di Nanà e, perché no, anche di Bellomo. Quasi quasi le stava venendo un po' più di fiducia. E poi le rimaneva il lavoro, se fosse diventata questora le occasioni di incontrare maschi appetibili si sarebbero moltiplicate. D'un tratto si sentì grata alla vita per il suo lavoro, certe volte poco appagante, ma così utile. Si ripromise di impegnarsi di più, la nuova indagine era una buona occasione per tenere a bada i suoi demoni.

"Questora non è parola d'offesa" si disse, dirigendosi risoluta all'Istituto di medicina legale.

17

Ringalluzzita dai buoni propositi, Marò raddrizzò le spalle e si stampò un'espressione cordiale sulla faccia. "Vediamo se anche così pacchioncella gli faccio ancora effetto" pensava. Sedurre le piaceva, e leggere il desiderio negli occhi dell'altro la gratificava quasi quanto una brioscia con gelato; anche se Burgio tutto sommato era una preda di scarso valore. Il medico era in sala settoria, bardato di un lungo camice verde, aveva appena finito di lavorare e fu felice di quella visita. «Come va, prof?» chiese lei con voce flautata. Scottato dai ripetuti rifiuti, il medico fu cauto nell'accoglienza e accennò un sorriso guardingo. Ma poi la vide avanzare annacandosi come una modella, una mano infilata nei capelli che si allargavano a ogni passo come i tentacoli di una piovra, allora accantonò tutte le sue perplessità e con le viscere in subbuglio le andò incontro tendendo le braccia.

«Dottoressa Pajno, quale onore averla qui e di sua spontanea volontà.» Ammiccava come un gagà di provincia. Nel togliersi i guanti indugiò. Le afferrò poi la mano e la portò alla bocca. «Quando mi farà l'onore di uscire a cena con me?» sospirò sfiorando quella superficie liscia, solcata da piccole venuzze. Immaginò quelle mani su di sé, le sue labbra umidicce si incollarono a ventosa. Marò sentì il solletico del suo ridicolo baffetto e tirò via il braccio con uno strattone. Con Burgio giocava facile, considerò, e tornò al consueto atteggiamento ostile.

«Mi trova nella giornata giusta! Stia attento a quello che dice» minacciò. Si era rabbuiata e sentiva la scontentezza montare.

«Ma', Cicco mi tocca! Non toccare a picciotta. Cicco toccami!» scherzò lui, quell'ambivalenza lo eccitava più di un corpo nudo.

«Allora, professore, mi dà qualche anticipazione?»

"Femmina capricciosa" pensò il medico e cercò tra i suoi appunti, ma era distratto. I suoi occhi vagavano dai fogli ai fianchi di Marò, li trovava più morbidi del solito e così provocanti. Quella donna che non gli aveva mai detto un sì lo faceva uscire pazzo. "Le cose difficili sono sempre più interessanti", poi afferrò un taccuino. «Prego» disse allargando le braccia e la scortò al tavolo dove il cadavere della pasticciera giaceva in una posa artificiosa. La testa era girata oltre la spalla, una mano sotto il gluteo, le ginocchia piegate, un piede storto che penzolava oltre il bordo del piano. Il lungo squarcio dal torace al pube, ricucito con fitti punti neri, era una linea, sottile e dritta, che sembrava disegnata a china. Pareva un manichino.

«Bel pezzo di femmina! Non c'è che dire» esclamò quello, i suoi occhi indugiarono sui seni larghi sormontati da grossi capezzoli di un intenso color nocciola. «Un po' *grossier*, lo devo ammettere, ma notevole.»

Marò lo guardò storto. Quant'era scemo! Eppure a leggere il suo curriculum pareva uno scienziato. Riconoscimenti internazionali, premi prestigiosi. Certo che a stare sempre tra i cadaveri, qualche equilibrio può saltare. Quella salva di parole inutili, di frasi sconclusionate doveva essere un modo di esorcizzare la morte e attaccarsi alla vita, rifletteva Marò.

Saveria era nuda, alla mercé degli sguardi di tutti. Le gambe aperte mostravano il sesso depilato. Marò le accostò le ginocchia con un gesto pudico, quelle ricaddero aperte.

«La morte il più delle volte è oscena» considerò Burgio. E intanto le si avvicinò, lei sentiva il suo fiato umido sul collo.

«Ma un telo per coprirla non ce l'ha?» chiese. Lui gliene porse uno stropicciato. «Il direttore sanitario ha tagliato i fondi all'Istituto.» Marò lo stese su Saveria, il capo rimase fuori da quel sudario improvvisato. Aggiustò la frangetta sulla fronte con un gesto pietoso. «Io andrò a cospargere di terra il fratello che amo» sussurrò.

«Agire al di là dei propri limiti è assolutamente insensato. Ismene aveva molto più buon senso di Antigone» replicò il medico facendo sfoggio della sua cultura classica, quindi cominciò a leggere i risultati dell'autopsia.

«Una ferita di striscio al torace; qua, vede, questa specie di doccia che raggiunge appena il tessuto sottocutaneo? Il colpo è stato sparato da lontano; l'altro, a bruciapelo, è arrivato dritto al cuore trapassandolo da parte a parte. Sul cappotto ci sono i segni dell'affumicatura. Il proiettile era incastrato tra una vertebra e l'inserzione posteriore della costola. L'ho inviato alla scientifica per la perizia balistica. Sotto le unghie delle mani ho trovato alcuni frammenti di tessuto epidermico, forse la donna ha graffiato il rapinatore; in laboratorio stanno facendo l'esame del DNA. C'è qualcosa poi di strano, che non so se ha un nesso con l'omicidio: la ragazza ha diversi lividi sulle braccia e sulle spalle.»

«Se li è fatti cadendo?»

«Non credo, sono troppi e alcuni molto vecchi. La picchiavano. Il polso è storto per una vecchia frattura del radio saldata male; il gesso è stato fatto da un incompetente.»

"Chi picchiava Saveria?" si chiese Marò. Il padre, per quanto cattivo, sembrava adorarla quella figlia, perlomeno così aveva detto la zà Sarina. Il marito, con quella frangetta da scolaro delle elementari, possibile che fosse violento al punto di romperle le ossa? Be', che importanza aveva ai fini dell'indagine? Lei doveva solo scoprire l'assassino.

«C'è altro, professore?»

«Ha avuto un rapporto sessuale poche ore prima di morire.»

«Basta così?»

«C'è una cosa che non mi dà pace, ma ne abbiamo già parlato la prima volta e non so se è il caso di insistere; non vorrei che lei, prevenuta com'è nei miei confronti, mi considerasse una specie di maniaco.»

«E va bene professore, la ascolto senza pregiudizi. Ci conosciamo da tanto tempo, sono sicura che quello che mi dirà non cambierà di una virgola l'opinione che ho di lei.» Marò faceva del sarcasmo.

«Aspetti.» Burgio uscì e tornò poco dopo con una busta di indumenti. «Questi sono i vestiti e la biancheria della vittima. Guardi.» L'uomo sciorinò un reggiseno di pizzo grigio, un tanga coordinato e un reggicalze tutto ricami e intrecci, di una famosa marca. «Le pare che una va a lavorare indossando roba di questo tipo? Una donna si incontra con l'amante così combinata.»

Marò infilò le dita tra i lacciuoli di quel completino, lo avvicinò al naso, emanava un profumo di passione, di desiderio, di amore sofferto e ostacolato. Sì, doveva convenire con Burgio, quelli erano indumenti destinati a un incontro clandestino.

«Professore...» Marò esitava, non voleva dare a quel vecchio lumacone spunti per fantasie sessuali, e tuttavia le premeva scoprire chi avesse picchiato Saveria. «Secondo lei, è possibile che la pasticciera avesse un amante violento, uno di quelli che si dedicano a pratiche sadomaso?»

Il medico ebbe un moto di sorpresa e affilò i denti come un lupo davanti a una preda. «Tutto è possibile, dottoressa, vai a capire la mente umana. Posso solo dirle che su questo corpo è incisa una lunga storia di botte. Non mi pare di leggere altro tra lividi e cicatrici» e scrollò la testa, sembrava deluso. Marò guardava Saveria con compassione. Fin dal primo momento aveva provato un sentimento struggente, come se in quella ragazza vedesse qualcosa di sé. Le era già successo con Giulia Arcuri, doveva fare attenzione, identificarsi con la vittima poteva ritardare le indagini e suggerire false piste. Salutò Burgio, diede un ultimo sguardo alla pasticciera, era morta così come aveva vissuto: tragicamente.

Parte seconda

SANTA LUCIA

CUCCIA

Il grano a chicchi, cotto e condito, sia salato che dolce, viene preparato in molti paesi del bacino del Mediterraneo. In Italia il grano cotto e addolcito lo si trova in Puglia, Lazio e Basilicata. In Sicilia, vuole la tradizione che nel XVII secolo, durante una grave carestia, il tredici dicembre, nel porto di Siracusa arrivò una nave carica di frumento. La popolazione affamata non perse tempo a macinare i chicchi, ma li lessò interi. Cuccia significa appunto cocci, cuocci.

Le proporzioni sono un chilo di frumento per mezzo litro di vin cotto.

Pulire il frumento da sassolini, lavarlo e metterlo a bagno per almeno ventiquattr'ore. Sciacquarlo diverse volte e lessarlo in acqua abbondante e con un cucchiaio di sale. I chicchi dovranno diventare morbidi ma non disfarsi. Scolarlo e metterlo in un piatto, poi condirlo con il miele e la cannella o con crema di ricotta, scaglie di cioccolata, dadolini canditi.

Crema di ricotta

In un recipiente versare il latte e sciogliere amido e zucchero. Mettere sul fuoco e rimestare finché non comincia a addensarsi. Quindi aggiungere la ricotta. Togliere dal fuoco dopo un minuto e passare al setaccio.

Per 800 grammi di ricotta aggiungere mezzo litro di latte, 65 grammi di amido, 335 grammi di zucchero.

18

13 dicembre

Il guaio della bassa autostima è che si porta dietro una certa instabilità. E infatti la risolutezza del giorno precedente era svanita. Marò, gonfia di stanchezza e nervosismo, mise il latte sul fuoco. Doveva preparare la cuccia, l'aveva promesso a Nanà e ogni promessa è debito. Aggiunse amido e zucchero; rianimò il grano precotto con acqua calda e compose il tutto in una ciotola. Poi infilò la solita divisa, chiuse il gas e uscì.

La Vespa, nonostante fosse rimasta all'aperto, partì al primo colpo. Il sellino era asciutto; ci pensava Janek ogni mattina a pulirlo dalla polvere, dall'umidità. Diede gas e imboccò contromano il vicolo della Correria. L'asfalto bagnato sfrigolava sotto le ruote, le macchine le passavano accanto sollevando schizzi che macchiarono i suoi pantaloni di bizzarri pois.

A piazzetta Sett'Angeli Marò soffermò il suo sguardo sulla parete posteriore della cattedrale. La pioggia della notte aveva lavato via la fuliggine. Le tarsie di pietra lavica rilucevano come specchi neri, la parete era una grande scacchiera di ebano e alabastro. Le cupolette maiolicate sembravano passate a cera, i merletti delle torri un susseguirsi di soli artificiali. Marò amava quel monumento di cui scopriva ogni giorno nuovi ghirigori, volute, finestre, colonnine. E ogni volta si sorprendeva di quella bellezza cangiante con gli anni ma sempre fedele a se stessa.

Posteggiò davanti alla questura. Spazzolò i pantaloni, il fango si era indurito. Non poteva presentarsi così conciata in ufficio. Le bruciava il rimprovero del questore, anche se non l'avrebbe mai ammesso, nemmeno con se stessa. Inforcò la Vespa e partì alla ricerca di una lavanderia. Girò in tondo, imboccando strade a casaccio. Stringeva lo sterzo, dava gas, tirava il freno; ora sollevava il sedere, ora curvava la schiena; spostava il peso da un lato e dall'altro, respirava quando rallentava, rimaneva in apnea accelerando. Sembrava una cavallerizza in simbiosi con il suo destriero. Gira, vota e firria, senza sapere come si trovò a piazza Leoni. Decise di fare una nuova ricognizione sul luogo del delitto.

La pasticceria era stata isolata con transenne, il nastro bianco e rosso della polizia ripristinato e teso tra un palo e l'altro. Il piantone andava su e giù, cercando di non congelarsi. «Ho le dita di legno» le disse e faticò a togliere i sigilli; la serranda ansimò scorrendo nelle guide che abbisognavano di un'ingrassata.

Entrarono l'una dietro l'altro. Il poliziotto raggiunse il quadro elettrico e riattaccò la corrente. I frigoriferi si accesero con un lampo blu. Le torte erano collassate e la glassa si apriva in ampie fessure; le gelatine rapprese sui vassoi d'acciaio, la panna stracciata. Un fetore nauseabondo di sangue, burro rancido, latte inacidito rendeva l'aria irrespirabile. Marò si addentrò coprendosi il naso con il fazzoletto. Cercò di controllare i conati di vomito e dovette aspettare un po' che il suo stomaco si chetasse. Poi infilò i guanti e, saltando da una piastrella all'altra, ché una poltiglia appiccicosa ricopriva il pavimento e c'era da rimetterci le scarpe, cominciò a indagare come un qualsiasi, normale poliziotto.

Divise idealmente lo spazio in quadrati. Controllò quindi le cornici degli specchi, fece scorrere le dita sulla boiserie di legno. Si aiutava con la torcia del cellulare per raggiungere gli angoli bui. Confidava nel suo spirito di osservazione e in un po' di fortuna. Doveva esserci qualcosa da qualche parte, si ripeteva. Passò le mani sullo stipite della porta che dava accesso al laboratorio e su ogni spigolo, bordo, rientranza. Puntava il raggio di luce contro le pareti, lo faceva scivolare fino a terra, si insinuava nelle crepe del legno, poi non ancora soddisfatta infilava le dita fin dove arrivava. Sotto il bancone del caffè brillò improvviso qualcosa di dorato. Usò le chiavi della Vespa per fare leva, finché un proiettile rotolò ai suoi piedi. Lo ripose dentro una busta e con maggior fiducia continuò l'ispezione. "Vediamo se trovo altro, ché l'assassino di certo è scappato in fretta, e non avrà avuto il tempo di ripulire." Procedeva concentrata, il cervello vigile, scevro da ogni suggestione, gli occhi sgranati, pronti a distinguere le ombre dagli elementi reali.

Tra il piano che sosteneva la cassa e una cornicetta di ottone, che rifiniva la boiserie, si accorse di una piccola zona danneggiata. La vernice era saltata e il legno scheggiato. Sul metallo una scanalatura ovale. Il proiettile doveva aver urtato lì, deviando dalla sua traiettoria e mancando il bersaglio; questo poteva spiegare la ferita di striscio sul corpo di Saveria. Cercò di ricostruire il percorso della pallottola proseguendo a ritroso. Non era un'esperta di balistica, ma si sforzò di mettere a frutto le poche nozioni apprese nel corso degli studi. In fondo alla sala, ispezionò lo zoccoletto, le fessure nel pavimento, frugò sotto le sedie, nel mucchio delle cialde, tra le pile di centrini e le stoviglie di plastica. E in una scatola, infilato dentro un cono, trovò un bossolo. "Finalmente un po' di culo." Lo conservò insieme al proiettile e uscì a respirare. La nausea si dissolse all'aria. Le rimase solo una lieve sensazione di disgusto e lo sbigottimento per aver lavorato bene a dispetto della cacosmia che la invalidava da qualche giorno. Se ne andò dritta alla scientifica, appagata da se stessa e orgogliosa: il suo spirito d'osservazione non aveva nulla da invidiare a quello di Sasà.

L'agente sembrò infastidito dalla sua visita improvvisa. «Ho solo un rapporto preliminare» disse brusco e senza guardarla negli occhi, «il definitivo te lo mando in serata. Ma che ha di speciale questa pasticciera? Il questore non fa altro che telefonare e abbiamo dovuto correre come matti.»

«Vallo a capire!» mentì lei. Se solo avessero saputo dei progetti carrieristici di Bellomo si sarebbero rifiutati di collaborare.

«Siamo in pochi, tra le ferie di Natale, le influenze e i delitti. La delinquenza pare si sia svegliata tutta d'un botto» continuò quello mettendo le mani avanti.

«No, non volevo essere pressante anch'io, ma guarda cosa ti ho portato.» Tirò fuori dalla tasca bossolo e proiettile e li mise sotto gli occhi dell'altro.

«Dove li hai trovati?»

«Nella cassetta della posta! Ma non lo capisci? Alla pasticceria Perla.»

«Non mi dire che sei andata sulla scena del crimine di tua iniziativa e hai pure rotto i sigilli?»

«Perché, che fa? Non sarebbe la prima volta. E poi non sei contento del regalo di Natale?»

«In effetti era quello che cercavamo. Due ferite, due colpi. E noi di proiettili ne avevamo uno solo. Se cerchiamo bene magari ne troviamo anche un altro. Chissà quante volte ha sparato il rapinatore? Vabbè, intanto fammi vedere.» L'agente lo osservò con una lente d'ingrandimento. «Così su due piedi non saprei dirti. Dove hai trovato il bossolo?»

«In una scatola di coni in fondo alla sala. Il proiettile invece era incastrato sotto il bancone del bar; ma ci sono dei graffi sulla boiserie della parete e un'impronta sulla cornicetta di metallo della cassa. Mi sono fatta l'idea che il rapinatore abbia sparato il primo colpo da lontano, mancandola...»

«E poi che fa? Corre, raggiunge la vittima e la finisce a bruciapelo? E tutto questo prima di prendere i soldi? Mi pare strano» obiettò l'altro.

«Non ho la tua esperienza, e se ci fosse stato un secondo uomo all'interno del bar? Potrebbe aver sparato lui?» Marò pensava a voce alta.

«Senti, non voglio fare il fenomeno, di sicuro anche tu ci hai già pensato, ma questa storia è strana. Chi fa una rapina di solito usa un revolver piccolo, chessò, una Beretta Tom

Cat, che si può nascondere negli abiti. Le semiautomatiche sono troppo ingombranti, se devi scappare ti impicciano e poi saltano subito agli occhi. No, non mi convince. Domani mando un agente a fare nuovi rilievi, non si sa mai.»

«Riguardo alle impronte?»

«Ne abbiamo trovate tantissime, ma ci vorrà del tempo. Piuttosto hai dato uno sguardo alla borsa della vittima? Passaporto, spazzolino da denti, un po' di biancheria, denaro contante, caricabatterie per cellulare, foto del figlio, come se fosse pronta per fuggire.»

Marò annuiva. «I miei uomini stanno lavorando sui cellulari, magari salta fuori un biglietto d'aereo dalla mail. E la prova del luminol?»

«L'abbiamo fatta, ma c'erano un casino di orme, diluviava da due giorni e il marciapiede era pulito. La direzione di fuga dell'assassino te la devi trovare da sola. C'era un'impronta profonda e larga, dalla forma quasi quadrata. Come di uno scarpone antinfortunistico, quelli che usano gli operai nei cantieri. Solo che non significa niente. La zona è piena di palazzi in costruzione e i muratori vanno e vengono dal bar. Non c'è altro per il momento. Con il tuo permesso, io continuerei» concluse l'agente.

La vicequestora se ne andò in ufficio, dimenticando le macchie di fango sui pantaloni.

19

Fedeli, eccitato come un bambino, l'aspettava nella sua stanza. «Buongiorno dottoressa, ho due novità, forse tre.»

Lei non rispose al saluto. Allungò delle grandi pacche sulla stoffa. «Sto tempo da schifo! Guarda come sono ridotta. Portami il caffè e poi mi racconti con calma.» L'ispettore corse alla macchinetta, mugugnando qualcosa sul caratteraccio della sua capa. Tornò con due tazze fumanti e si sedette di fronte a lei.

«Da dove comincio? Da questo, da questo o da quest'altro?» disse agitando dei foglietti in aria. Marò alzò gli occhi al cielo.

«Da questo» si affrettò lui. «Ecco, ho trovato la password dell'altro telefono, quello intestato a Manlio Proja, il cugino della vittima. Nella memoria non ci sono chiamate, né in entrata né in uscita. Comunque anche di questo numero ho richiesto i tabulati. C'era solo una chat tra i due cugini su WhatsApp.»

«Interessante?»

«Poesie, canzoni, video, buonanotte, buongiorno...»

«Erano amanti?»

«Forse, non saprei. Non fanno altro che scrivere di passione, desiderio, libertà, ma sembrano concetti di filosofia, non parole di innamorati.»

«Fedeli, e tu che ne sai dell'amore?» L'ispettore arrossì e, chinando il capo per nascondere quel fugace luccichio che avrebbe potuto tradire chissà quale segreto, rispose: «Dottoressa, anche se sono pacchione, quando ero giovane quattro fili me li sono mangiati. E comunque, se due sono amanti si capisce subito, questi sembrano liceali che si confrontano con le categorie kantiane». Marò strabuzzò gli occhi, quel tredici dicembre era il giorno delle citazioni.

«Ma perché non mi hai chiamata subito?»

«Dottoressa, l'ho scoperto da poco. Questa notte non potevo dormire...»

«Pure tu? Pure io. Sarà stata la luna piena.»

«Quello che è. Io sono qui dalle cinque...»

«E io sarei arrivata contemporaneamente a te, se non avessi dovuto preparare la cuccia. Che è una gara a chi fa prima?»

«Ah, vero, oggi è Santa Lucia. Perciò Machì è venuto con un contenitore avvolto in una mappina.»

«Avà Fedeli, stiamo divagando. Va' al sodo.»

«Ho dovuto trafficare non so quanto per trovare la password...»

«Qual è?»

«Lavitapossibile25.12.»

«Come ti è venuto in mente?»

«Il fatto è che le donne sono sempre infelici e sognano un'altra vita, una vita possibile rispetto a quella che hanno e che gli pare impossibile da sopportare.»

«Bravo Fedeli.» Marò era colpita dalla sua sensibilità. «E i numeri?»

«No, quelli li ho dati a muzzo, siamo in prossimità delle feste, e ci nzirtavi.»

«C'è dell'altro?»

«Altro dice lei? Un file audio che è una bomba ho trovato. È questa la seconda novità. La vittima ha avuto il sangue freddo di azionare il registratore. E indovini un po'? Abbiamo la voce del rapinatore e una bella conversazione!»

«Minchia, questo sì che è un bel colpo di culo. E che dice?»

«Quello che dicono di solito i rapinatori. "Zitta troia, dammi i soldi, non ti muovere." E deve sentire lei, la pasticciera, come gli risponde a tono e lo piglia in giro. Non pare scantata. Miii, fimmina cugghiunuta! Dottoressa, poi, non è tanto la voce che è particolare, quanto come parla. Quello, il rapinatore, ha la lingua sifulina.»

«Bravissimo Fedeli! Ora metti il file su una chiavetta e mandalo alla Catturandi, chissà che nel loro archivio non l'abbiano già registrata quella voce e se il culo ci assiste...» Marò incrociò le dita.

«E con la stessa password ho aperto la mail.» L'ispettore aveva un gran sorriso pieno di denti, gli occhi che correvano in ogni direzione.

«Avà, non si faccia pregare!»

Ma perché, pensava Fedeli, la vicequestora un po' gli dava del lei, un po' del tu? A che parevano amici, quasi parenti, a che lo strapazzava come un garzone di bottega. E lui era sempre ripriso, per paura delle sue reazioni. No, ultimamente era troppo cambiata, doveva avere qualche problema.

«Avà» urlò Marò.

«Ho trovato un biglietto aereo per l'Olanda. La pasticciera stava per scappare.»

«Questo spiega il contenuto della borsa. Ma che nesso ci può essere tra la fuga e la rapina?»

«Nessuno dottoressa, però non ho finito...»

«Fedeli, che mi fa gli abbocchi?»

«Machì ha guardato i nastri delle videocamere di sorveglianza. Sì lo so che era compito mio, ma il telefono mi parse più importante.» La vicequestora s'incupì, il controllo della sua squadra le stava scappando di mano, ognuno faceva di testa sua. L'ispettore sembrò leggerle nel pensiero «... e tanto quello che conta alla fine è il risultato. Tornando a noi: ore e ore di macchine che camminano, lente durante il giorno, che sfrecciano di notte; ogni tanto qualcuno che fa bancomat. Niente di interessante davanti alla banca. Solo questa moto, ecco qui, vede?» Fedeli fermò il nastro. «La moto passa e ripassa davanti alla banca ogni mattina e ogni sera nella settimana che precede la rapina. La targa non si legge e il centauro ha un casco integrale. Ah, il giorno dell'Immacolata l'edicola è aperta alle sei come ogni giorno. Perciò il giornalaio ci disse solo farfantarie.»

«C'è altro?»

Fedeli cambiò il nastro. «Questo viene dalla scuola. Le telecamere al cancello sono rotte, ma ce n'è una all'interno del cortile, in un angolo, quasi nascosta dagli alberi; funzionava fino all'alba dell'otto dicembre. Si vede il campo da tennis e l'entrata posteriore della pasticceria. Guardi, ore tre del mattino.» Un tipo muscoloso, ripreso di spalle, con un cappuccio sulla testa apriva la porta con la chiave e scivolava dentro il laboratorio.

«Ma chi è?» chiese Marò.

«Per avere le chiavi... uno che lavora lì.»

«Si può ingrandire?»

«Sì dottoressa, ma è sempre inquadrato di spalle, la felpa è nera, quello tiene su il cappuccio e non ha nessun segno particolare.»

«Almeno sappiamo che si è trattato di una rapina organizzata e non di un tossico allo sbaraglio. Fedeli, cerca l'indirizzo di questo cugino, che nel pomeriggio ci andiamo a parlare, prima però vai a prendere l'edicolante. Io ti aspetto qui, intanto chiamo la scientifica e chiedo di cercare impronte anche in laboratorio e sulla porta posteriore.»

Invece Marò se ne andò da Cappello, l'eccitazione le aveva fatto venire un certo languore. E mangiò una grossa fetta di torta Setteveli, ché le scoperte vanno festeggiate. Tutto quel cioccolato insieme con il caffè la fece sentire lucida e reattiva. Poi chiamò il questore e gli raccontò i progressi fatti.

«Convoco la conferenza stampa per le diciotto e l'aspetto. È un ordine.»

20

L'edicolante era rintanato all'interno del suo gabbiotto, quasi abbracciato a una stufetta.

«Freddo eh?» chiese Fedeli e distrattamente prese a sfogliare una rivista.

«S'aggigghia!» esagerò l'uomo.

«Certo a stare sempre all'aperto» lo mischiniò l'ispettore.

«La stufetta qua sotto è accesa, ma non basta. Ogni tanto bevo un bicchierino, ma d'inverno ho sempre la bronchite.»

Fedeli indicò la foto della pasticciera sulla prima pagina del quotidiano. «Ammazzare na fimmina accussì, non c'è più unni arrivare! E poi di mattina, nun si scantano di nuddu. Certo che a Palermo non era mai successo.»

«Quannu si lassanu le porte aperte, uno nun sapi mai a cu si metti dintra.»

«Vuole dire che la signora ci aprì lei all'assassino?»

«No, vogghiu diri che in questo paese c'è troppo ammuinu. Nivuri, russi, gialli; cu trasi, cu nesci.»

«A scumissa ca l'ammazzò un estracomunitariu?»

«Po' essiri.»

«E lei s'appi a scantari forti, ca u bar è proprio ccà vicinu. Certe volte quannu si dice il destino.» L'ispettore chiuse il giornale, si avvicinò all'uomo e guardandolo negli occhi chiese: «Lei ne ha figli?».

Il giornalaio si strinse nelle spalle e si tirò un po' indietro. Ma che cercava quell'uomo da lui? E si mise a impilare alcune riviste. «Scusi ma a lei che ci interessa se ho figli o no?» si risentì l'edicolante.

«Lo sa che la pasticciera aveva un bambino di dieci anni e che è rimasto solo?»

«A scumissa ca lei è sbirru?» domandò quello sospettoso. Si era ritirato nell'angolo più buio dell'edicola e aveva drizzato il pelo, sembrava un gatto. L'ispettore tirò fuori il tesserino, tanto valeva giocare a carte scoperte, perché quello spontaneamente non avrebbe mai parlato.

«L'avevo capito subito. Se vuole notizie della picciotta, mischina, le posso dire che era brava e gentile. Non si può stare più sicuri. Questa è la vita, esci la mattina per lavorare e a casa non ci torni più. Per il resto non so altro.»

«Lei a che ora apre?»

«Alle cinque, i giornali li portano presto.»

«E ha visto qualcosa?»

«Giusto giusto quella mattina ho aperto alle nove. Era festa, la gente in queste giornate arriva tardi. Perciò ne ho approfittato, ché con la bronchite non si babbia. Quando sono arrivato, qua c'era già un pandemonio.»

«E quindi non ha visto niente.»

«Nzù, un vitti a nuddu.»

«Capisco... ma è sicuro?»

«Sicuro.»

«E allora deve venire con me alla Mobile.»

«Picchì?»

«Glielo dico strada facendo.»

«E come faccio? Chi rimane all'edicola?»

«Chiudi!» ordinò brusco l'ispettore e se lo caricò in macchina.

«Fedeli, portagli un caffè al signore, che è morto di freddo.» Marò aveva un tono gentile e materno, era ancora sotto l'effetto della Setteveli.

«Grazie dottoressa, u signuri ci lu paga.»

«Dunque non hai visto nulla?»

«Dottoressa, ci lu dissi all'ispettore e pure a vossia, che fa su scurdò? Ero ammalato e mi susivi tardi.»

«Sì veru fissa» lo apostrofò Fedeli. «Le telecamere registrano tutto e il tuo faccione da cacasotto è bello immortalato dentro a questo nastro. Ma sai che vieni bene al cinema? Macari, se chiudi l'edicola, perché co' sti chiari di luna, se Fofò Russo viene a sapere qualcosa, capace che te ne devi scappare; ecco, la comparsa la puoi fare in qualunque parte del mondo.»

L'uomo diventò rosso, poi impallidì, quindi avvampò di nuovo. «Dottoressa, io un vitti a nuddu e nun sacciu nenti. E se sapissi qualchi cosa, nun parrassi; hai na mugghiera e un figghiu handicappato. Parrari è un lussu pi riccuna» si portò una mano sulla fronte in un gesto disperato.

«Miii omu di curaggiu! Voli dire allora rimani qua con noi. Tanto pi strata morivi di friddu e qua i caloriferi funzionano.»

Marò se ne stava un po' in disparte, sorpresa dall'atteggiamento del suo ispettore, risoluto, duro, autorevole, manco Serpico. Certo che quello era l'inverno dei cambiamenti. Lei intanto cercava uno spiraglio che le permettesse di conquistare la fiducia dell'edicolante; un punto debole sul quale fare leva. Lo fissava con simpatia, annuiva mentre quello si lamentava, sospirando insieme a lui. E all'altro sembrò di aver trovato in lei un'alleata. Perciò distolse lo sguardo da Fedeli e si rivolse a Marò: «Dottoressa, si passassi na manu supra a cuscenza...».

Quella frase la irritò. "Ci siamo" si disse, "sta a vedere che sono io in illecito" e di colpo perse tutta la sua benevolenza. «No, caro mio, la mano sulla coscienza te la passi tu; in questa città pare che la coscienza ce la debbano avere sempre e solo gli altri. Tu sei omertoso e reticente e ti pigghi chiddu ca ti veni.»

«Dottoressa, ci lu giuru, un vitti nenti...» cominciò a piagnucolare l'uomo.

«Fedeli, portalo di là e poi vediamo che dobbiamo fare.»

L'ispettore afferrò il giornalaio per il maglione e lo trascinò via. Attraverso la porta lo sentirono urlare, supplicare, imprecare, minacciare. «Parlerà» disse Marò. «I pavidi prima o poi sbracano», quindi corse a casa a prepararsi per la conferenza stampa.

Appena messo piede nell'ingresso, suonò il citofono. Pensò a Marina, forse era venuta per fare pace; che avesse deciso di scendere dal piedistallo, la principessa?

«Sono io, apri.» Sua sorella. Marò tirò un sospiro di sollievo. Nanà era così riposante. Le piacevano le sue visite improvvise, le telefonate tardi la sera, i consigli infarciti di buon senso e tenerezza.

La donna si tolse il cappotto. La sua pancia, strizzata dentro una maglietta rosso lacca, formava una sorta di ciambella proprio sotto al seno. «Eh, com'è?» chiese sfiorandole la guancia con un buffetto. Poi tirò dritta nel salone.

«Non ho avuto tempo, sto lavorando molto» si scusò Marò del disordine. «Ho un caso difficile per le mani. La pasticciera, quella di piazza Leoni, una rapina e puff, a che c'era e si annacava un figlio, a che non c'è più e il picciriddo se lo annaca suo padre o peggio suo nonno, il boss Fofò Russo.»

«Mischinu, u picciriddu!»

«Mischina idda! Sai Nanà, la cosa terribile di questa storia? La ragazza è morta per mano di un rapinatore, ma all'autopsia è risultato che era piena di lividi e aveva pure una vecchia frattura. Se quel balordo il giorno dell'Immacolata non fosse entrato nel suo bar, forse sarebbe morta comunque in modo violento. Mi sono fatta persuasa che a lei sia stata riservata fin dalla nascita una fine tragica. E il rapinatore che l'ha uccisa era la mano del destino. Impressione, nulla di concreto, ma io sto indagando oramai come se si trattasse di femminicidio.»

«Che lavoro ti sei scelta!»

«Cambiamo discorso. Tu invece con quel marito primario, che salva vite come sbucciasse banane, che salta da un congresso all'altro, chissà quante cose hai da raccontare.»

«Marò, io faccio la casalinga, se vuoi qualche primizia da me al massimo ti posso parlare di pisellini primavera. A proposito di lavori di casa, ti ho portato la cuccia; non ero sicura che avessi avuto il tempo di farla e se non la mangiamo c'è il caso che perdiamo la vista degli occhi.»

«Nanà, non dire minchiate» e intanto Marò aveva tirato fuori delle graziose coppette di cristallo colorato e i cucchiaini.

«Meglio prevenire che curare» sentenziò la sorella. «La nonna l'anno che le venne il glaucoma non la mangiò, ché il medico gliel'aveva proibito per via del diabete.»

«E sei pure laureata!»

«Proprio per quello. Eccola qua, veramente l'ha fatta la mamma, lei è più brava di me con i dolci.»

Marò si incupì. «Allora io mangio la mia. L'ho preparata questa mattina all'alba, pur di mantenere la promessa che ti avevo fatto.»

Nanà non replicò e, per allentare la tensione, cambiò discorso. Cominciò a parlare dei suoi figli, Marò aveva un debole per loro. «Bravi a scuola, sportivi, buoni, senza grilli per la testa» ripeté più volte e poi passò al marito. «Appassionato, devoto, padre integerrimo» e allargò il discorso ai vicini di casa. «Gentili, premurosi, disponibili.» Concluse con il cane: «Di razza purissima, intelligente che ci manca la parola». Sua sorella parlava bene di tutti, era incapace di considerazioni malevole; al contrario lei in quel periodo della vita ce l'aveva con il mondo e replicò con lamenti queruli e maldicenze, che non risparmiarono nessuno, nemmeno la famigliola di matti che era venuta ad abitare al piano di sotto e urlava tutto il giorno e certe volte anche la notte.

«Certe bestemmie, e certe male parole!»

«E tu chiama la polizia» suggerì la sorella scherzando. Poi con fare noncurante le mise davanti il dolce della mamma, sembrava perfetto. Invece nell'altro il grano precotto era completamente ammataffato e affioravano certi grumi sbruzzolosi. «Avanti!» la forzò Nanà. Con l'aria di farle un favore, Marò l'assaggiò. La crema setosa, liscia, scivolava delicata tra lingua e palato; i chicchi di frumento si sgranavano morbidi tra i denti.

«Ci sono i capelli d'angelo!» esclamò con la bocca piena, gli occhi che brillavano di una gioia infantile. «E pure le gocce di cioccolata.» Tra un mugolio di piacere e uno schiocco di labbra le due sorelle riandarono indietro nel tempo; si spandeva nell'aria un profumo di nostalgia affettuosa.

«Il Natale dove lo passi?» chiese d'un tratto Nanà.

Marò si alzò di scatto dalla sedia, mise le ciotole nell'acquaio e cominciò a lavare le stoviglie, sbattendole con furia.

«Dai, non possiamo fare finta di niente. Vieni e stai con la tua famiglia. Mamma, perdonala!»

Lei scosse la testa energicamente in segno di diniego.

«Ti prometto che starà zitta, mi assumo io la responsabilità.» La rabbia di Marò esplose. «No che non vengo; non la voglio incontrare!» e continuò il suo sfogo elencando tutte le cattiverie che aveva dovuto subire da quando il padre non c'era più.

«Mi, che memoria hai! Marò, non fare la cretina. Siamo grandi oramai e lei è vecchia, che ci vuoi fare? Tanto le cose sono andate così e indietro non si torna.»

«E certo, per te è facile. Sei la cocca, tutto quello che fai tu va bene. E Nanà s'è laureata, e Nanà c'ha un marito primario; e Nanà mischina è stanca, quanto travagghia la figghia mia! E tu invece ancora non ti mariti; e tu invece ancora con quel buzzurro. A proposito, le hai detto che mi sono lasciata con Sasà?»

«Ma che dici, ho imparato a farmi i fatti miei.»

«No, perché quella non aspetta altro di sputarmi addosso il solito "te l'avevo detto" carico di riprovazione.» La sorella cercò varie volte di interromperla, ma Marò aveva bisogno di vomitare il suo rancore.

La lasciò dire, fino a quando ebbe esaurito tutto il veleno che aveva dentro. «Ora ti senti meglio?»

«Sì» rispose la vicequestora e se ne andò in camera da letto. «Scusa, ho la conferenza stampa tra poco.»

«Dai che ti aiuto a prepararti.» Nanà la seguì senza aggiungere altro.

Ma davanti allo specchio il dramma continuò. «Lo vedi che i pantaloni mi tirano? Mannaggia!» L'altra, seduta sul letto, la osservava cercando la cosa giusta da dire. Anche da ragazze passavano le ore in camera a scegliere gli abiti, a parlare dell'amore, a rassicurarsi l'una con l'altra, ma c'era allegria nell'aria, ora invece il nervosismo si tagliava con il coltello.

«Te lo ricordi quanto tempo ci voleva per truccarci? La

sveglia la mettevamo un'ora prima al mattino, ché altrimenti a scuola arrivavamo in ritardo.»

«E certo, i ragazzi ci aspettavano al portone. Quanti ne avevamo!»

«Tutti tuoi corteggiatori, Marò! Per me uno solo e alla fine me lo sono pure sposato.»

«Sì, però non hai fatto un cattivo affare. Ma com'è che non sei mai stata invidiosa?»

«Ho sempre saputo di dover fare i conti con me stessa. E poi ho avuto molte soddisfazioni dalla mia pancetta e dal mio sedere», agitò i fianchi, il letto cigolò. Risero insieme, gli sguardi allegri di due ragazze, magari un po' consumate dalla vita, ma ancora con l'animo fresco e pronte all'avventura.

«Niè, non mi entra niente.» Marò lanciò per terra l'ennesimo tubino.

«A me pari sempre molto bella. Ma quanti chili hai messo?»

«Cinque» confessò l'altra in un sussurro.

«Sai che mi pareva!»

«Che fai come mamma? Tutto quello che succede a me è niente?»

Nanà si azzittì e alzò le mani in segno di resa.

«Vado in divisa» concluse rassegnata.

«Appena sei libera andiamo a comprarci qualcosa di nuovo» la consolò Nanà.

Però sua sorella, con la gonna grigia dritta fino al ginocchio e la giacca blu, faceva una gran figura. Andò vicino a lei, le stirò con le mani la giacca, tirò indietro i suoi capelli. "Proprio non la capisco" pensava, "non le manca niente, eppure è così infelice."

«Tu però questo problema lo devi risolvere» disse con una voce calda, piena d'affetto.

«Ancora con la mamma!»

«Io veramente mi riferivo ai chili in più.»

«Nanà, da che pulpito!»

«Che c'entra, io sto tranquilla così; mangiare mi piace e la mia pancia non è un problema. Certo, forse mio marito non mi guarda più come una volta, ma che me ne importa, pure a me lui non fa più l'effetto di prima. Anzi, a proposito, c'è una nutrizionista che viene da fuori una volta al mese. È una specie di luminare, l'avrai vista in televisione, se la litigano per averla nei programmi. Ci vuole la raccomandazione del Papa per farsi ricevere, ma Livio la conosce. Fisso un appuntamento e ci andiamo insieme. Tu hai diritto a essere felice; io ti accompagno e chissà che non mi venga in mente di far contento il primario: ogni tanto si lamenta e mi rimprovera, dice che ho il dovere di mantenere un'immagine consona al ruolo.» Risero insieme; Nanà l'abbracciò. «E mamma lasciala perdere; è quel che è, te ne do atto, però, anche con quel suo brutto carattere e con la critica sempre in pizzo, ti ha aiutata a seguire la tua strada.»

«Già, le ali non me le ha tagliate» considerò Marò, paragonandosi alla gallina della zà Sarina.

In ascensore, una di fronte all'altra, si squadrarono in silenzio. Una piccola e rotonda, bionda con gli occhi celesti; l'altra scura e, almeno fino a prima dell'estate, magra; non sembravano nemmeno parenti. «Prima o poi vedrai che mamma confesserà il suo peccato» scherzò Nanà. Lei stirò le labbra in un sorriso amaro. Che fossero figlie di padri diversi l'aveva sempre sospettato, e non solo per l'aspetto fisico. Nanà prima di andar via se la strinse al petto amorevole, lei sentì il cuore sciogliersi; quello aveva sempre desiderato da sua madre: un abbraccio affettuoso, un bacio, un "mischina!" detto al momento opportuno.

21

Il semaforo all'incrocio con via Roma era rosso. Si fermò, contrariamente alle sue abitudini, ché aveva bisogno di riflettere. Cosa avrebbe detto ai giornalisti? Il particolare della lingua sifulina doveva rimanere segreto. Per il resto, non aveva altro. Cercò nella sua testa qualche notizia interessante, un curtigghio che potesse soddisfare l'ingordigia dei cronisti di nera.

Il telefono suonò, distogliendola dai suoi pensieri.

«Che vuoi, Fedeli?» rispose sgarbata, odiava parlare mentre guidava.

«Dottoressa, quando vie...»

«Hai premura? È tardi, il questore mi aspetta per la conferenza stampa.»

«No dottoressa, non è una domanda, ma una richiesta precisa. Deve venire, qui sta succedendo il Viva Maria. Il giornalaio...» si sentivano in sottofondo urla, minacce, botti.

«Chi è che abbannia in questura?»

«Dottoressa, senta a me, è meglio che si arricampa.»

Fedeli passeggiava davanti all'ingresso della squadra Mobile, sembrava agitato.

«Dottoressa, la moglie del giornalaio è arrivata all'improvviso e, senza dire né ah né bah, ha cominciato a fare come una taddarita. "Unni è, unni è?" gridava e furriava in tondo. Machì ha provato a farla ragionare, quella n'atra nticchia e lo muzzicava. Ha buttato per terra tutto quello che aveva davanti: carte, sedie, tavoli. Ittava vuci a destra e a manca. Sbatteva la testa al muro, si strappava i capelli.»

«E voi l'avete lasciata fare?»

«Che le devo dire, dottoressa, pareva posseduta. E poi quel ragazzino che s'è portata dietro, il figlio, non so che malattia abbia, ma ripete tutto quello che dice la madre e imita i suoi gesti come una scimmia dello zoo. Tragediano tutti e due nello stesso modo. Il tempo di chiamare i rinforzi, ci sono voluti quattro uomini per fermarla. Ora si sono calmati e non mi pare vero, ma se arrivava prima, parola mia, mai vista una cosa così.»

«Dove li hai messi?»

«Li ho chiusi a chiave nel suo ufficio.»

«Altro posto non ne avevi?»

Fedeli arrossì. «Scusi, ma la sua è l'unica serratura che funziona. Sennò c'è la camera di sicurezza, ma in quella abbiamo messo il marito.»

Marò si fermò a osservare dal vetro divisorio. La donna era seduta, il ragazzino le stava accanto e si tenevano per mano. Lei piangeva, il figlio pure. Si asciugava le lacrime, l'altro uguale. Quella accavallava le gambe, lui lesto accavallava le sue, un circo.

Marò entrò sbattendo la porta con gran rumore, pronta a far valere la sua autorevolezza. «Si può sapere che le è preso?» urlò facendo sobbalzare tutti i presenti.

La donna scattò in piedi, il figlio uguale. Le sedie di entrambi caddero a terra con un tonfo. «Mi rovinate! Mi rovinate!» cominciò a gridare. «E mio marito? Me l'avete rubato! Ve la prendete con la gente onesta, ma picchì non arrestate i veri delinquenti?» Il ragazzo, appena la madre concludeva la frase, ripeteva una parola di seguito all'altra, senza neanche una pausa per prendere fiato.

«Mirovinateemiomaritomelaveterubatovela...» la vocina risuonava stridula, una farsa.

La moglie del giornalaio aveva un corpo sfatto, come un frutto rimasto a lungo fuori dal frigo; i lineamenti appesantiti dalla fatica; gli occhi contornati di rughe, fissi in un'espressione truce. Ne ho viste di cose, sembravano dire. La donna, per nulla impressionata da quello schieramento di poliziotti, si diresse verso Marò con le mani sollevate verso l'alto. Fedeli, temendo un'aggressione, si mise in mezzo e le afferrò i polsi.

«Chistu chi vole?» chiese accostando la sua faccia a quella dell'ispettore, sembrava volesse dargli una testata. Invece riprese a urlare: «E mio marito? Me l'avete rubato!», il figlio continuò con le sue ripetizioni ossessive.

Marò la lasciò fare, era incuriosita da quella scimmietta ammaestrata. Infine sbatté i pugni sulla scrivania e finalmente calò il silenzio.

«Signora, suo marito è un testimone reticente. Se mi dà le informazioni che mi servono se ne può tornare subito a casa.»

«Ah, così è?» chiese sorpresa.

«Ahcosìè» fece eco il figlio.

«Sì.»

«Mi pariva chi era! Se lo fa venire lo convinco io. Ma dopo ce ne possiamo andare? Parola d'onore?»

«Miparivachieraselòfavenire...»

«Parola di vicequestora» rispose Marò.

L'uomo entrò con lo sguardo basso e subito si nascose dietro la moglie come un bambino che l'ha fatta grossa. Lei lo prese per un orecchio.

«Jachino, dicci alla dottoressa quello che mi dicisti a mia.»

«Jachinodiccialladottoressaquello...»

«Bedda matri, io nun ti dissi nenti, Assuntina, che vai dicendo.»

Il figlio questa volta tacque, le parole del padre sembrava non averle sentite.

«Jachino, vedi che devi tornare a casa per aiutarmi, lo sai che sola con il picciotto non posso stare. Ora parra e così a finemu!»

«Jachinovedichedevitornareacasaperaiutarmi...»

«Non posso!» rispose l'uomo incrociando le braccia.

«E io ti pigghiu a lignate.» Assuntina sollevò in aria il braccio con un'espressione minacciosa.

«Eiotipigghiualignate» ripeté il ragazzo.
L'uomo si accasciò su una sedia e scoppiò a piangere.
«Lo sai che è meglio stare zitti. Chi non si fa i fatti suoi campa poco. Se qualcuno riferisce che ho parlato ci ammazzano tutti.»
«Megghiu Jachinu, nni livamu di stu nfernu, parra!»
«Megghiujachinunnilivamudistunfernuparra!»
La donna teneva la mano vicino alla faccia del marito, che si decise a parlare.
«Commissaria...»
«Commissaria un cazzo» rispose piccata Marò. «Io sono vicequestora.» L'uomo alzò le mani in segno di resa. «Scusi, non mi pigghiasse in criminale, volevo solo tanticchia d'acqua» sussurrò in un soffio.
Fedeli procurò una bottiglietta. Lui bevve qualche sorso rumorosamente. «Non lo deve sapere nuddu!»
«Non lo saprà nessuno.»
«Una simana prima della rapina è venuto da me un picciotto sicco. Si accattò il giornale e mi fece qualche domanda su quando ero aperto, quando chiudevo, se c'ero anche nei giorni di festa. Lì per lì non ci ho fatto caso, pensai che era nuovo del quartiere e che prendeva informazioni per regolarsi. Mi fece impressione il modo come parlava, aveva una lingua sifulina e storpiava certe sillabe. La mattina della rapina, io ero a letto e non potevo dormire. La sera prima eravamo stati alla tombola con tutti i parenti.»
«Pure voi!» esclamò Fedeli sorpreso, ma subito si morse la lingua, ché Marò l'aveva guardato male.
«Nicola era eccitato. Lo vede com'è, dicono che è malato, a mia veramente mi pare sulu struruso. Certe giornate è ntifico a una televisione che non si può stutare» continuò l'edicolante. «Per tutta la strada, mentre tornavamo a casa, non aveva fatto altro che parlare, parlare, parlare. Mi creda, ero sodisfiziato. U dutturi dici ca il picciotto si scanta di esseri lassatu sulu e allora ripete chiddu ca dici so matri. La chiamò cocazione, cosazione, coazione, chissacciu, iu nun sugnu studiatu. Comunque Nicola parrava, parrava... Gli avevo gridato in testa, di solito di mia si scanta e si sta zit-

to, ma niente, e aveva continuato pure nel sonno: sette, il vaso; ventuno, la fimmina morta; sessantacinque, il pianto terno! Io sono un tipo nirbuso, anche se non pare. E quello continuava: quindici, u picciotto; settantasette, i diavoletti; trentadue, il capitone; sedici, il culo, con rispetto parlando, cinquina. Un disco rotto! Mi dava nta u ciriveddu quel ciuciulio. Sa una di quelle canzoni che ti ci svegli a tradimento e ti spirtusanu come una virrina? Perciò me ne sono uscito fuori di casa. L'aria fredda magari mi fa bene, pensavo. E camina camina, sono arrivato all'edicola. Che vuole, lo scecco fa sempre la stessa strada. Potevano essere le tre di notte, quando passò una motocicletta, io ero ancora chiuso, e stavo infilato dietro a un cartone. No, che m'ero ammucciato, mi riparavo dall'umidità. Ntisi u scrusciu di un muturi. Mi parse che erano due, uno davanti e uno dietro, vestiti di nero. Il picciotto che guidava era proprio il tipo sicco con la lingua sifulina. Però non ce lo posso giurare, ché aveva il casco. Girò attorno all'aiuola, quella nta u mezzo di piazza Leoni e poi se ne andò dalla strada laterale, dove affaccia il giardino della scuola.» L'uomo tacque. Bevve ancora qualche sorso.

«Ora ce ne possiamo andare?» domandò la donna. Il ragazzino fece per parlare e lei gli tappò la bocca con la mano.

«Ecco dottoressa, lo vede perché sola con Nicola non ci posso stare? Ripete tutto quello che dico e, dai e dai, uscirò pazza e mi scanto di dare nel sarbaggiu. Solo il padre ci può a farlo stare zitto e manco sempre. Perciò ora con il suo permesso noi ce ne andiamo a casa.» In effetti questa volta il ragazzino tenne la bocca chiusa.

«Sicuro che non ha altro da dirmi?»

«Dacci il numero di targa» gli intimò la moglie. Lui sgranò gli occhi e cominciò a scuotere la testa in segno di diniego, mormorando imprecazioni sottovoce.

«Trenta e due ventotto» lo minacciò Assuntina, agitando la mano aperta vicino al suo faccione. Lui annotò su un foglietto il numero di targa.

Marò fece cenno a Fedeli che li accompagnò alla porta.

«Ispettore, cerchi di capire a chi appartiene la moto e metta a posto sto casino, io me ne vado a riposare, sono sfinita. Domattina mi passi a prendere che andiamo a trovare il cugino della pasticciera.»

Marò si fermò al bar Touring, buttò giù un'arancina bomba al ragù e una bottiglia di chinotto, era in ambasce per aver bucato la conferenza del questore e non si era nemmeno presa la briga di avvertirlo.

22

Era stata la giornata più lunga della sua vita. Piena e pesante si trascinò fino al divano. Non accese la tv, voleva concentrarsi sull'indagine. Il questore la chiamò mentre cercava un posticino tranquillo dentro di lei.

«Allora dottoressa, ha avuto paura dei giornalisti o non sapeva cosa indossare per l'occasione?»

Lei si morse la lingua per non rispondere male e raccontò del giornalaio e della moglie esagitata. «In compenso abbiamo qualche elemento in più, e la conferma che la pasticciera non è morta per caso.»

«Vedo che si sta appassionando all'indagine, sono contento. Buonanotte» sussurrò il questore prima di chiudere. A Marò sembrò di sentire una nota di affetto genuino nella sua voce, ma poi considerò che la stanchezza altera la percezione della realtà. Chiuse gli occhi, respirò a fondo, vuotò la testa. In quello stato di rilassamento che precede il sonno, provò a mettersi nel corpo di Saveria Russo. Era ormai così allenata con le tecniche di visualizzazione che in un attimo diventò lei. E si trovò davanti allo specchio, all'alba di quell'otto dicembre, mentre si preparava per uscire. Nuda, guardava la sua immagine riflessa, compiacendosi delle sue forme generose. Accarezzò i fianchi larghi, infilò gli slip di pizzo. Il sedere sbucò fuori dallo striminzito tanga, era davvero sexy! Afferrò i seni tra le mani, belli e invitanti, così grandi che pendevano verso il basso. Allacciò il reggiseno e subito quelli risalirono al loro posto, in alto sul torace. Il reggicalze si modellò sulla pancia, gli elastici intrecciati si allargarono come una ragnatela; spuntava qua e là un piccolo rotolino di ciccia, era imperfetta, ma così femminile. Tirò su una calza fino alla coscia, allacciò i gancetti di metallo lucido, poi l'altra. Dove stava andando la pasticciera?, si chiese. Respirò, non doveva scollarsi da quel corpo. «Sono Saveria, non una semplice osservatrice, e sto andando a incontrare il mio amante.» Lo ripeté più di una volta, quindi indossò l'abituccio dimesso. Afferrò la borsa e si allontanò dalla casa. Camminava lenta sui tacchi scomodi. Il suo corpo fremeva nell'attesa dell'incontro, il cuore le batteva forte, la testa piena di sogni.

Gli occhi fissi sull'asfalto, aggirava le pozzanghere rimanendo in equilibrio sulle punte; il respiro veniva fuori dalla bocca tumida in nuvolette bianche di vapore. E d'un tratto Marò si sdoppiò e vide se stessa dentro la macchina di Marina, Saveria in carne e ossa nel cono di luce dei fari. Era lei l'incauta passante che avevano rischiato di investire all'alba dell'Immacolata! Risentì il rumore delle ruote che slittavano; ricordò il sobbalzo improvviso e la cintura di sicurezza che si stringeva attorno al suo torace. Il destino le aveva fatte incontrare da vive, poco prima che avvenisse l'omicidio. Che strana coincidenza!

Se solo avesse potuto immaginare cosa sarebbe successo dopo, non sarebbe certo corsa via, pensò con rammarico. Perché non l'aveva fatta salire in macchina e accompagnata fin dentro la pasticceria, quella sventurata? Magari avrebbero potuto bere insieme un caffè e si sarebbero intrattenute in chiacchiere. Invece Marina l'aveva pure apostrofata in tono sprezzante. Se solo si fosse fermata, magari non ci sarebbe stato alcun delitto; magari Saveria le avrebbe parlato del suo grande amore, per il quale aveva indossato biancheria speciale; magari... Di magari in magari, Marò scivolò nel sonno.

Fu svegliata dal telefono. Guardò l'orologio, mezzanotte.

«Fedeli, che c'è?»

«Scusi l'ora, dottoressa. Se lo ricorda il cugino della pasticciera, quello del telefono?»

«Non dobbiamo andarci domattina?»

«S'ammazzò. S'è buttato dal palazzo.»

«Vieni a prendermi.»

Aveva lo stomaco in fiamme e un cattivo sapore in bocca. Buttò giù un antiacido e uscì. Pioveva di nuovo. L'ispettore corse ad aprirle la portiera. Erano bastati pochi secondi per bagnarsi fino alle ossa. «Palermo città del sole! Ma quando mai?» borbottò. Fedeli le offrì dei fazzolettini di carta. Le gocce fitte si erano infilate nel collo della camicia, procurandole una spiacevole sensazione di appiccicume. Lei tamponò i capelli e li raccolse in una coda. La carta si era sbriciolata, lasciando sulla stoffa della divisa minuscole palline bianche come forfora.

Fedeli guidava con cautela, rallentando a ogni incrocio. La visibilità era ridotta, anche a sirene spiegate correre sarebbe stato un suicidio. Piazza Croci era un lago solitario e inquietante, le bandiere dell'albergo zuppe penzolavano a mezz'asta. La via Libertà si srotolava come una lunga fettuccia liquida color fango. La luce dei fari si rifrangeva contro una pioggia così fitta che pareva un muro.

Attraverso le finestre illuminate si scorgevano famigliole e comitive di amici riunite ai tavoli da pranzo e da gioco. Soldi e sogni, cibo e vino, gioia, speranze e illusioni si agitavano dietro ai vetri trasparenti. Spuntava qua e là un braccio proteso nell'aria, forse a reclamare una vincita o a contestare una sconfitta. Dalla macchina le facce erano ovali anonimi e tutti uguali; Marò poteva immaginare le espressioni sorridenti dei vincitori, quelle immusonite dei perdenti. Usciva dagli infissi a "vanedda" un vapore oleoso bianco di fumo, caldo di fiati, insieme a urla allegre e queruli lamenti, che lei non poteva sentire. Era un film che le scorreva davanti, muto e al rallentatore, un film vecchio, già visto.

Adesso odiava il Natale, ma da bambina le piaceva. Aspettava trepida che finissero le feste dei morti e poi cominciava a preparare il presepe. Nella sua casa si trovavano ogni sera i cugini, mangioni e rumorosi, i nonni pazienti dispensatori di carezze e dolciumi, lo zio baro e malfidato. Lo scaccio, noccioline e semi di zucca, era al centro della tavola. Si giocava e si masticava. Il rumore delle bucce sotto i denti era una partitura musicale; il sale bruciava la lingua, seccava le labbra; spumante in eleganti coppe di cristallo per spegnere la sete degli adulti, aranciata in bicchieri di plastica per i bambini. Sua madre se ne stava in disparte a sbuffare e cucinare, lo sguardo accigliato e le labbra strette. Ma perché era sempre così arrabbiata? Mai un sorriso, mai una parola dolce, neanche a Natale, quando tutti sono buoni.

Nemmeno il padre era molto socievole, forse perché detestava il gioco o perché lo irritava quel carosello di stupidi numeri. A tratti si sforzava di partecipare, e controllava che nessuno imbrogliasse. Aveva il compito di dirimere le eventuali controversie e il suo giudizio era insindacabile. Si sedeva accanto alle figlie, aiutandole a segnare i numeri con quei fagioli disubbidienti, che non volevano saperne di stare al loro posto. Nascondeva un premio di consolazione, nel caso le due bambine non avessero vinto; e un temperamatite di metallo argentato, che faceva scivolare nella tasca di Marò. «Questo ti porta fortuna» sussurrava accarezzandole i capelli, e lei si sentiva così importante. Talvolta perdeva la pazienza, allora all'improvviso urlava «Tombola!». Lei e la sorella gli buttavano le braccia al collo e aprivano le mani in attesa dei soldini. Lui faceva cenno agli altri di proseguire e se ne andava in camera sbuffando. Marò sorrise della ingenua e stupida felicità che provava da bambina.

Chissà perché in quel periodo suo padre le veniva così spesso in mente? Da quando indagava su Saveria Russo, i ricordi sembravano incalzarla. Forse per via del racconto della zà Sarina, con tutti quei particolari sull'infanzia della nipote, o anche la straordinaria coincidenza di aver incontrato la pasticciera pochi minuti prima che fosse uccisa.

I lampioni di viale Strasburgo erano spenti. Palermo era in quella notte una città senza luce. Fedeli accese l'aria fredda per sbrinare i vetri appannati. Una ventata di gelo mulinò nell'abitacolo, la giacca bagnata di Marò diventò di gesso e le si attaccò addosso, stringendola come un guscio.

I lampeggianti blu della polizia sbucarono dal nulla davanti a loro; Fedeli fermò la macchina. E improvviso un tuono scoppiò fragoroso; uno sgrullone di grandine imbiancò la notte nera. Marò imprecò e uscì sotto un fuoco di pallottole gelide.

Il corpo se lo trovò davanti ai piedi. Un pennellone lungo e secco abbandonato sul marciapiede. Lo stavano coprendo in quel momento con un sacco di plastica; rimasero fuori le gambe; ai suoi piedi un paio di All Star rosse.

«Buonasera dottoressa» la salutò un agente del vecchio commissariato Politeama. «Era un bravo ragazzo, sa. Lo conoscevo, avevamo fatto le scuole medie insieme.»

«È questo il brutto di fare lo sbirro a Palermo; la città è piccola e le vittime alle volte sono parenti, alle volte amici.»

«Lo vuole vedere?»

Marò annuì e lui sollevò il telo. Il morto aveva una massa di capelli lunghi e ricci, la barba folta e nera, tagliata con cura al di sotto degli zigomi sporgenti. Dalla bocca spalancata colava un filo di sangue. Gli occhi verdi e grandi, le sopracciglia depilate con cura disegnavano un arco allungato fin verso le tempie. Le spalle erano larghe, le braccia torte sul loro asse. Portava un cappellino di lana bordeaux; un maglione nero a collo alto fatto a mano si intravedeva sotto l'impermeabile. Era proprio bello, pensò Marò; la morte non aveva cancellato la sua sensualità.

La grandine si era trasformata ora in pioggia battente. Il cielo aveva una tonalità biancastra, forse minacciava neve. «Qui non abbiamo nulla da fare» disse lei, e insieme a Fedeli salì al quinto piano. Sul pianerottolo trovò i suoi vecchi colleghi. Si salutarono senza troppe effusioni.

«Ho bisogno di fare qualche domanda alla madre; è per un caso che sto seguendo. Vi dispiace?»

«S'immagini, dottoressa, faccia pure. Noi stavamo andando via. Con questo tempo non è che possiamo fare rilievi e poi non c'è dubbio che si tratta di suicidio. Il ragazzo ha lasciato un biglietto prima di ammazzarsi, se vuole dare uno sguardo.»

Marò aprì il foglio. «È una copia?»

«No, è l'originale.»

«Ma scritto al computer, stampato e firmato in calce?» chiese lei incredula.

«Lo sa come sono i giovani moderni, la penna non la usano più. Hanno la tastiera.»

Gli ultimi pensieri del suicida erano stati per le due donne della sua vita. "Mamma, perdonami. Saveria, non vedo l'ora di riabbracciarti."

Così Manlio era davvero l'amante della pasticciera. E come dare torto a Saveria? Un picciotto come quello, muscoloso, potente che anche da morto pareva un toro, ne faceva cento del marito, pallido ed esangue come un calamaro.

«È salito all'ultimo piano e si è buttato dal terrazzo condominiale, mentre la madre era fuori. Prego, se vuole entrare la porta è aperta. Arrivederci dottoressa.»

Marò aspettò qualche minuto. Aveva il cuore pieno di un sentimento dolce, negli occhi l'immagine del padre, non se la sentiva di affrontare una madre disperata. Fedeli la osservava con un'espressione interrogativa; le posò una mano sul braccio come per incoraggiarla. Lei gli lanciò uno sguardo gelido. «Rimani qui» disse brusca, poi scivolò dentro e infilò un corridoio spoglio, sussurrando «Permesso?» a ogni passo, finché si trovò nel tinello. C'era una signora di mezza età, seduta composta, che si teneva la testa tra le mani. Indossava pantaloni scuri morbidi e un largo maglione azzurro fatto a mano. Alle orecchie piccoli cerchi d'oro, all'anulare sinistro due fedi, segno evidente di vedovanza.

«Condoglianze» disse Marò, aveva davvero un repertorio limitato per affrontare i parenti dei morti. Si sedette di fronte a lei. La donna fece un cenno del capo. Lacrimava in silenzio e senza sussulti, come avesse la congiuntivite. Non sembrava vecchia, ma profumava di tempi antichi; come quel tinello del resto, arredato con mobili in stile classico; le tende scendevano morbide ed erano fermate da grossi cordoni ritorti; un tavolo di legno coperto da un centrino all'uncinetto; una vetrina con il servizio dei piatti buoni in bella mostra; il divano di finta pelle scura e due poggiapiedi di velluto. La cucina, che si intravedeva attraverso la porta, era linda. C'era ovunque un sentore di pulizia e di cura affettuosa. Si viveva in quella casa con dignità e ordine. In un angolo un cesto di gomitoli di lana colorata, alcuni avanzi rosso bordeaux come il maglione del suicida; doveva averlo confezionato lei. C'era qualcosa di commovente in quei ferri rigidi, che le donne di un tempo usavano per allacciare e tenersi stretti i propri affetti.

«Mi spiace, so che questo non è il momento, ma ho bisogno di farle qualche domanda. Se la sente di rispondere?»

La donna annuì.

«Aveva problemi suo figlio?»

Quella scosse il capo.

«Era depresso? Prendeva medicine?» di nuovo lo stesso movimento per negare, poi aggiunse: «Mio figlio era un bravo ragazzo, allegro e pieno di vita». Si alzò dalla sedia, prese una foto dalla vetrina. «Le pare depresso qua?» Il ragazzo aveva un sorriso contagioso, denti bianchi e regolari, gli occhi sprizzavano gioia, le braccia allargate come per contenere il mondo.

«Era fidanzato?»

Quella scosse la testa. «Mio figlio...» si schermò gli occhi con la mano, Marò ebbe modo di notare quelle incredibili iridi verdi, lo stigma della famiglia di Saveria. La donna non concluse la frase e sembrò perdersi dietro al suo dolore.

«Saveria Russo chi era per lui?»

«Sua cugina, la sua più cara amica, una confidente, la compagna di avventure.»

«Era innamorato di lei?»

«Si volevano bene.»

«Ma che tipo di legame c'era tra loro?»

«Dottoressa, di queste cose mio figlio con me non parlava. Sono cose da uomini e io sempre sua madre sono. Le posso dire quello che vedevo. Saveria veniva qua appena poteva; portava anche il bambino, una gioia per me, mi chiamava nonna. Il picciriddo e io giocavamo insieme, loro si chiudevano nella stanza. Li sentivo cantare a squarciagola, certe volte piano come se quella canzone fosse il loro segreto. Erano uguali, quei due; sensibili, spiciusi. E amavano le stesse cose: prima di tutto la musica. Manlio suonava e componeva pure. Certe volte mettevano un disco e ballavano. No sti cosi moderne, bum bum bum, le canzonette del dopoguerra. E poi li sentivo ridere, s'addivirtivanu! E ci piaciva pure la poesia. Nun ti pigghiu si nun t'assumigghiu.»

«Ma Saveria aveva un marito, non era geloso di questa, diciamo, amicizia?»

«Che dice dottoressa, quello non gli pareva vero che la moglie se ne veniva qua. Non mi fraintenda, Lorenzo è un bravo ragazzo, e viene pure da una famiglia perbene, ma a casa loro c'era sempre turilla. Saveria era che si sciarriava per questioni di principio, anche con il padre. Quando Fofò la pigliava a timpulate, il marito la portava qua. Con Manlio la picciotta non si sentiva giudicata ed era libera di parlare di certe cose.»

«Cosa?»

«Non lo so. Io stavo di qua e loro di là, la porta chiusa.» La donna si mise in piedi. «Scusi, ho bisogno di un po' d'acqua.» Sparì in cucina, si sentì lo scroscio del rubinetto. Com'era composta nella tragedia e lucida nel racconto, pensò Marò, colpita dalla sua dolcezza.

«Lo so cosa sta pensando» sussurrò tornando al suo posto, «che non paro disperata, eppure è appena morto mio figlio. Sono stata abituata a tenermi tutto dentro. Il pianto è un lusso che non mi sono mai potuta permettere. Del resto quando si nasce in certe famiglie! Sa, io figli non ne volevo, speravo che il seme dei Russo seccasse e finisse così la mala progenie. Ma la natura fa il suo corso e se ne frega di quello che tu vuoi. Così, quando sono rimasta incinta, ho dovuto calare la testa al Padreterno. Ma non l'ho ringraziato, perché la grazia sarebbe stata se mi avesse resa sterile. Manlio era bello e troppo raffinato per crescere in quel quartiere e con quella parentela.» La donna tacque, sembrava cercare una pausa, non alla conversazione, ma all'enorme sofferenza che le mordeva la carne. Marò le sfiorò la mano, la fissò negli occhi con compassione e sospirando quella riprese a parlare.

«Non le dico cosa abbiamo passato nel periodo dell'adolescenza. Mio figlio si faceva sempre più bello, più di una fimmina. Le gambe gli erano diventate lunghe, muscolose; i fianchi stretti, le spalle larghe. Camminava con grazia; le mani erano eleganti, le unghie perfette e bianche, da musicista; il cuore era quello di un poeta. Passava il tempo a leggere, studiare, suonare, mentre i suoi coetanei fumavano, giocavano a carte, correvano con i motori, bestemmiavano, sputavano per terra. Lui pulito e vestito bene, gli altri con certi pantaloni malucumminati. Più gli altri si facevano masculazzi, più lui pareva un aristocratico. Se l'immagina come lo sconcichiavano? Quando sono rimasta vedova, ho venduto la casa di mia proprietà e siamo venuti qua in affitto. Megghiu u picca a godere ca cu l'assai a trivuliare. Solo sentendosi libero di esprimersi Manlio poteva essere felice. Non siamo andati molto lontano, vero, ma è bastato perché lui crescesse relativamente sereno.» La donna si alzò, in piedi era magra, piccola, sembrava indifesa, ma era fatta di acciaio temprato.

«Con me è stato sempre bravo. Mai un problema, un cattivo voto. Gli studi all'università li ha pagati lui, non voleva pesare sulla mia pensione. Faceva piccoli lavoretti e suonava nei locali. Lo doveva sentire, un usignolo. Venga con me.»

Le fece strada fino alla camera da letto. «Me l'ha regalato lui» indicò un vecchio registratore a cassette. «Io con le diavolerie moderne non ci sono abituata.» Pigiò su un tasto e dopo alcuni secondi di fruscio si levarono alcuni arpeggi. La voce irruppe improvvisa, forte e leale arrivava dritta al cuore. La musica saliva di tono come una sacra armonia, il testo era delicato, le parole languide.

«È dedicata a me, mi voleva così bene.» La donna all'improvviso perse il controllo e si piegò in due come colpita all'addome da una pugnalata. La piena del dolore stava arrivando, subdola e tardiva, e quel cuore di madre sembrava ora sul punto di cedere. Cercò un sostegno, Marò le offrì il braccio. «Per questo non si devono fare figli, perché li condanniamo allo stesso nostro destino: la morte. Siamo egoiste noi madri, pensiamo di conquistarci in questo modo l'eternità; siamo così vanitose che figliamo per lasciare la nostra impronta sulla terra; dissennate li mettiamo al mondo come facessimo un atto di eroismo. E tanto noi moriamo prima, non li vedremo spegnersi, perciò che ce ne fotte? Ma se solo ci fermassimo un attimo a riflettere sul nostro destino e su quello loro, così uguale al nostro, di certo nessuna madre farebbe figli sapendoli condannati a morte! Generare è un peccato di superbia, siamo come Lucifero noi madri, ci crediamo Dio.»

La donna tacque. Ora guardava fissa negli occhi la vicequestora, sembrava implorare una parola, una frase che alleggerisse il suo senso di colpa.

«E non penso solo a Manlio, ma a Saveria, a suo figlio che...» Si interruppe, cercava di mettere ordine nel tumulto del suo animo. «Saveria era una ragazza infelice. Fofò Russo è un uomo cattivo. Delle persone che dice di amare, non ne è campata nessuna. La moglie se n'è andata giovane, ora la figlia. Sarà un caso, ma per me porta attasso. Povera Saveria, se solo avesse potuto scappare, andarsene, magari la sua sorte sarebbe stata un'altra. Dottoressa, cerchi di capirmi, con questo non voglio dire che Fofò Russo l'ha ammazzata lui Saveria, in fondo è sangue del suo sangue, ma... lo conosce il vecchio detto: è megghiu diri chi sacciu ca chi sapia.»

«Lo conosco, lo conosco.»

La donna si fermò, ansimava come avesse corso; quindi con voce sottile congedò Marò.

«Basta, ho detto pure troppo. Ora mi lasci piangere da sola. Ma cerchi, cerchi. Magari scoprirà che Manlio e Saveria non sono morti per l'egoismo e la superbia delle loro madri, ma per qualcosa di concreto.» Poi si piegò in due, nascose la testa tra le braccia.

Marò andò via e sulla porta d'ingresso fu raggiunta da un singhiozzo che si trasformò in pianto e poi in un urlo lacerante. Sembrava il lamento di una fiera cui avevano ammazzato il cucciolo. Le sue grida scossero il quartiere, ché nonostante tutto, ancora Palermo non riusciva ad abituarsi a certe tragedie.

23

14 dicembre

La mattina Marò se ne andò dritta alla sezione Catturandi. Caterina Amici la stava aspettando con un gran sorriso. Sebbene lavorassero nello stesso edificio si incrociavano raramente. Si abbracciarono felici di ritrovarsi. La loro era un'amicizia sana, resistente ai successi e ai fallimenti.

«Scusa, sai, se ti faccio perdere tempo» le disse Marò staccandosi da lei. La sua voce era morbida, l'atteggiamento amabile, aveva appena mangiato una grossa iris con ricotta.

«Che dici, Pajno? È una gioia rivederti. E così ho la calunia per mettere il naso fuori dalla "cabina di regia", vale a dire dal cammarino.»

Una più rotonda del solito, l'altra molto pallida; entrambe meno smaglianti in confronto a un tempo, ma non erano cambiate molto.

«Certo, ti hanno rinchiusa al buio e senza finestre. E io che mi lamento dei vetri blindati della Mobile.»

«È vero, mi manca tanto il sole, soprattutto quello di maggio, che promette vacanze, riposo, divertimento. La luce morbida del mattino, che sembra accarezzarti gli occhi; quella abbacinante della controra, che ti seduce come un amante possessivo. Pensa che a volte, a furia di stare chiusa nel cammarino, con la luce elettrica sempre accesa, ho l'impressione di dimenticare i colori della città. Allora faccio una pausa e mi sforzo di visualizzare le tonalità; chessò, il giallo dorato del tufo, il rosa dell'arenaria, il grigio delle balate, il celeste del cielo, l'azzurro del mare. E le montagne con quei chiaroscuri che si alternano e in certe ore si fanno viola cupo. Ora vivo come un'astronauta nella navicella; galleggio nella vibrazione dell'universo; ascolto dallo spazio siderale gli scoppi di gioia e di rabbia, le esclamazioni, i sospiri dei miei nemici, la cui intimità non ha per me segreti. Io al sicuro tra le mie apparecchiature; loro in stato di costante pericolo tra i marosi del malaffare. E traduco. Quello che per gli altri è la noiosa, identica ripetizione di un respiro, per me è un arcobaleno di stati d'animo, di intenzioni. E naturalmente la mia capacità interpretativa si è evoluta insieme con il mio vocabolario; perché quello che ascolto non esiste se non trovo le parole giuste per definirlo.»

Marò aveva gli occhi sgranati. La poetessa doveva fare, no la sbirra. Caterina era una di quelle che dove la tocchi suona. E infatti in polizia aveva raggiunto grandi risultati. Una carriera brillante e veloce.

«Ma non è male, e ne ho avute di soddisfazioni!»

«A proposito, congratulazioni. Sei stata brava a prendere il terrorista. La fama te la sei meritata tutta.»

«Colpo di culo, Pajno» si schermì la poliziotta.

«Ma come hai fatto tutto d'un botto a capire che quello stava per scappare?»

«Che ti devo dire, è stato un attimo; lui era al cellulare e stava attraversando le strisce pedonali; a che respirava normale a che si mette a fare un fischietto; dentro alla cuffia risuonò come il frinire del grillo. Poi dalle immagini delle telecamere ho notato un guizzo, i muscoli delle gambe si erano contratti; ha girato la testa indietro, era una preda braccata che stava per darsi alla fuga. Ora, ho detto e ci nzirtavi. Culo, Pajno, senza quello non si conclude niente.»

«Ma va, eri la più brava di tutti noi e poi hai un orecchio che manco un direttore d'orchestra!»

«Dai, pure tu, manco ci babbiavi. Un fenomeno con l'olfatto, parevi un segugio; descrivevi una tale varietà di fragranze e olezzi che manco un naso profumiere. Tutte quelle discettazioni su puzze e aromi, come in un romanzo. E Maria Diliberto te la ricordi?»

«Detta "il cannocchiale"! Praticamente una vista da aquila.»

«Dovrebbero istituire un corpo speciale di poliziotti che hanno i sensi più sviluppati degli altri.»

«Zitta, non ti fare sentire dal questore, che è capace di farlo.» Risero di lui, dei suoi progetti, ne aveva uno al giorno. «Non mi dire niente, tiene la Mobile a marteddu.» Parlarono della vita e dei sogni, del tempo che era passato così in fretta. Spettegolarono di vecchi fidanzati, di colleghi imbranati; evitarono di fare il nome dei compagni risucchiati nei gorghi della malavita. «Senti, non ho avuto il tempo di ascoltare quello che mi hai mandato, scusami; se non ti secca, lo facciamo insieme.»

Il file audio durava un paio di minuti. Lo mandarono avanti e indietro diverse volte. «Certo, impavida la pasticciera!» esclamò ammirata l'agente della Catturandi.

«Che mala fine fanno però le femmine coraggiose» concluse Marò.

La Amici riconobbe senza esitazioni la lingua sifulina. «Devo averla in archivio. Non ricordo il nome del ragazzo, ma è così particolare; se la senti una volta non la dimentichi.» Mise la registrazione nel database e avviò la ricerca.

«Abbiamo centinaia di voci, ci vorrà un po' per avere dei risultati, intanto che aspettiamo proviamo a isolare i rumori di sottofondo, magari troviamo dell'altro.» La Amici lavorò ai filtri, eliminò tutte le interferenze e isolò uno stropiccio prolungato, un tonfo, un tramestio di passi.

«Sembra che qualcuno abbia spostato una sedia, trascinata sul pavimento e che poi la sedia sia caduta» considerò Marò, ricordando la thonet rovesciata, mentre le altre erano tutte ben allineate.

«Aspetta, provo ad amplificare, la fonte del suono è distante dal registratore.»

Continuarono ad ascoltare, c'era un mormorio, qualcuno parlava. «Non ci riesco... azzo... no... ma come si fa? Eh minchia, no, no...»

«Sulla scena del delitto c'era un secondo uomo?» chiese Marò.

«Sembrerebbe di sì. Uno, quello della lingua sifulina, era vicino alla vittima; la voce è chiara, diretta. Questo qui, che sembra sussurrare, in realtà è lontano dal registratore di qualche metro; perciò nel file, in condizioni normali, non si sente.»

Poi arrivarono i risultati della ricerca.

«Ecco qua. La voce appartiene a Marchino Serrano, un piccolo delinquente del Borgo. La sua famiglia fu sterminata in una guerra di mafia, quando lui era ancora un ragazzino. Rimasto solo cominciò a fare piccole commissioni per conto dei caporioni della zona. Sfrecciava sulla bicicletta da una parte all'altra della città per consegnare la droga. I servizi sociali lo hanno preso in carico, ma è stata una battaglia persa in partenza. Oggi dovrebbe avere circa vent'anni. Non so se nel frattempo ha fatto carriera, all'epoca di queste intercettazioni era un pidocchio, un nulla per i trafficanti.»

«Come mai hai la sua voce in archivio?»

«Alcuni anni fa stavamo facendo indagini su una famiglia mafiosa del Borgo. C'era in ballo un grosso carico di cocaina, che doveva arrivare al porto nascosta nei container di vestiti. Avevamo piazzato le cimici al mercato, tra le bancarelle. Così abbiamo registrato pure la voce di Marchino. E infatti mi pareva di averla già sentita, ma allora lui era un ragazzino di circa tredici anni, che ancora non aveva fatto la muta vocale; quella che abbiamo ascoltato è la voce di un giovane uomo, dopo che le corde vocali si sono ispessite ed è spuntato il pomo d'Adamo; perciò sembrano diverse, ma si tratta della stessa persona, e non solo per la lingua blesa, le due voci hanno la stessa banda di frequenza.»

«Uno spacciatore di basso livello che organizza una rapina, mah! Ti pare possibile che il Serrano abbia avuto tanto fegato da sfidare il boss e non solo nella zona che lui controlla, ma nel bar di sua proprietà?»

«Non so dirti, questi ragazzi dalle storie difficili sono imprevedibili; si comportano come se non gliene importasse nulla di loro stessi. Morire, campare, che differenza fa? A loro serve l'adrenalina dell'azione per sentirsi vivi. Però Fofò Russo è uno che fa scantare solo a nominarlo. Andare nel suo bar, più che una provocazione, pare un gesto suicida. La morte della pasticciera potrebbe essere l'inizio di una guerra tra famiglie. Non credo sia iniziativa del Serrano, lui ha ubbidito agli ordini di qualcuno.»

«Già, è quello che pensa anche il mio fidanz...» Marò non finì la frase, ma il danno era fatto.

«Si conosce?» chiese la Amici con un sorriso ammiccante.

Lei non rispose, fece un gesto di noncuranza, lasciando intendere che non era nulla di cui valesse la pena parlare.

«Comunque cerco una foto e chiamo il responsabile dei servizi sociali, magari ha un profilo psicologico. Ti mando tutto appena possibile. Ora scusa, ma devo tornare al lavoro.»

«Grazie Caterina, a buon rendere.»

Adesso aveva il nome del rapinatore temerario, chi c'era con lui quella mattina? Chi aveva sparato da lontano a Saveria Russo, ferendola di striscio? "Vabbè, basta prendere Marchino Serrano e costringerlo a parlare; sono certa che il nome del complice, se ha un complice, lo farà." Chissà se là scientifica aveva delle novità? Decise di andare da loro direttamente.

«Di nuovo qua sei? Ma che vi pigghiò stritta cu' sta pasticciera.»

Marò sorrise e cercò nel suo repertorio un'espressione di dolce ingenuità, ma si sentì buffa e anche un po' ridicola.

«Scusa l'incomodo...»

«Ma quale incomodo, una grandissima camurria siete. Almeno tu ti prendi il disturbo di venire fino a qua, ma quel tuo questore...»

«Bellomo?»

«Iddu! Non ne posso più.»

«Vabbè, me ne vado, vorrà dire che ti mando direttamente Bellomo.»

«E certo, sulu iddu ci manca. Senti, a che ci sei fermati! Giusto giusto ho qualche novità.»

Marò sorrise, si tolse la giacca e cercò uno sgabello.

«I due proiettili, quello che ci ha mandato Burgio e il tuo, sono entrambi calibro nove e provengono dalla stessa pistola, una Ruger SP101.»

«Arma sofisticata, certo non è roba da tossici.»

«No. E poi c'è una cosa molto interessante: la pistola in questione, la Ruger, sembra sia già stata usata in un omicidio di mafia alcuni anni fa. Te lo ricordi quando ci fu la guerra tra la famiglia dell'Acquasanta e quella del Borgo? Il ragazzo ammazzato in pieno giorno al mercato delle Pulci?»

«Sì, chi se lo scorda?» rispose lesta Marò, all'epoca il suo fidanzato Sasà se ne era occupato. Ah quel passato che ritornava sempre e le impediva di dimenticare. «Mi ricordo che il killer non è stato mai identificato. Anche se il mandante lo conoscevamo tutti, nessuno si era fatto avanti, né un confidente né un collaboratore di giustizia a testimoniare. Con quei pezzi da novanta le bocche sono rimaste cucite e le indagini archiviate.»

«Brava! Chi ha sparato alla pasticciera possiede la stessa arma del killer delle Pulci. Oppure si tratta dello stesso assassino.»

Com'è che dopo quattro anni saltava fuori di nuovo quella pistola? Che avesse ragione Sasà? Possibile che l'omicidio di Saveria Russo fosse una dichiarazione di guerra al boss?

«Così il rapinatore non trova i soldi, perde il controllo e ammazza la pasticciera» tagliò corto l'esperto di proiettili, aveva da fare e voleva togliersi di torno Marò.

«Mi pare una minchiata! Guarda che ammucciato in fondo alla sala, dove ho trovato il bossolo, ci doveva essere un altro uomo. La Amici ha isolato la sua voce in una registrazione. È lui che colpisce di striscio la pasticciera, non ti scordare il referto del medico legale: un colpo a bruciapelo, uno da lontano.»

«Pajno, ti ricordo che i proiettili sono due e la pistola una è! Perciò l'affare è mbrugghiatu. Ora ti saluto, io il mio lavoro l'ho fatto, trova tu la soluzione.»

Marò comprò uno sfincionello da un venditore ambulante e tornò a casa; si allungò sul divano, divorò quella pasta morbida insaporita dall'acciuga e dall'origano. In attesa della foto di Marchino Serrano, cercò di cavar fuori qualcosa dai dati che aveva. E se fosse un delitto passionale? Se il marito, geloso della relazione con il cugino, avesse prima picchiato e poi ucciso Saveria, mettendo in scena una rapina? Ah, quel maledetto naso che si rifiutava di fare il suo dovere.

24

Marò stava sul divano in uno stato comatoso. Sfincione e origano avevano fatto mappazza nel suo stomaco, dormire era impossibile. Provò allora a infilarsi di nuovo nei panni della pasticciera, ora di lei sapeva molte più cose. Respirò, chiuse gli occhi, si trovò a camminare in una livida alba palermitana. Sentiva freddo nonostante il cappottone di lana pesante. Le calze erano così sottili che le pareva di aver le gambe nude. Lui però le avrebbe apprezzate. Sospirò, ah quel suo corpo così perfetto. Il vento tagliente s'insinuò sotto gli abiti, mille punture di spillo la trafissero. Il gancetto del reggicalze sfregava contro la sottoveste, che era risalita verso l'alto. Un piccolo morbido ingombro le arrotondava i fianchi. "Certi indumenti sono sexy, ma così scomodi!" I suoi occhi brillavano come quelli di un'adolescente; era innamorata e sorrideva alla vita. Cominciò a cantare la melodia che lui le aveva dedicato. Le aveva sempre in testa quelle note ossessive, proprio come la sua passione. Le parole struggenti sgorgavano dritte dal cuore e promettevano felicità.

Quella era una mattina speciale, la sua vita avrebbe preso un'altra direzione. L'Olanda l'aspettava con i tulipani colorati, i mulini a vento, le biciclette. Lontana dalla sua famiglia finalmente sarebbe stata libera di parlare, uscire da sola, dissentire senza censure. La borsa, grande come una valigia, pesava. Si fermò, controllò ancora una volta di avere tutto. Le sue dita si fermarono sulla foto del figlio. Sarebbe bastata a curare la nostalgia? Le lacrime offuscarono la sua vista, il paesaggio davanti a lei si fece tremulo. Magari, con il passar del tempo, sarebbe tornata indietro a prenderlo. E se Daniele non avesse più voluto vederla? La vicinanza del nonno era una incognita. Se gli avesse raccontato bugie per tenerselo stretto? Ah la maternità, una matassa aggrovigliata di sentimenti contrastanti. Spostò la borsa da un braccio all'altro e riprese a camminare.

Aggirò l'aiuola spelacchiata di piazza Leoni, facendo attenzione a non inzaccherare le scarpe, le erano costate due stipendi. Infilò la chiave e sollevò con fatica la serranda che rimase a metà. Il contraccolpo fece scivolare la borsa lungo il braccio, l'angolo interno con i rinforzi di metallo strusciò contro il ginocchio e nella calza si aprì un buco che si allungò in una smagliatura brillante. Peccato! Entrò fiduciosa nel locale, quello era il suo regno, solo lì suo padre la lasciava in pace. Perciò aveva accettato di lavorare. "Io faccio i dolci e tu non ci metti becco", era quello il loro patto. Lui aveva accettato, che gliene importava a Fofò Russo di quelle cose di fimmina?

Ma per tutto quel tempo Marò non era riuscita a identificarsi in maniera totale con la pasticciera; un pezzo di lei era scivolato a tradimento dentro a quel corpo; le sue emozioni si erano mischiate a quelle della vittima, vanificando in parte la visualizzazione. Stanca e frustrata infine si addormentò.

Riposò poco e male, l'origano dello sfincione era pietrisco che le scorticava la gola. Inoltre la schiena le doleva, aveva dimenticato di accendere il riscaldamento e se n'era stata accartocciata su se stessa, tremando dal freddo, ché Monte Cuccio nella notte si era riempito di neve, trasformando la città in una ghiacciaia.

Al suo risveglio trovò un messaggio della Amici: "Scusa, la foto è un po' vecchia, ma è l'unica che ho trovato. Non so se può esserti di aiuto, forse se guardi tra quelle segnaletiche della Mobile qualcosa esce fuori". Scaricò il file e cominciò a osservare quell'adolescente che assomigliava a un furetto. Aveva un viso puntuto e magro, la fronte sfuggente, gli occhi come due capocchie di spillo, la fisionomia tipica del maschio delle borgate, cresciuto a sigarette e timpulate. La scheda dei servizi sociali raccontava di un tipo taciturno e nervoso, dal temperamento fumantino e una incapacità parziale a entrare in relazione con gli altri. Da piccolo lo chiamavano Quiquoqua, per via dei piedi, palmati come quelli di un paperotto. Colpa di una sindattilia, rara malattia ereditaria, che gli aveva provocato la fusione del terzo, quarto e quinto dito del piede. Da grande quel soprannome era diventato il suo grido di battaglia. Aveva iniziato presto a delinquere, Marchino, facendo scippi in bicicletta; a tredici anni, dopo la morte dei suoi genitori s'era messo a distribuire dosi di cocaina in giro per la città per conto della famiglia del Borgo. Era finito poi in casa famiglia, ma c'era rimasto poco, una notte era scappato con altri tre, da allora se n'erano perse le tracce.

"Non è lui il primo e nemmeno l'ultimo. Certo non avranno sguinzagliato la squadra investigativa per cercarlo" pensò Marò, continuando a fissare la foto. I denti storti, lo sguardo mafiosetto, gli zigomi alti, il delinquentello aveva un'aria familiare, ma i picciotti delle borgate si somigliavano tutti. Forse quei tratti da topolino Marò li aveva già incontrati nella faccia di qualche uomo, nascosti dai muscoli e dal grasso che si deposita nell'età adulta. Che fosse lui il misterioso soggetto con il cappuccio nero che si vedeva nelle registrazioni delle telecamere? Ma quello ne faceva due di lui! "Pure io però ero magra come uno stecchino e guarda ora che sono diventata. Magari crescendo si è inquartato." Macinava supposizioni, Marò, con un senso di impotenza mai provato. E se fosse il marito, quel bravo ragazzo dall'aria ingenua? Di nuovo la sua diffidenza non faceva scopa con il suo olfatto. Altro che rapina, un vero e proprio femminicidio, a lode e gloria del questore. Il secondo uomo, era quello il nodo da sciogliere. Doveva trovare Marchino e farlo parlare.

Si alzò controvoglia, aveva l'addome gonfio e una sensazione fastidiosa di ripienezza. Raggruppò le cartacce e gli avanzi, mise tutto in una busta, non poteva vivere in quelle condizioni, lo sguardo di riprovazione della sorella era stato uno schiaffo in piena faccia.

In piazza consegnò i rifiuti a Janek. «Dove la porti la munnizza, ora che c'è la raccolta differenziata e hanno fatto sparire i cassonetti?»

Lui sgranò quei pezzi di cielo che gli animavano il volto. «Vado lontano. Dietro palazzi, non vede nessuno. Là c'è tante.»

«Ma devi buttarla nei bidoni giusti. Come fanno altrimenti a riciclare la plastica?»

«Tu sei principessa di favola! Qua niente bidoni, solo montagne di sacchetti come viene. Camion poi porta via tutta insieme. Ma non sai principessa che munnizza tu puoi solo spostare da tua strada a altra, da tua città a altra, da tuo ricco paese a altro povero; munnizza no trasformare, solo trasportare!»

Marò sorrise, quel polacco aveva davvero un gran cervello. «Ecco, tieni. Ora io sposto il sacchetto da mia mano a tua» disse facendogli il verso.

In ufficio si chiuse nella sua stanza e cominciò a scorrere le foto, ce n'erano migliaia. La sensazione di conoscere il ragazzo era quasi una certezza. Dove l'aveva visto?

Fedeli le portò una tazza di caffè. «È quello buono del bar, no della macchinetta.» Lei buttò giù tutto d'un fiato e si rimise sulle foto.

«Cerca qualcuno in particolare?»

«Sì, talia ccà, dimmi chi ti viene in mente. Io mi sto sfurniciando per capire chi è» e gli mostrò il messaggio della Amici.

«Minchia, dottoressa! È preciso al muto, magari è suo fratello piccolo.»

Marò ingrandì la foto. «Vero dici?»

«Dottoressa, non lo vede il muso da topo, gli occhi spirdati? Magari è iddu di picciriddu.»

«Perciò non ha detto una parola quando siamo andati la prima volta dal Fundarò.»

«Ma lei perché ha sta fotografia?»

«È lui il rapinatore con la lingua sifulina, dobbiamo andare dal Fundarò a prenderlo. Ti spiego tutto per strada.»

25

Era il tramonto quando la macchina si fermò. Ombre minacciose scurivano le montagne. Un unico, testardo raggio di sole insisteva sui cantieri navali; i capannoni, una colata di piombo solida prima dell'argento liquido del mare. I due lampioni ai lati del cancello illuminavano a malapena il viale d'ingresso. Le rade foglie della siepe avevano una sfumatura malaticcia. Dalle tapparelle abbassate filtrava luce, il boss doveva essere in casa. Forse era la volta buona che riusciva a incontrarlo, pensò Marò. Il Serrano poteva anche aspettare; se aveva avuto il coraggio di rapinare il suo padrone e poi, faccia di tolla, tornare da lui a fare lo spicciafaccende, se aveva avuto tanta improntitudine, di certo non sarebbe scappato vedendola arrivare.

«È meglio che vada da sola; voglio prima parlare con Fofò Russo. Sai come sono questi tipi, magari da una donna non si sentono minacciati, e chissà che non si lasci scappare qualcosa; anche se mafioso è pur sempre un padre che soffre.» Così Fedeli rimase in macchina ad aspettare. Lei suonò il citofono.

«Apro. Si metta nell'ascensore e io lo chiamo, ché sono solo con la vecchia e non posso muovermi.» Le sembrò di riconoscere la voce del carceriere della zà Sarina, quello alto, con il naso aquilino.

La vicequestora era un po' su di giri all'idea di quel confronto. In ascensore si soffiò il naso più volte e mise delle gocce per liberarlo.

Il potente Fofò le aprì la porta; era alto e grosso come un armadio quattro stagioni.

«Buonasera» salutò Marò. Lui non rispose, si girò di spalle e imboccò il corridoio. Alcune lampadine fioche sugli stipiti irradiavano una luce fredda, l'atmosfera era quella di un cimitero. Entrarono in un salotto pacchiano, affollato di mobili. Ricche tende di pizzo schermavano le finestre, calando da lucidi bastoni di rame. Un tavolo da pranzo di legno fiammato, una massiccia credenza alla parete; due pretenziose angoliere, alcuni cestini d'argento e candelieri senza candele, così brillanti da sembrare finti. Un camino antichizzato, il divano damascato color avorio, marmi sul pavimento. Un arco di gesso a decori floreali divideva la stanza da un ampio spazio dove era stata allestita la camera ardente. Al centro una pedana coperta da un tappeto, circondata da alti ceri color oro e viola; drappi di seta nera coprivano specchi e quadri, una balza di velluto rosso attorno ai cavalletti che avrebbero sostenuto la bara.

L'uomo si lasciò cadere su una poltrona. Marò notò i suoi capelli, folti e bianchi, una sorta di turbante che scendeva in un'onda capricciosa sulla nuca. La faccia era squadrata, i lineamenti marcati, la mascella pronunciata; le sopracciglia scurissime aggrottate in una espressione paurosa; gli occhi mandavano bagliori di brace e si muovevano di continuo; la bocca larga, le labbra carnose, di colore viola e quello inferiore, umido di saliva, pendeva un po' svelando canini aguzzi; una barba fitta copriva mento e guance. Aveva ragione Sasà, il boss era Satana in persona.

Lo sguardo di lui la trafisse da parte a parte, Marò avvertì una sensazione di pericolo. Quell'uomo pareva non riconoscere le leggi umane e quelle divine. Lei si avvicinò al fuoco per scaldarsi, il freddo della stanza aveva penetrato i vestiti fino a gelarla. Un ceppo crepitava spandendo tutto intorno faville. «L'inverno si fa sentire» esclamò per rompere il silenzio, l'altro non mosse un muscolo. Esposte su una mensola parecchie foto di momenti importanti. Nella prima un giovane Fofò impettito, lo sguardo che saettava di passione violenta, stringeva la vita di una ragazza esile, le clavicole sporgenti sotto il pizzo macramè dell'abito da sposa, aveva un faccino delicato, un sorriso timido, i capelli intrecciati con fiori di zagara. Nell'altra una bimba paffuta, lo sguardo adorante sollevato verso il suo solido papà, che la sovrastava in un atteggiamento di protezione; e poi lui sotto braccio alla figlia il giorno del matrimonio, Saveria piegata da un lato, il corpo rigido come se cercasse di prendere le distanze; e il boss che orgoglioso teneva tra le braccia nerborute un neonato; e Daniele, il giorno del suo compleanno, mentre soffiava sulle candeline aiutato dall'onnipresente nonno. Era quella la sua galleria di ricordi.

«Mi dispiace disturbare, ma vorrei farle qualche domanda» disse Marò cercando di avviare il dialogo. Quello non fiatò. «So che lei era molto affezionato a Saveria, ha mai temuto per l'incolumità sua e della famiglia?» continuò lei. Si sentiva solo la pioggia che, nel silenzio assoluto, si abbatteva sulle serrande come colpi di mitraglietta.

Lui continuava a tacere, la faccia impietrita che non tradiva alcuna emozione; ma il suo corpo torreggiante esprimeva minacce mute. "Parla, puoi parlare quanto vuoi" dicevano i suoi occhi cattivi. "Ma io con gli sbirri non ci voglio avere a che fare."

Marò conosceva quel linguaggio e rispose a tono, modificando la sua postura. Drizzate le spalle, chiuse le gambe l'una contro l'altra, il mento proteso, lo seguì sul suo stesso terreno. I due sembravano l'incarnazione di demoni primordiali che si fronteggiavano sul campo di battaglia; lui, magma incandescente, veniva fuori dagli inferi, seminando distruzione e bruciando ogni forma di vita sul cammino. L'altra era acqua sorgiva che scendeva dai pendii, si incanalava per le gole, levigava i sassi, irrigava i campi; cheta nei giorni di bel tempo, dirompente nelle tempeste, capace di scardinare gli argini e inondare le valli, per lasciare dietro di sé fertile limo.

Il duello si svolse nel silenzio di entrambi. Lui rigido sulla poltrona, le gambe divaricate, temerario porgeva il petto.

"Sono io il padrone e tu, sbirra, avrai la pistola ma sempre fimmina rimani e ti devi scantare di mia."

Marò sentiva il suo disprezzo, un punteruolo che la trafiggeva. Come dar torto a Saveria se aveva pensato di scappare, anche a costo di perdere il figlio?

D'un tratto Fofò Russo stirò le labbra in un ghigno e la sfidò: "Ti puoi sbattere quanto vuoi, ma chi ha ammazzato mia figlia lo trovo prima io" ribadì con parole mute.

"Padrino o padrone, non mi fai paura" rispose Marò indurendo la sua espressione. "Lo troverò io prima di te chi ha ucciso Saveria e lo metterò in galera. Non te lo farò ammazzare, perché io sono la legge."

Il boss socchiuse gli occhi. "Tu sei la legge e io sono lo Stato" concluse con un urlo senza suono. Poi scattò in piedi, ne aveva abbastanza, per lui il colloquio, se così si poteva chiamare, era finito. Ora la vicequestora non aveva più diritto di replica.

«Se potessi incontrare suo figlio mi sarebbe di aiuto nelle indagini; lui ha trovato Saveria, magari ha notato qualcosa...» disse allora lei con voce strozzata.

In quel momento entrò nella stanza un giovane uomo, vestito all'ultima moda, gli abiti cadevano alla perfezione sui muscoli allenati. Il collo teso, aveva un atteggiamento da bullo.

«Roberto Russo?» chiese lei. Il giovane annuì e subito cercò lo sguardo del padre. Fu un attimo e quello che sembrava il gallo del pollaio perse tutta la sua tracotanza. Roberto curvò la schiena, ritrasse il collo dentro la camicia di buona fattura e assunse le sembianze di un pulcino impaurito. L'aveva fatta grossa a farsi beccare dalla sbirra, la faccia rabbiosa dell'altro parlava chiaro. Marò fissò prima il boss con un'espressione di trionfo e poi si rivolse al figlio: «Sono Pajno, *vicequestora* della squadra Mobile». Quella parola, declinata al femminile, cominciava a piacerle. Si strinsero la mano, poi il giovane rispose alle domande.

No, non aveva notato nulla di particolare entrando nella pasticceria. Sì, aveva capito subito che la sorella era morta, non c'era stato bisogno di toccarla. Non sapeva spiegare perché. Una cosa istintiva, forse perché a lei era molto legato e quella posa innaturale, le membra abbandonate e scomposte gli erano parse subito senza vita. Perciò aveva chiamato la polizia e non l'ambulanza. E poi in quei momenti...

L'aria s'era fatta pesante. Marò cominciò a sternutire. Il suo naso colava come avesse un raffreddore violento. Lo soffiò energicamente, fece un respiro profondo. Fu colpita da un puzzo di metallo marcio, molto sgradevole. Non riuscì a individuarne la fonte. Fofò sapeva di zolfo, e Roberto emanava note di muschio e ambra, un costoso dopobarba che le donne adoravano. Per tutto il tempo della conversazione il boss non aveva fatto altro che tenere gli occhi fissi sul figlio. Doveva essere preoccupato, respirava veloce e superficiale. Che la sua consistenza granitica stesse cominciando a creparsi?

La visita era stata comunque utile. La poliziotta aveva potuto soddisfare la sua curiosità e, grazie a quel dialogo muto, ne sapeva un po' di più sulla vittima. Salutò, quelli rimasero ad aspettare che entrasse in ascensore. Lei invece bussò alla porta del Fundarò, che aprì subito; sembrava aspettarla.

«Buongiorno dottoressa, ci sono novità?» Il vedovo era pallido e dimagrito. Alle sue spalle sfrecciò improvviso Daniele, allegro su un monopattino.

«Ma il ragazzo non è tornato a scuola?» chiese lei.

L'altro abbassò lo sguardo, balbettò qualcosa sull'opportunità di proteggerlo dalla stampa, dai curiosi. «Sa, non è facile spiegare certi fatti a un ragazzino.» In quel momento il boss emise un suono gutturale, come un richiamo animalesco. Il nipote lo raggiunse e l'abbracciò.

«Daniele si annoia, ché il tempo da solo non gli passa mai, Va spesso dal nonno, con lui si distrae un po'.»

«Non c'è quel ragazzo dell'altra volta? Magari con lui può giocare? Come si chiama...»

«Ma chi, Gaspare? È andato due giorni fa dalla madre, dice che stava male.»

«Ma non si chiama Marchino? E poi mi pareva che fosse orfano» si lasciò scappare Marò. Il boss ebbe un moto di impazienza.

«Dottoressa, forse parliamo di due persone diverse» replicò il vedovo.

«Insomma questo» Marò mostrò la foto a tutti e tre. «Lo conoscete?» chiese cercando nei loro sguardi un guizzo, un turbamento.

«No, non l'ho mai visto» rispose Roberto, ma la sua voce aveva esitato. Il boss dal canto suo aveva cambiato modo di respirare; l'aria usciva con forza dalle sue narici dilatate, a tratti rimaneva a gorgogliare nel petto prima di trovare la via d'uscita. E in quel momento la Pajno si rese conto di aver commesso un errore. Li salutò stizzita, quelli rientrarono in casa, avevano fretta di parlare tra loro. La lasciarono sola sul pianerottolo, libera di curiosare.

Lei imboccò le scale piene di ciarpame e le percorse a precipizio. Doveva correre a trovare Marchino. Uscì in giardino, i polmoni contratti e la bocca che sapeva di cenere. Ingoiò l'aria con ampi bocconi, sembrava un pesce. Si sentiva stanca e senza energia, quel colloquio l'aveva sfinita. E intanto montava dentro di lei un senso di scoramento. Aveva rivelato l'identità dell'assassino proprio a Fofò Russo, ora quello l'avrebbe ucciso, e lei non avrebbe saputo tanto facilmente il nome del mandante né le ragioni di quel delitto. Sentì forte il bisogno di mangiare qualcosa, un po' per contrastare l'ansia, ma soprattutto per togliersi quel saporaccio di bruciato.

«Fermati al primo caldarrostaio» ordinò a Fedeli.

26

Si fermarono sotto le Mura delle cattive, dove i lunghi cilindri dei caldarrostai si susseguivano, come ciminiere di una fabbrica. Le volute di fumo si allungavano verso l'alto, nei varchi ancora aperti dall'ultimo bombardamento, e formavano una soffice cortina sotto al Loggiato di San Bartolomeo. Marò si riempì le tasche della giacca, un debole tepore le pervase il corpo.

Fedeli insistette per pagare e Marò si sentì in dovere di invitarlo a casa per mangiare insieme le castagne. Gli fece posto sul divano e aprì anche una bottiglia di Porto, poi se ne stettero muti, le dita scurite dai gusci, le labbra imbiancate dal sale, a gustare quel frutto croccante all'esterno e farinoso dentro. Ricordi e rimpianti li colsero al primo boccone, erano per una volta accomunati dallo stesso sentimento, la nostalgia. Quando ebbero finito, Marò raccolse le bucce, le infilò in un sacchetto. «Questo se lo porta via lei, Fedeli.»

Lui annuì, si alzò dal divano. «Mi permette di lavarmi le mani?» chiese timidamente. Lei gli indicò il bagno. L'ispettore si assentò pochi minuti, al suo ritorno Marò era seduta, la testa piegata, gli occhi umidi.

«Fedeli, ho fatto una minchiata» confessò con un filo di voce.

«E vabbè dottoressa, a tutto c'è rimedio, che succede?» Si avvicinò e le posò una mano sulla spalla. Lei non si sottrasse. "Deve averla fatta grossa" pensò l'ispettore "se sta qui a confidarsi con me."

«Ho fatto vedere la foto del muto al boss e gli ho chiesto se lo conosceva.» Fedeli sbiancò, ma non disse nulla. «Ora quello lo ammazza. E così il secondo uomo e il mandante dell'omicidio, perché a questo punto è chiaro che non si tratta di una rapina, non sapremo mai chi sono.»

«Effettivamente...»

«Fedeli, sono stanca, ci vediamo domani» disse Marò. Sembrava così fragile. Lui allungò un braccio, era nelle sue intenzioni farle una carezza paterna, ma cambiò idea e si ravviò i folti ricci. «Dottoressa, solo alla morte non c'è rimedio.» Lei quindi aspettò di sentire il rumore dell'ascensore, corse a rintanarsi sotto la coperta e prese a maledire la sua dabbenaggine.

Ma non era passata neanche un'ora che l'ispettore la chiamò al telefono. «Dottoressa, hanno trovato un morto bruciato insieme alla motocicletta alla periferia ovest di Palermo, sotto a un cavalcavia.»

«Iddu» sussurrò Marò. «Vieni a prendermi.»

Arrivarono a sirene spiegate. Il medico legale stava già esaminando i resti.

«Che abbiamo, un mucchio di carbone?» domandò la vicequestora ansiosa.

«No, una volta tanto la pioggia ci aiuta. Il cadavere è solo in parte carbonizzato. I piedi sono quasi integri; anche perché il morto calzava un paio di scarpe dure, quelle da cantiere, che hanno protetto i piedi dal fuoco. E c'è una cosa particolare, terzo, quarto e quinto dito sono fusi insieme, manco il morto fosse un palmipede.»

«Quiquoqua!» urlò Marò. Fofò Russo era stato velocissimo.

«Dottoressa, che fa strammia?» Fedeli le lanciò uno sguardo preoccupato.

«No, era il nome di battaglia del muto. Guarda qua» e gli mostrò la scheda informativa ricevuta dalla Amici. Chiese quindi al medico legale di prelevare un frammento di tessuto per estrarre il DNA e metterlo a confronto con quello trovato sotto le unghie della pasticciera.

Dentro di lei montava un senso di frustrazione. Era stata colpa sua se il Serrano era morto. Ora doveva sbrigarsi a trovare quell'altro tipo nascosto nel locale, se voleva capire le vere ragioni dell'omicidio.

In quel momento la chiamò il questore e lei con una vocina sottile sottile cominciò a cantarsela: «No, questore, qualche passo avanti l'ho fatto, ma...».

Fedeli le fece cenno di tacere e le sussurrò all'altro orecchio: «Che fa, si mette a parlare come una panzalenta qualsiasi?».

Lei avvampò e riprese il controllo di se stessa. «No, questore, può convocare la conferenza stampa, abbiamo novità. Non si preoccupi, farà bella figura. Ma prima ne parliamo a quattr'occhi.»

«Facciamo così, dottoressa, domani sera stiamo a cena e parliamo delle nostre impressioni; la conferenza stampa la convoco per dopodomani, va bene?»

Fedeli le fece cenno di accettare. Lei chiuse il telefono, era sconfortata.

«Grazie» mormorò a denti stretti.

«Di nulla, e mi raccomando, negare sempre.» Poi l'accompagnò a casa.

27

15 dicembre

Con la morte di Serrano si chiudeva il cerchio e lei tornava al punto di partenza in uno stupido gioco dell'oca. Aveva di nuovo davanti a sé quelle strade anonime, e il suo intuito non le suggeriva quale imboccare. Le pesava molto poi di aver dato ascolto a Fedeli. Tacere con Bellomo equivaleva a mentire, e le bugie sono boomerang, che tornano indietro quando meno te l'aspetti. Continuava a rimuginare, le stava scoppiando la testa. Decise di fare una pausa e chiamò Nanà.

«Nel pomeriggio mi accompagni a comprare un vestito? Ho una cena questa sera e non so cosa mettermi.»

«E chi è? Come si chiama? Quando l'hai conosciuto?» Sua sorella era un martello pneumatico.

«Niente di tutto quello che pensi, roba di lavoro.»

«Mutu cu sapi u joco» rise Nanà.

«Alle quattro al Politeama.»

Poi chiamò il pubblico ministero, era arrivato il momento di farsi autorizzare le intercettazioni ambientali in casa del boss, ce n'erano ancora di cose da chiarire.

«Dottoressa Pajno, sono molto raffreddata, ma se non ha paura di essere contagiata passi da casa. L'aspetto per mezzogiorno» rispose la Palumbo con voce nasale.

"Trenta e due ventotto" pensò la vicequestora massaggiandosi il naso, e tanto sull'olfatto ci aveva messo una pietra sopra.

Sotto la doccia cercò energia, l'acqua aveva su di lei un potere taumaturgico. Il guanto di crine sfregava sulla pelle portando via cellule morte e sensi di colpa.

"Oggi non mangio" concluse scendendo dalla bilancia, "cascasse il mondo vado al mercato, compro verdura e pesce, ché se aspetto l'anno nuovo per mettermi a dieta... Cicciobomba cannoniere con tre buchi nel sedere..." Quante volte l'aveva preso in giro quel pacchione del suo compagno di banco! Ignorò la divisa abbandonata ai piedi del letto e cercò nell'armadio un vestito che la facesse sentire meglio, da qualche parte doveva pur ripartire.

Di maglia color prugna, stretto sotto al seno che si allargava a campana all'altezza dei fianchi, quello! Controllò allo specchio di non sembrare una mongolfiera. No, l'abito le donava. Solo vicino alle ascelle due antiestetici rotolini sbuffavano fuori dalle bretelle del reggiseno. "Pochi giorni di dieta sana e via gli sbuffi." Li pigiò cercando di farli sparire sotto la biancheria. Quella persistente, sgradevole sensazione di insicurezza era per lei nuova. Talvolta aveva dubitato di se stessa, è vero, ma mai della sua avvenenza. Il corpo era stato il più fedele dei suoi alleati, ora non si fidava più di lui e dei suoi sensi, primo tra tutti l'olfatto.

Possibile che l'allontanamento di Sasà l'avesse resa così fragile? No, c'era altro dietro a quella sua nuova condizione. Appena avesse avuto un po' di tempo, ci avrebbe pensato su. In quel momento sentì il bisogno di una donna d'esperienza, che la accompagnasse nella nuova fase della sua vita. Come la mamma di Manlio, accogliente e comprensiva. Le venne uno strano e improvviso desiderio di rivederla. Aveva tempo prima della Palumbo: senza riflettere, la chiamò. La donna rispose al primo squillo.

«Venga dottoressa, sono a casa, dove vuole che vada.»

Sul pianerottolo una ventata fredda la colpì come uno schiaffo. Lo stesso sarebbe andata in Vespa, ché l'aria sul viso le dava una bella sensazione di libertà. E poi mentre guidava le pareva di tornare indietro nel tempo, alla sua adolescenza, quando tutto era possibile. Ecco, di questo aveva bisogno, di una vita possibile, proprio come Saveria Russo e senza per questo finire ammazzata.

Janek appena la vide posò la scopa e si tolse il cappello, piegandosi in un profondo inchino. «Buongiorno principessa, oggi molto elegante, vai matrimonio?» Marò sorrise, in quel momento l'avrebbe abbracciato come si fa con un fratello maggiore che cerca di consolarti; gli consegnò il solito pacchetto da "trasportare".

«Grazie principessa, tu vuoi altro? Tu comanda io ubbidisco.»

«Per favore, di' a Carmela di pulire bene il frigorifero e il forno. Ho in mente di cucinare.»

«Tu tranquilla principessa, lei non pulire casa altri, ma per te... e poi lei sa cosa tu bisogno.»

Marò si infilò al bar.

«Dottoressa, è un po' che non la vedo. Avevo una nostalgia! E lei mi ha pensato? E che fa, ci viene a ballare questa sera?» le chiese il barista con uno sguardo ammiccante e le servì un doppio caffè lungo in una tazza di porcellana bianca, quella che riservava ai clienti speciali. La squadrò, i suoi occhi si infilarono fin sotto il soprabito. «Ma lo sa che questo vestito le sta proprio bene! E poi la sua faccia, chessò, mi pare più giovane. Ah dottoressa, io per lei...»

Era bastato un vestito un po' più femminile, un filo di trucco, davvero ci voleva così poco per sedurre? Ah, che sollievo quegli uomini che ci provano con tutte, che ti fanno sentire una dea. Ringraziò più volte il barista, aveva proprio bisogno dei complimenti di tutti, senza distinzione di censo. Talvolta il garzone del fornaio con la sua galanteria spiccia aggiusta la giornata meglio di un fidanzato laureato ma scucivolo, come Sasà, sempre pronto a sminuire il suo valore.

Marò lasciò le monete sul bancone e salì sulla Vespa.

28

Tra corsie preferenziali, marciapiedi e strade contromano, ci mise un attimo ad arrivare in viale Strasburgo. La pioggia non aveva del tutto cancellato la sagoma disegnata dai colleghi sull'asfalto. Le sembrò di vederlo, il corpo di Manlio, allungato sotto il telo. Ricordava il suo aspetto innocente da vittima sacrificale. Affrettò il passo e si infilò nell'androne. C'erano due ascensori, uno rosso e l'altro argento. Entrambi tirati a lucido, l'aspettavano con le porte spalancate. Un vero lusso per un palazzo piccolo borghese. Ripensò al montacarichi di Fofò Russo, sporco e cigolante. "Gli oggetti sono la proiezione dell'anima" e si ripromise di trattare con maggior cura la sua casa.

Sul pianerottolo si chiese cosa pensava di cavare da quell'incontro e se non avesse fatto una seconda sciocchezza a presentarsi lì. Poi la porta si aprì e fu investita da un profumo di lavanda, di savoiardi e biancomangiare.

Marò si sedette al tavolo, già quelle fragranze l'avevano in parte chetata. La donna le stava di fronte e tutto il suo corpo era teso, aspettava da lei una notizia importante. «Vorrei poterle offrire qualcosa, ma da quando Manlio non c'è più non esco a fare la spesa. La quotidianità mi opprime.»

Marò guardava fuori dalla finestra. I palazzi di quel quartiere erano tutti uguali. Stesso intonaco verde cacca di bambino, stessi balconi spogli con parapetti di vetro smerigliato, identici cornicioni di cemento che sporgevano una ventina di centimetri oltre la facciata, lastrico tappezzato di antenne, parabole a ogni balcone. Ne aveva avuta però di fantasia il costruttore.

«Non indagate sulla morte di Manlio, vero?»

Marò era in imbarazzo, sussurrò qualche scusa, la squadra Mobile era sotto organico, e poi l'autopsia non lasciava dubbi.

«Allora perché è venuta?»

Lei arrossì, non lo sapeva. Era stato un bisogno personale, forse il desiderio di respirare un soffio d'amore materno, un moto istintivo. E anche un atto di egoismo, quella donna stava vivendo una tragedia e la sua presenza, le domande invadenti rinfocolavano il dolore. Non avrebbe dovuto cedere a quello stupido impulso. Ma oramai era lì. Provò a mettere una pezza.

«Sa, sto indagando su Saveria; la sua famiglia è chiusa in un silenzio ostile. Speravo che lei potesse dirmi di più.» Era una mezza verità, ma risuonò come una colossale bugia. L'altra assunse un'espressione incredula, sembrava volesse rimproverarla. "A cu' c'ha cunta?" dicevano i suoi occhi di smeraldo.

«Signora, mi aiuti» la pregò. Quella serrò la mandibola infastidita. Ma qualcosa dovette passarle per la testa, perché la fissò con uno sguardo indomito. «Cosa vuole sapere?» disse a sorpresa.

«Cominciamo da Manlio, la morte di Saveria Russo potrebbe essere collegata all'amicizia con lui? In giro si diceva che fossero amanti.» La sentì respirare lieve, sul viso un'ombra di indecisione.

«Mio figlio era diverso» sussurrò muovendo appena le labbra.

«Diverso da chi, da cosa?» la incalzò. Quella si torse le mani, tormentava le pellicine attorno alle unghie. Nel suo animo era in corso una battaglia tra la riservatezza, ché da troppo tempo taceva e macinava il dolore in solitudine, e il desiderio di dire qualcosa. Poi ebbe il sopravvento il bisogno di far rivivere il figlio, almeno nelle parole.

«Gli piacevano gli uomini. Manlio era omosessuale, garruso, frocio, come più le aggrada» mormorò, ma sembrava urlasse. Fu una rivelazione per Marò.

«Sa, io lo capii subito, appena nato, di che pasta era fatto. Quando me lo attaccarono al seno, aveva una vuccuzza delicata che non succhiava le minne, le baciava; le sue manuzze erano affusolate e vorticavano nell'aria come farfalle. Piangeva con discrezione e, se non stavo attenta, di notte, nel sonno pieno, manco lo sentivo. Non assomigliava al padre, né a nessun uomo della famiglia. Ci crede dottoressa? Io ne fui felice. E gli volevo bene a questo figghiu miu. Per me non era diverso, ma speciale; era un solitario prezioso tra tante pietre fause. Capisce quello che voglio significare?» Lei calò la testa.

«Mio marito qualcosa si era squarato, ma io avevo sempre la scusa pronta e per anni sono riuscita a mascherare la natura di Manlio, anche quando quella urlava forte per essere riconosciuta. Mio figlio si portava dietro a fatica il peso di non potersi manifestare agli altri. Più iddu cercava la verità, più la gente intorno, ipocrita, lo ricacciava nella farfantaria. I ragazzi come lui nelle nostre borgate fanno una vita infame. Perciò siamo venuti ad abitare qua... il resto lo sa; quello che lei fa finta di non sapere è che Manlio non si è suicidato. Non me l'avrebbe dato mai questo dispiacere!»

«Perché non mi parla di Saveria Russo?»

«Perché voglio giustizia per lui!»

«Ma perché è così sicura che suo figlio sia stato ammazzato?»

«Il cuore di una madre non mente.»

«Signora, io sarei tentata di crederle, ma ho bisogno di qualcosa di più di un presentimento per aprire un'indagine.»

La donna sollevò lo sguardo: più che il dolore, sembrava esasperarla il fatto di non essere creduta.

«Devo capire perché è morta Saveria. Mi aiuti e io le prometto che, se Manlio è stato ucciso, troverò il suo assassino. Ha detto che i due ragazzi si confidavano i loro segreti...»

«Dottoressa, il giuramento fatto a qualcuno vale ancora

dopo la sua morte?» la guardava con quegli occhi innocenti e determinati.

«Cos'è, ha paura di tradire suo figlio? Io non so risponderle. Però se lei mi parla senza riserve, magari possiamo fare giustizia di qualche torto.»

Quella si accarezzò le ginocchia, come per scaldare le articolazioni dolenti, puntò le mani sulle cosce e sospirò.

«Non è che io voglia vendetta a tutti i costi; non riavrò indietro Manlio, ma non posso accettare che nessuno indaghi perché si tratta della morte di un frocio.»

«Ma che dice!» rispose Marò seccata. «Il fatto è che per aprire un'indagine ci vogliono prove.»

«E non le basta la min...» si morse le labbra, le femmine della sua generazione le parolacce non le dicevano. «Il biglietto d'addio è finto. Aspetti, le voglio far vedere una cosa.» Aprì un cassetto e tirò fuori alcuni quaderni. Le pagine erano vergate con una grafia elegante e ordinata. «Guardi, queste sono le cose che scriveva. Poesie, riflessioni, propositi, raccontini...»

«Com'è che non usava il computer, come fanno i giovani?»

«Proprio questo volevo dire! Lui il computer lo detestava. "È cosa d'ufficio" sosteneva. "Per annotare i pensieri intimi ci vuole la penna. Sul rigo, oltre alle parole, rimane il sentimento di chi le ha scritte." Le pare che per dire addio a sua madre uno accende il computer, scrive, stampa il biglietto, lo lascia sul tavolo, poi si mette l'impermeabile, picchì chiovi. Ma se stai per morire che fai, t'incuponi? Ti scanti di raffreddarti? È vero e verità. Poi acchiana fino in terrazza... E non si poteva buttare da qua? Al quinto piano siamo, certo non rischiava di rimanere vivo. No, Manlio lì sopra c'è salito di sua volontà, ma di sotto l'ha buttato qualcuno.» Quindi scoppiò a piangere, aveva accumulato troppa tensione e ora, in quel colloquio, si stava sciogliendo perdendo parte della sua rigidità, ma non della forza.

«Lei ha figli?» Marò scosse la testa. «Lo vede? Non mi può capire. Comunque mi perdoni se l'ho offesa.»

Lei si avvicinò e le cinse le spalle; aveva una struttura solida, non era femmina che si rassegnava, e quel corpo non avrebbe ceduto facilmente.

«Mi racconti tutto quello che sa.» La signora si asciugò le lacrime e cominciò a parlare.

«Saveria è sempre stata una ribelle, una specie di mosca bianca tra i suoi familiari, abituati a ubbidire al capo. Quando era piccola, il padre stravedeva per lei. Se la portava appresso, le faceva passare tutti i capricci. Quando morì Carmela, lui cambiò registro. Non riusciva a tenere a freno la cattiveria. I due figli li sgridava per qualsiasi scemenza, e certe volte cafuddava all'urbina. Il maschio si assoggettò, accettando ogni prepotenza; idda no, non sopportava di sottostare alla famigghia. Diventò così un pericolo, non solo per Fofò Russo che vedeva messa in discussione la sua autorità, ma per tutto il sistema mafioso di cui lui fa parte. So che c'è stata maretta ultimamente tra Fofò e gli altri capifamigghia. Sono voci che ho raccolto tra parenti e amici, ma non so quanto ci sia di vero... insomma pare che la mafia ne voleva conto e soddisfazione di tutte le cose che Saveria diceva in giro.»

«Secondo lei qualcuno vuole spodestare Fofò Russo dal suo ruolo?»

«Questo non lo posso dire, certo è che la figlia ribelle ha dato uno scossone alla sua immagine. Sa, dottoressa, Manlio e Saveria se ne stavano botte di serate intere sul lastrico e parlavano, parlavano. Magari lei gli confidò qualche segretuccio del padre e lu figghiu miu ci andò di mezzo.»

Marò si avvicinò alla finestra, un vento impetuoso soffiava facendo tintinnare i vetri, il cielo era pulito, di un intenso colore azzurro. Due grandi cartelloni pubblicitari oscillavano sui tetti di fronte.

«Vede, quando nasce un figlio, quella che sembra una separazione è invece una sorta di rimescolamento: il corpo della madre si raddoppia, ma rimane un cuore solo, che finisce dritto nel petto del picciriddo. Perciò quel fagottino che teniamo tra le braccia, baciamo, stringiamo, quella carnuzza profumata, ci è così cara e non ce ne possiamo distaccare, perché lì c'è il nostro cuore che batte. Ora, quando la madre muore non succede niente, perché continua a esistere nel figlio. Ma se succede qualcosa al bambino, la donna esce pazza, perché ha perso il cuore per sempre. Ecco cosa sono io, una disperata che campa e invece è morta.»

Marò era commossa e si scoprì a invidiare Manlio, che aveva potuto godere di un amore assoluto.

«Cosa c'è lì?» chiese indicando il tetto del palazzo di fronte.

«Il lavatoio. Ogni palazzo ne ha uno, ma non si usano più, ché nelle case c'è lavatrice e asciugatrice. Pure quassù ce n'è uno. Mio figlio, con il permesso del condominio, aveva messo su un piccolo studio di registrazione.»

«La polizia è entrata a fare un sopralluogo?»

«Dottoressa, non mi faccia parlare. I suoi colleghi hanno detto "SU-I-CI-DIO" e mi posso stujari u mussu.»

«Se la sente di salire con me?»

«Prendo le chiavi.»

Lo stanzino era pericolosamente vicino al cornicione. Dentro c'era un buon profumo di incenso. Un tavolo, due sedie, una piccola libreria colma di spartiti. E poi una chitarra, una pianola, percussioni, microfoni, cuffie e registratori.

«Lui suonava, Saveria cantava. Volevano lavorare nei locali. "Fino a Londra arriviamo" dicevano. Era brava lei con tutte ste cose moderne, maneggiava cavi e fili come un maschio.» Sorrise di quella considerazione sciocca. «Che vuole, anche le mamme dei froci certe volte parlano senza pensare.»

Marò fece scorrere le mani sugli oggetti, nulla che colpisse la sua attenzione. Si guardò intorno, niente. Nel palazzo di fronte Marò notò, tra due cartelloni pubblicitari ancorati al tetto, una fila di telecamere. E d'improvviso ebbe un'intuizione.

«Se l'hanno ammazzato, lo sapremo presto» e se ne andò, promettendo di tornare.

Appena fuori chiamò Fedeli.

«Devi fare una cosa per me. Vai alla sede centrale della Banca Ferri in viale Strasburgo. Chiedi del direttore e fatti dare le registrazioni delle telecamere la notte del suicidio di Manlio.»

«Va bene dottoressa, lo faccio subito. A proposito, un collega della questura mi ha segnalato che Saveria Russo e Lorenzo Fundarò, quindici giorni prima della rapina, hanno chiesto il passaporto del figlio; il modulo ha le firme di entrambi.»

«Grazie Fedeli, ne parliamo dopo. Mi raccomando, tu e Machì guardate i nastri con attenzione; ho in testa un'ideuzza, spero di trovare conferma.»

29

I conti non tornavano. Manlio era omosessuale, quindi la biancheria sexy doveva essere destinata a qualcun altro. E quel passaporto per il figlio poi a che serviva, se Saveria aveva deciso di scappare, lasciando la famiglia, Daniele compreso?

Marò procedeva sulla Vespa senza una direzione precisa. Fatti pochi metri, gli occhi cominciarono a lacrimare, le mani si irrigidirono sullo sterzo, il piede aveva perso di sensibilità, frenare le riusciva difficile. Il gelo le tagliava le orecchie. Il piacere di guidare tuttavia superava di gran lunga il disagio. E d'un tratto si trovò al Nautoscopio. La scultura, in disarmo per via dell'inverno, era un relitto spiaggiato.

"Uno sguardo solo e poi vado dalla Palumbo" si disse addentrandosi a motore spento nel giardino fangoso. Una striscia nera in lontananza annunciava che il malo tempo non era finito. Il vento continuava ad agitare il mare. Le onde si susseguivano impetuose, si abbattevano con fragore sugli scogli e lambivano le panchine colorate. Ribolliva la superficie di schiuma bianca; l'aria, satura di salsedine, le inumidiva il viso. Marò, zuppa come dopo un acquazzone, non riusciva a staccarsi da quello spettacolo. E si lasciò risucchiare dal caos, finché si sentì parte di esso. Aprì la bocca, le goccioline sulla lingua avevano il sapore dell'estate, delle nuotate a perdifiato. "Smettere di pensare è cosa da santi, ma un po' di pausa ci vuole" considerò e si lasciò andare a uno sperdimento totale. Pochi minuti di simbiosi con il mare bastarono a ritemprarla. Accese quindi il motore e ripartì. Al piano dell'Ucciardone si fermò a comprare una stella di Natale, e a mezzogiorno preciso varcò il portone di un'elegante palazzina di via Siracusa.

«Mi scusi, so che è ora di pranzo, grazie di avermi ricevuta» disse porgendo la pianta. La Palumbo la fece accomodare. Indossava una mascherina di carta per evitare di contagiare gli altri.

La casa doveva essere stata progettata da uno scenografo, e già dall'ingresso lo spazio si mostrava tutto per intero, ché le porte mancavano e le stanze si susseguivano una dietro l'altra, come quinte teatrali. I soffitti erano alti e un soppalco di vetro correva tutto intorno alle pareti, una sorta di galleria sospesa sul proscenio. Da lì sopra nulla poteva sfuggire all'occhio dello spettatore. La sua quotidianità la magistrata la esibiva senza riserve. Al centro dello spazio un mobile alto di legno color rame, le ante spalancate su una pergamena vergata di segni neri che dovevano appartenere a una lingua sconosciuta. Sul pavimento, davanti a quello che sembrava un altare, come fossero doni votivi, frutta, bastoncini di incenso profumati e due sculture identiche. La sua stella di Natale finì in quella specie di giardinetto sacro. La vicequestora non staccava gli occhi dalla misteriosa pergamena.

«Si chiama Gohonzon» spiegò la Palumbo. «Quando devo scrivere un provvedimento impegnativo o prendere una decisione difficile, mi inginocchio qui davanti e medito. Mi è utile per ascoltare la mia voce più profonda, per evitare errori di valutazione.» Poi si alzò, chiuse le ante e la fissò con intensità, aveva un'espressione stralunata, colpa della miopia.

«Sto indagando sull'omicidio della pasticciera di piazza Leoni.»

«Sì, ho sentito in tv. È una strana vicenda, che mi lascia perplessa. In questa città, per tradizione le donne e i bambini sono sacri. Solo i padri ne dispongono come vogliono, ma gli estranei devono stare attenti a toccarli.»

«Nella mia esperienza, dottoressa Palumbo, essere e apparire sono cose diverse.»

«Ah, lo dice a me che sono buddista!» La donna sorrise. Marò non aveva mai approfondito il suo rapporto con la religione. Era cresciuta in una famiglia cattolica, quando aveva bisogno si raccomandava alla Madonna e a santa Rosalia, ma per abitudine e senza alcun afflato.

«E io come posso aiutarla?»

«Vorrei che mi autorizzasse a fare delle intercettazioni ambientali a casa della famiglia della vittima.»

«E perché?»

Lei raccontò quello che sapeva, i tre morti in poco più di una settimana, i legami tra di loro, la possibilità che ci fosse una guerra di mafia in corso. «... E c'è dell'altro. Mi sono fatta persuasa che qualcuno della famiglia Russo in questo momento sia in pericolo.» Pensava al marito di Saveria, ma senza nessun motivo razionale, o anche al fratello, così poco considerato dal boss.

«Chi fa parte della mafia è sempre in pericolo!»

La magistrata accese quindi una candela, aprì le ante del mobile, si sedette su un seggiolino di legno, le ginocchia quasi sul pavimento, i talloni infilati sotto di lei. «Mi lasci praticare, domattina le darò una risposta.» Marò chiuse la porta, alle sue spalle cominciò a risuonare il "Nam myoho renge kyo".

30

Nanà, puntuale e sorridente, l'aspettava a piazza Politeama. Di negozi belli ed eleganti in via Libertà ce n'erano.

«Sembro un quadro antico!» disse Marò provando una frusciante tunichetta di seta.

«Qua risparmiano sulla stoffa, non lo vedi come è corto?» si lamentò infilando un tubino attillato che le lasciava scoperte le ginocchia.

«Roba da orfanelle.» Marò abbandonò sul bancone i capi minimal e costosi di una boutique molto alla moda. La sorella sospirava. C'era passata anche lei per quella fase in cui la taglia 44 è stretta e la 46 è dietro l'angolo. Era successo dopo il primo figlio, al terzo aveva superato il punto di non ritorno e se n'era fatta una ragione. Marò però era esagerata! Il suo giro vita era ben disegnato e i fianchi, sebbene in carne, erano ancora una curva morbida che molti maschi avrebbero affrontato in velocità, sbandando con piacere.

«L'ultimo» minacciò a un certo punto Nanà davanti a un negozio pretenzioso dalle pareti grigie e il pavimento nero, «perché o questo di stasera è l'uomo della tua vita oppure è inutile che ti danni. Un vestito vale l'altro.» Appesi a fili invisibili indumenti dalle strane forme geometriche, pensati per donne rotondette che volevano apparire magre. La commessa sciorinò lunghi abiti strutturati come larghi parallelepipedi, giacchine a sacchetto, maglioncini asimmetrici che finivano in pizzi sbrindellati, pantaloni dal cavallo basso e la vita alta. Nanà sottolineò la sua approvazione con grandi applausi, ma uscirono a mani vuote e senza più speranze.

«Accompagnami a casa, riproviamo a cercare nell'armadio.»

Il teatro Massimo aveva un tenue colore dorato nell'incerto tramonto. Si fermarono ad ammirare i leoni possenti, la scala maestosa, le alte colonne scanalate. L'edificio esprimeva una bellezza cangiante a seconda della luce, integra nonostante l'età della costruzione. «È così che vorrei invecchiare» sussurrò, «mantenendo integro il mio fascino.»

«Già, se fossi un'opera d'arte, ma sei una donna» considerò Nanà. «Dai, scema, andiamo.»

A casa Marò non fece altro che lamentarsi davanti allo specchio.

«Niè, non ci vado alla cena» concluse, e sembrava una bambina capricciosa.

«Ma perché?»

«Perché guarda.» Scosse la testa da un lato e dall'altro in un gesto sensuale, i suoi capelli rimasero chiusi e fermi lungo il viso. «Magari ho bisogno di un parrucchiere.»

«Magari te li leghi e ti fai una coda di cavallo?» le suggerì la sorella e l'aiutò a raccogliere i riccioli dentro un elastico; un brufolo violaceo spuntò all'angolo della mandibola.

«Magari ho bisogno di un'estetista.»

«Magari questo, magari quello, macari chistu! Ora mi staiu siddiando. Ci vuole solo un po' di realismo e amore per te stessa.»

«Ma com'è che non sei mai stata invidiosa?» chiese Marò, come se all'improvviso si fosse ricordata di qualcosa.

«E che dovevo fare? Eri più bella di me. Alta, formosa. Io bassa e cicciottella, con questi capelli castanucci, anche se ora li tingo di biondo, mi sentivo il brutto anatroccolo. I ragazzi avevano occhi solo per te e io sembravo trasparente. Quando cominciasti a girare con la Amici, poi, non ce n'era pi nuddu. Pure lei una dea. E d'un tratto, non mi chiedere perché, le cose sono cambiate.»

«Me lo ricordo, eri tornata da un viaggio in Turchia, ma chi fu?»

«Il fatto era che lì mi taliavano e mi squagghiavanu. Tutto questo culo e la panza, i turchi li consideravano pregi. Qua mi dovevo mascherare, camicie larghe, vestiti lenti, là quell'estate mi sono messa per la prima volta i pantaloncini corti. E queste cosce bucciardate, gli uomini le guardavano con desiderio. Poi ho conosciuto un maestro di ballo. Bello, appassionato e turco!»

«Nanà, chi acchiappia un turcu è suo» scherzò l'altra.

«Proprio! Passavo le notti a intrecciarmi con lui nelle milonghe. Ho capito allora che la bellezza è una questione di latitudine, no di bilancia.» Marò era sorpresa, considerava sua sorella una imbranata che non sapeva nulla della vita e invece, un turco!

«Ti pare a tia te lo fai scappare con mio marito» si raccomandò Nanà. «A proposito, ti ho preso l'appuntamento con la dietologa. Vedi che ho fatto carte false, ché quella è piena fino all'estate. Perciò vacci e poi mi sai dire. Io non posso accompagnarti, devo portare la mamma dal dottore, e poi aveva il tempo per una sola di noi due.»

«Ma come faccio a mettermi a dieta sotto le feste?»

«E fai uno sforzo! Le cose le vuoi belle mpiattate? Vedrai che se perdi due chili poi sarai più fiduciosa. E ora fammene andare, sennò ti prendo a timpulate.» Lei tirò un sospiro di sollievo, certe volte Nanà era così pressante, non lo voleva dire, ma pareva sua madre. Chiamò quindi Bellomo per disdire la cena: «Sono raffreddata, ho la febbre, non posso uscire di casa. Mi prendo un'aspirina. E ci vediamo domattina.»

«Dottoressa, è la seconda volta che mi dà buca.»

«Che dice, questore? Con questo tempo c'è mezza Palermo con l'influenza» simulò una raucedine e fece finta di tossire.

«Va bene, si riguardi.»

Con la testa sotto le coperte, Marò si godeva quel momento di tregua. C'era un tepore affettuoso sotto il piumino profumato, le lenzuola erano lisce, Carmela le cambiava di continuo. Il letto era l'unica cosa pulita e in ordine della casa. "Tante grazie, non lo uso più come una volta" pensò, ma rifuggì dalla tentazione dei ricordi e cercò di vagliare tutti gli elementi acquisiti.

Il delitto della pasticciera non aveva ancora soluzione, nonostante Bellomo avesse sbandierato quel Serrano come un grande successo del gruppo antifemminicidio. Mancavano ancora mandante e movente. Due erano le cose: o Saveria era stata uccisa per una vendetta trasversale, oppure la sua morte aveva a che fare con le antiche percosse che Burgio aveva rilevato sul cadavere.

"Nulla è come appare" aveva detto alla Palumbo, e mai come in quel caso le apparenze erano ingannevoli. Le relazioni della vittima erano proprio un bel nodo da districare. Cercare tra i familiari è la prima regola per un buon investigatore. Il primo a venirle in mente fu Lorenzo Fundarò. Vero è che pareva una brava persona, ma certe acque chete sono molto insidiose. Possibile che, accecato dalla gelosia, avesse più volte picchiato la moglie? E che, per fermare la sua eventuale fuga, avesse assoldato Marchino Serrano? No, uno così pavido il coraggio dove lo prendeva? E poi era andato in questura a richiedere il passaporto del figlio. Che fa, prima la accontenta e poi l'ammazza? Possibile invece che avesse "suicidato" Manlio. Sì, il ragazzo era omosessuale, ma Lorenzo questo non lo sapeva.

Qualcuno faceva battere il cuore a Saveria, chi? Se fosse stato proprio lui, un amante violento, il mandante dell'omicidio? Magari la pasticciera aveva avuto un ripensamento, non voleva saperne di lasciare il figlio. Strano però che lei, disgustata dalla prepotenza del padre, si fosse innamorata di un uomo altrettanto cattivo. Il fatto è che di solito gli amori delle donne somigliano ai loro padri. Cosa aveva in comune Sasà con quella pasta d'uomo del suo?, si chiese Marò. La sua testa scoppiava di pensieri disordinati: lavoro e vita privata si accavallavano; aveva la fronte calda e le tempie pulsavano.

C'era poi il mistero dell'arma. La Ruger era comparsa per la prima volta in un delitto di mafia di alcuni anni addietro. Qualcuno forse aveva voluto colpirlo, il boss, nell'affetto più caro, ché lo conoscevano tutti il suo attaccamento alla figlia. Sasà l'aveva suggerito subito: una guerra tra famigghie. "Non c'è niente da fare, quello è uno sbirro fatto e finito." Marò se ne andò in bagno e mise la testa sotto l'acqua.

Nulla è come appare, si ripeté. Infine c'era la questione del ragazzo con il cappuccio nero: un complice del rapinatore o un testimone involontario o addirittura il misterioso amante? "Basta" si disse e cercò di rilassarsi. Se ne tornò a letto. Lobianco le mancava tanto, l'aveva aiutata in momenti difficili; chissà, forse anche Bellomo, sotto la scorza del damerino, nascondeva un'anima.

I lampioni in strada si accesero, dalle persiane entrarono fasci di luce, che si allargarono sulle pareti come fili di una ragnatela.

31

16 dicembre

La mattina aspettò una buona mezz'ora in segreteria prima che il questore la ricevesse. Ma perché si meravigliava? Gli aveva dato buca e ora lui si stava vendicando.

Lo trovò in piedi, di spalle, nel vano della finestra. Da dietro le sue gambe disegnavano un ampio cerchio. Lei sorrise di quello spazio vuoto. "Nessuno è perfetto" si consolò.

«Buongiorno dottoressa Pajno» l'uomo la salutò con voce squillante e le andò incontro. Lei rimase sorpresa della sua cordialità. Notò una certa rigidità nelle ginocchia che conferiva alla sua andatura una lieve zoppia.

«Sto invecchiando e con questo freddo si risvegliano dolori di tutti i tipi.»

«Che dice, lei è così giovane.» Il complimento funzionò, perché il questore si stampò sulla faccia un'espressione conciliante.

«Prima di entrare in polizia sono stato nell'esercito, ero nei parà. Troppi lanci, le mie ginocchia ne hanno risentito.»

"Ecco perché quel fisico prestante" pensò e per la prima volta provò per lui una punta di interesse.

«Allora, mi ha piantato per ben due volte. Che vogliamo fare? Mi chiede scusa e mi offre un'altra possibilità?» Quel tono amichevole, lo sguardo aperto, com'era diverso dal lumacone presuntuoso dei giorni precedenti. Forse la malizia è negli occhi di chi guarda, si disse Marò e cercò di essere gentile.

«Novità?»

«Nulla che già non sappia. Ma vorrei discutere del caso, che per me non è chiuso» e lo mise al corrente di tutti i dubbi che la tormentavano. Lui la seguiva con interesse. Marò sentì che la sua diffidenza stava diminuendo e fu tentata di raccontargli lo scivolone fatto con il boss, che aveva probabilmente decretato la condanna di Marchino Serrano. Ma all'ultimo momento le mancò il coraggio. «Ora bisogna trovare il secondo uomo» concluse risoluta.

«Dottoressa, concordo con lei e non tralascerei nessuna delle persone della cerchia di Saveria. Specialmente i suoi parenti. La famiglia è un luogo di conflitti, di esercizio bieco del potere e lei dovrebbe saperlo bene, non è a capo del gruppo antifemminicidio? Indaghiamo anche sul padre, tutto questo amore per la figlia non mi convince nemmeno un po'; e magari lo pizzichiamo per associazione mafiosa e facciamo un figurone.»

Marò non credeva alle sue orecchie, il questore stavolta era sintonizzato sulla sua frequenza.

«Vede, dottoressa, le cose non sono mai come appaiono. Io per esempio, so che qualcuno mi considera un damerino, qualcun altro un carrierista...»

«Che dice, questore!»

Lui le fece cenno di non mentire. «Guardi, dottoressa Pajno, sono molto consapevole delle dinamiche che sottendono le relazioni tra colleghi, un misto di rivalsa e competizione; e capisco molto di più di quanto lei possa immaginare. Non sono solo laureato in giurisprudenza, ma anche in psicologia. Ho fatto una gavetta dura. Sono un esperto in profili criminali, sa quelli che si vedono nei telefilm americani? Figuriamoci se non capisco la gente perbene. Ecco, c'è una cosa di cui sono sicuro, le persone dichiarano l'inverso di quello che pensano. Perciò, se vuole conoscere la verità, ragioni al contrario. Non sempre ci si azzecca, ma è un metodo molto utile.»

Marò aveva abbassato lo sguardo, sembrava un po' intimorita. Quello fece il giro della scrivania e le andò vicino. «Senta, i nostri rapporti sono stati sempre difficili, io mi rendo conto di non essere un campione di simpatia, ma sostituire Lobianco non è stato facile.» In quel momento arrivò un messaggio di Fedeli sul telefono di Marò: "Il ragazzo con il cappuccio nero è entrato nel palazzo di Manlio la notte del suicidio. Abbiamo le riprese". Lei si alzò in tutta fretta: «Devo andare».

«Bene dottoressa, si faccia autorizzare le intercettazioni dal magistrato...»

«Dalla magistrata» lo corresse Marò.

L'uomo sorrise. «Come vuole, dalla magistrata.» E poi aggiunse: «Ho ragione io, lei sarà un'ottima *questora*. Adesso vada dal pm e non dimentichi di specificare che si tratta di un caso di mafia, così abbiamo più libertà d'agire. Ah, naturalmente rimango in attesa di una terza possibilità».

"Chissà se la Palumbo pratica anche in ufficio?" si chiese Marò entrando in tribunale. La magistrata era in udienza e lei, nell'attesa, se ne andò al mercato del Capo. Una grande scritta luccicava all'ingresso di Porta Carini: "W Gesù". Il fruttivendolo sul marciapiede la salutò con un sorriso accattivante. Era un ragazzo biondo, con una sfumatura fulva, assomigliava a un vichingo. Le offrì un mandarino rotondo e compatto. «Tastasse questo» e prima che potesse rispondere l'aveva già sbucciato e posato su un piattino di plastica. Marò addentò due spicchi, un succo acidulo e zuccherino le inondò la bocca, nel cuore le passò una fragranza di famiglia. Suo padre al mattino presto era solito bruciare sul fornello del gas la buccia di un agrume arrotolata sulla forchetta. L'immagine era ancora così vivida. Era alto, una vestaglia di panno pesante lo proteggeva dal freddo, ché in casa non c'era il riscaldamento. E accanto lei bambina, un golfino rosa due taglie più grandi, che scendeva a coprire le sue mani cicciottelle. Se ne stava al riparo di quella sagoma che lei ricordava possente, disegnando con il dito sui vetri opachi per la condensa.

Marò comprò una cassetta di mandarini e anche della verdura; cercò spezie ed erbe odorose; poi passò al banco del pesce, aveva promesso a se stessa di cucinare. Scelse una spigola dalle squame luccicanti e l'espressione di un guerriero, quattro capesante e due gamberi rosso cardinale, grandi come aragoste. Si addentrò nel cuore del mercato. C'erano le bancarelle degli stranieri colme di ortaggi mai visti, tuberi bitorzoluti, radici color terra, bacche incolore, patate fangose e rachitiche.

«Come si chiama questo?» chiese a un indiano con barba e turbante. «Zucchine.» «E questo?» «Zucchine.» «E quello là??» «Zucchine.»

«E se io ti chiedo un chilo di zucchine, che mi dai?» Quello fece oscillare la testa, sorrise. «Tu scegli, io peso.»

Donne alte, la pelle color ebano, la testa coperta di veli colorati, palpavano le verdure con mani esperte, ora scartando ora scegliendo; sulle loro schiene paffuti bambini sognavano tranquilli. Altri agitavano le manine nei passeggini sgangherati. A piazza dei Beati Paoli trovò, l'uno di fronte all'altro, panellaro e caldarrostaio. I loro fumi si mischiavano in un olezzo piccante. Marò li evitò entrambi e non comprò nemmeno il pane; visto che doveva andare dalla nutrizionista, tanto valeva perdere qualche chilo e fare bella figura. Un po' come riordinare la casa prima che venga la donna delle pulizie, ché poi quella lo va a dire in giro che ha trovato tutto sporco. Quindi tornò in tribunale.

La Palumbo la accolse senza tanti convenevoli. L'udienza era stata lunga e difficile e si sentiva prosciugata.

«Mangiamo insieme?» le chiese a sorpresa.

«Solo se cucino io» rispose mostrando le buste della spesa. «Primo giorno di dieta.»

«Sotto le feste?»

«Non potevo più rimandare.»

Se ne andarono insieme sulla Vespa, la Palumbo era così leggera che Marò un paio di volte si girò indietro a controllare di non averla persa lungo la strada.

«Che bella casa» esclamò la magistrata appena varcato l'ingresso, aveva uno strano modo di parlare, come se avesse una patata calda in bocca.

«Grazie e scusi il disordine, ma sa, sono sempre fuori per lavoro.» Era la stessa scusa che aveva usato con Nanà, ma la sorella non se l'era bevuta. L'altra fece un gesto con il capo, la comprendeva, e chiese il permesso di salire in terrazzo.

«È un po' in disarmo, d'inverno non è facile forzare la fioritura, e in questi giorni ha piovuto tanto, non troverà una sedia asciutta.» Invece a sorpresa gli alberelli nei vasi erano carichi di limoni e alcuni ciclamini avevano teste svettanti e petali di un rosso intenso.

«Le dispiace se rimango un po' qui a guardare?»

«Faccia pure, intanto io preparo.»

La donna si aggiustò gli occhiali sul naso e sgranò i suoi tondi occhi. La città si dispiegava con una bellezza discreta, sommessa. Nulla della magnificenza che esibiva nelle giornate di sole pieno. E tuttavia colpiva l'eleganza di quel mandamento lustrato dalla pioggia.

Marò mise il pesce nel forno, preparò l'insalata, le carote grattugiate con il limone e la cannella, i finocchi con le arance e il melograno. Intanto apparecchiò con i piatti più belli. Quando fu pronto sedette di fronte all'ospite, quasi si sentiva felice. Aprì una bottiglia di vino, lo versò nei bicchieri, entrambe fecero finta di bere.

«Dolce niente, mi spiace.»

«Non lo mangio mai, niente zuccheri.»

«So che è stanca, ma possiamo parlare di lavoro?» chiese la vicequestora. L'altra acconsentì.

«Dottoressa, prima che mi neghi l'autorizzazione a intercettare Fofò Russo, ci sono delle cose nuove che deve sapere. Primo, Manlio Proja non si è suicidato, ma è stato spinto giù. Il ragazzo con la felpa nera che la notte dell'Immacolata è entrato nella pasticceria dall'ingresso secondario, la sera del suicidio si trovava nel palazzo di viale Strasburgo. È lui la chiave del rebus. L'assassino o gli assassini hanno voluto far credere che i due cugini fossero amanti, in realtà erano solo amici. Marchino Serrano, il killer della pasticciera, era un servo del boss ed è morto bruciato. I proiettili rinvenuti provengono da una Ruger che ha ucciso due anni fa un giovane al mercato delle pulci. Abbiamo isolato sul file audio la voce di un altro uomo. Saveria urla di sorpresa, come se conoscesse chi ha provocato la caduta della sedia, probabilmente il ragazzo della felpa.»

«E lei a cosa pensa?»

«Il mio ex fidanzato...» Marò si interruppe e arrossì, doveva fare più attenzione. Era già la seconda volta che le scappava di citare Sasà. Il fatto era che la magistrata aveva un fare semplice e diretto, certi momenti le pareva di parlare con Nanà. «Dicevo... un mio collega a cui sono molto affezionata sostiene che in ogni delitto bisogna sempre guardare in prima battuta alla famiglia o alle famigghie.»

«E secondo lei l'uomo misterioso potrebbe essere l'amante della pasticciera?»

«Non lo so...» Marò era distratta, come se inseguisse un'idea dispettosa. «Sa, sono quei segni di violenza a non darmi pace. Come può una donna intelligente amare chi la fa soffrire?»

«Perché la turba tanto l'ossessione amorosa? Non c'è femmina che non la conosca. Piuttosto, non le sembra più plausibile una guerra tra famiglie mafiose? Un pm sta indagando sulla zona di Fofò Russo. Pare che ci sia un conflitto tra lui e un emergente, un gioielliere di piazza dello Scaro. Uno spuntato dal nulla e non si sa nemmeno dove abbia preso i soldi per cominciare» la informò la magistrata.

«Sì, ma per dichiarare guerra a uno di quel calibro ci vuole il consenso della commissione. Non è cosa che si ottiene facilmente» ribatté Marò. E poi aggiunse: «Ma è anche vero che il boss si trovava nei guai a causa di sua figlia. Saveria contestava apertamente il sistema mafioso. Magari a qualcuno di peso sono girate le scatole.»

«Va bene dottoressa Pajno, io ho meditato e l'avrei autorizzata comunque. Ma la prego di essere cauta. Questi possiedono i mezzi per ucciderci, e non parlo di proiettili, ma di testate online, finti profili Facebook, strumenti che lei nemmeno immagina. Bisogna stare attenti, perché il questore è molto sensibile alle critiche e se sbagliamo finiamo insieme nella Bassa padana.»

«Mezza parola, dottoressa Palumbo, capisco benissimo.

Grazie. Ma invece ho una curiosità. Mi spiega meglio in che consiste questa sua meditazione?»

«Certo. Vede, io non sono stata sempre sicura ed equilibrata. Ho conosciuto momenti di instabilità e incertezza; inoltre tendo a tenere tutto sotto controllo, con un enorme dispendio di energia. C'è stato un periodo in cui la sofferenza mi impediva di svolgere una vita normale. Mi sono messa in cerca di una soluzione e sono finita in uno di quei gruppi in cui si pratica il "Nam myoho renge kyo". Un coacervo di matti, di instabili, di incerti come me. Mi hanno messo davanti al Gohonzon, la pergamena che ha visto a casa, ho cominciato a ripetere il mantra. All'inizio mi sono sentita ridicola, ma ero così allo sbando che ho deciso di insistere. D'altra parte non avevo scelta. E dopo alcuni giorni ho sentito un miglioramento indefinibile. Naturalmente ho approfondito con lo studio, non sono una che si ferma al beneficio. Venga da me quando è libera, fra le sette e le otto, le do una dimostrazione pratica. Adesso devo tornare in tribunale. Grazie per il pranzo.»

Erano le quattro del pomeriggio, il buio stava calando e già una evanescente luna araba occhieggiava nel cielo. L'aria era tersa, venti da nord soffiavano forte. Marò mise in ordine, pensò che aveva mangiato bene, senza cedere al suo bisogno di zuccheri. Se fosse riuscita a controllare la fame anche dopo cena, ché la sera era il momento più pericoloso, avrebbe vinto la prima battaglia contro se stessa. Che bisogno aveva della nutrizionista? Ce l'avrebbe fatta da sola. Il problema era sua sorella, quando si metteva in testa una cosa.

32

Lo studio si trovava a piano terra di un elegante palazzo del quartiere Matteotti. La sala d'aspetto era piena di signore un po' avanti negli anni dalle labbra rigonfie e gli zigomi tesi. Marò ebbe la tentazione di andare via, ma la sorella, che la conosceva bene, aveva persino pagato la visita in anticipo. La ricevette un medico impacciato. «Le faccio un po' di domande e poi l'accompagno di là.» Lei rispose a monosillabi e con frequenti «Non ricordo». Negli interrogatori non amava trovarsi nel ruolo dell'indagato. Il giovane la guidò fin dentro un ampio studio, arredato con mobili essenziali e sofisticati.

Marò ripensò al mantra che aveva adottato di recente: "Nulla è come appare". La dottoressa era un tipo all'apparenza semplice, aveva capelli biondi lisci e occhi celeste chiaro, che non la guardavano dritto, ma fissavano il display del computer e da lì ogni tanto deviavano sulla paziente.

«Le do dei consigli.»

«Non basta solo evitare di mangiare?» reagì la Pajno. Quella situazione di inferiorità la rendeva aggressiva e sarcastica.

«Lei mangia troppo poco. Perciò le vengono gli attacchi di fame compulsiva. Non si nutre.»

«Davvero?» esclamò Marò con una certa diffidenza.

«Davvero. Per prima cosa deve evitare cibi lessi e al vapore. Le verdure vanno soffritte per disidratarle, così saranno più digeribili; e, una volta alla settimana, il fritto. La pasta alla sera, cento, centoventi grammi, condita con verdure. E a seguire le proteine; pesce, carne, formaggi. Le patate, sempre fritte. Meglio la batata, quella rossa. Il dolcetto? Se lo desidera non ci rinunci, però lontano dai pasti. La frutta prima di mangiare, meglio mango e papaia. No alla lattuga, sì a insalata belga.»

Marò non credeva alle sue orecchie, insomma bastava invertire l'ordine dei fattori per dimagrire, e usare verdure fuori stagione e coltivate lontano dalla sua terra. Perciò era quel chilometro zero che la fregava.

«Consideri che nel suo stomaco brucia un piccolo vulcano. Usi il cibo come un idrante per spegnerlo. E mi raccomando di accoppiare bene gli alimenti, ché non bisogna gettare benzina sul fuoco.» Marò se ne andò a casa, determinata a iniziare subito la dieta e intanto mangiò due biscotti al cioccolato. Aspettò che fossero passate tre ore. "I dolcetti lontano dai pasti" aveva detto la dottoressa; quindi preparò un piattone di spaghetti di grano antico. "Funziona bene sulla glicemia; impedisce il picco dell'insulina." Le parole del medico le sovvenivano con grande precisione. Fece il soffritto con un pugno di tuberi del Sudafrica; glieli aveva venduti un ragazzone dal sedere sodo e la pelle di seta. Poi, soddisfatta, andò a dormire e fu una notte indimenticabile. Si svegliò allegra come non le succedeva da tempo. Il suo corpo, dopo quella cena, si era risvegliato, merito di quella strana dieta a chilometro 2.000.000. Telefonò a Nanà. «Oh, quella nutrizionista, un portento. Ho già cominciato e sto una meraviglia. Ringrazia anche tuo marito.»

33

17 dicembre

In ufficio Marò entrò sorridendo. Fedeli non credeva ai suoi occhi. Da un pezzo la sua capa non era così tranquilla. Anche la ruga al centro della fronte, che certi giorni era così profonda che il mignolo ci affondava dentro, si era appianata.

"Niè, le fimmine per me rimangono un mistero."

Marò sorseggiò una tazza di caffè, rigorosamente amaro, ché lo zucchero era veleno. "Possibile che un piatto di pasta mi renda così tranquilla?" si chiedeva, non facendo i conti con quel ragazzo che nel sogno aveva soddisfatto il suo bisogno d'amore. Infine chiamò la Amici. «Caterina, ho bisogno di un favore. Devo fare delle intercettazioni ambientali in casa di Fofò Russo, ma ho poco tempo per disporre cimici e telecamere, ché oggi pomeriggio il corpo della figlia torna a casa. Mi dai una mano?»

«Che sei antica! Mi bastano i numeri di telefono del boss, del marito, di tutti quelli che hanno a che fare con le tue indagini. Vieni, ti stupirò con effetti speciali.»

Marò con passo molle se ne andò alla sezione Catturandi, portandosi dietro anche i due cellulari della pasticciera.

«Questi appartenevano alla vittima, non so se sono utili; ed ecco i numeri di Fofò Russo e di Lorenzo Fundarò. Adesso stupiscimi.»

L'altra rise di gusto: «Immagino che tu abbia anche l'autorizzazione del magistrato, perché altrimenti con i troll c'è da finire in galera».

«Eccola e, come puoi vedere, è specificato che l'indagine è finalizzata a ottenere informazioni in ambito mafioso.»

La Amici si fregò le mani, aprì un computer e si mise al lavoro. Poi accese alcuni schermi: «Guarda, riconosci i posti?».

Il salotto del boss era lì, la camera ardente allestita, i ceri disposti attorno alla pedana accesi, le fiammelle tremule disegnavano sullo schermo piccole lingue arancione; vasi di fiori freschi agli angoli, piante e persino un alberello. Nell'altro monitor un corridoio lungo, un bambino che correva sui pattini e la voce del padre in lontananza. «Daniele, smettila, dobbiamo andare di là dal nonno.» Anche l'audio funzionava.

«Minchia!» esclamò Marò. «Ma come hai fatto?»

«Il nuovo decreto legge sulla sicurezza ci permette di usare per intercettazioni che riguardano la mafia e il terrorismo malware e spyware utilizzati per cyberspionaggio. Perciò ora acquisire notizie è una passeggiata. Sono finiti i tempi dei microfoni e delle cimici. Tu ti siedi nel tuo ufficio, accendi il computer e guardi come si lava i denti il potente Fofò Russo. Comunque, se vuoi mettere qualche telecamera fissa negli spazi esterni, ti mando uno dei miei uomini.»

Poi Marò vide se stessa e la Amici in un altro monitor. «E quelle?»

«I telefoni che hai in mano, quelli che devi restituire alla famiglia.»

«Ma sono spenti.»

«Funzionano uguale. C'è pure un comando remoto, nel caso volessi spegnere qualcosa. Ecco, qua hai tutto. Buon lavoro.»

Marò tornò in ufficio, chiamò Fedeli e Machì; si sedettero vicini, le teste che quasi si toccavano, e si misero a guardare, come fosse la finale del campionato di calcio.

Nel tardo pomeriggio, sul cancello ad accogliere la salma si era radunata una piccola folla. Don Fofò circondato dai suoi uomini teneva una mano sulla spalla del nipote. Il consueto sguardo che non si lasciava catturare. Indossava una giacca scura antiquata e sulla manica spiccava una fascia nera. In seconda fila, fuori dal cerchio della sicurezza, il fratello di Saveria. Sembrava che i suoi muscoli si fossero ritratti e nulla della iniziale baldanza trapelava dai vestiti scuri, il bottone del lutto faceva capolino dal giubbotto di pelle. I lunghi capelli, ben pettinati, scendevano a coprirgli il viso, come se volesse schermarsi. Trapelava dal corpo uno stato di dolorosa sudditanza, diversa dall'innocente soggezione del vedovo, anche lui un po' in disparte, gli occhi arrossati, le mani infilate nelle tasche, il viso traboccava tristezza. A tratti oscillava da un piede all'altro, come quei felini in gabbia da anni, che strutturano movimenti nevrotici. La zà Sarina gli stava accanto, un fazzolettone a quadretti tra le mani e una gallina sotto braccio, sembravano due amiche che si consolavano a vicenda.

Imbracata da robuste funi, la bara fu sollevata in aria e portata in casa attraverso il balcone. Il gemito delle carrucole si sentì preciso nell'ufficio della Mobile. Poi cominciò il viavai delle persone.

Nessuno, tranne il boss, aveva potuto vedere la salma.

Chi aveva ricomposto Saveria per la veglia? Chissà se l'avevano vestita con quel misero abituccio grigio e quelle irrispettose scarpe nere dal lungo tacco a stiletto? E la biancheria sexy, le avevano messo anche quella? Chi non ha una madre è in balia della brutalità degli uomini, pensò Marò. Il fruscio dei passi, i sospiri e le parole di circostanza si ripetevano dentro le cuffie. Fino a sera sfilò nella camera ardente una umanità commossa, fatta di madri di famiglia, vicini di casa, operai dei cantieri, giardinieri, uomini della forestale, persone modeste e piene di umanità: gintuzze e cristianeddi, colpiti dalla tragica fine della pasticciera. I computer registravano e salvavano parole di consolazione, preghiere; talvolta qualcuno raccontava un aneddoto, un bel momento trascorso con lei. Ognuno aggiungeva un particolare, qualcosa di unico, che testimoniava rispetto e soggezione.

La zà Sarina aveva cominciato a lamentarsi, la sua voce

sovrastava il brusio. «Ah la figghia mia! Ah la picciridda, chi ti ficiru! Te lo ricordi, Sciavè, quando ti facevo l'ovetto sbattuto? Ogni mattina prima di andare a scuola, ti aspettavo in cucina. Tu avevi quel vestitino a fiorellini azzurri che t'aveva cucito tua madre. E gli occhi che ti brillavano, due stidde al centro della tua facciuzza. Ah, Sciavè, Sciavè, che distinu!» piangeva la vecchia e poi ricominciava: «Sciavè, mi pare oggi che ti ho accompagnata in chiesa per la prima comunione. E tutte quelle poesie che mi leggevi in cucina. Quante domande mi facevi Sciavè, avevi una parlantina sciolta». I ricordi felici affioravano come acqua da una falda sotterranea e la zà Sarina li elencava con minuzia, sperando di poter lenire il suo dolore. L'aveva cresciuta con tanto amore quella sfortunata nipote, e come una madre ora era straziata dalla separazione. «Ah la figghia mia, come farò senza di te? E lu picciriddu senza so matri, come avi a crisciri? Ah, fussi morta io ca sugnu anziana. No, toccò a tia, accussì picciotta. Ma lu padreternu ci pensa quannu cummina sti nchiappi?»

Arrivò intanto il consolo. Dal bar vicino camerieri con vassoi di brioscine, caffè caldo, latte, ché il focolare in segno di lutto sarebbe rimasto spento fino a due giorni dopo il funerale. A cena i vicini di casa portarono il brodo caldo e l'insalata di pollo. La folla si ritirò per lasciare i parenti liberi di abbandonarsi senza ritegno allo strazio che li dilaniava. Si sentì a quel punto una voce stentorea, era lo sgherro alto, dal naso adunco.

«Zà Sarina, è ora di andare a letto» disse, sollevandola per le braccia. Lei pianse più forte e puntò i piedi. Il boss entrò nella camera ardente e mugugnò qualcosa.

La donna si distese sulla bara. «Non ti scantare picciridda mia, dormi tranquilla. Me ne devo andare, ma a n'atra anticchia torno; ti accompagno io nell'ultimo viaggio. Tu dormi, e non pensare a niente.» Un cenno di Fofò Russo e l'uomo la trascinò via, le gambe rigide, pareva un burattino.

Le telecamere esterne registrarono nuove presenze. Macchine scure e lussuose sfilavano una di seguito all'altra sul viale di accesso alla casa; si fermavano al portone, il tempo di far scendere i passeggeri; poi scivolavano via lentamente per posteggiare un po' più in là, sulla strada principale. Erano i capi delle altre famiglie, negli abiti da cerimonia quasi consumati dall'uso, ché ne avevano frequentati di funerali quelli; la camicia bianca, la fascia d'ordinanza colore della notte sulla manica della giacca. Venivano a dolersi con il boss, a offrire la loro solidarietà, a testimoniare rammarico. Marò riconobbe Andrea Sacco, reggente della zona di Boccadifalco, Ciccio Sarcona a capo della famiglia della Vergine Maria, Onofrio Badalamenti che governava Borgo Nuovo, Gaetano Bonanno dell'Acquasanta. Li vide imboccare le scale e poi comparire nella camera ardente, si disposero secondo ordine di importanza, si segnarono la fronte, deposero un fiore, presero posto sulle sedie, poi fu il silenzio.

"Povera ragazza, uno sfregio il summit attorno alla sua bara" pensò Marò. D'un tratto una voce gutturale e cupa risuonò nelle cuffie dei poliziotti. Era pesante come un macigno, picchiava come un pestello nel mortaio.

«Io vi ringrazio che vi siete disturbati a venire fino a qua.» Marò sobbalzò, era la prima volta che lo sentiva parlare. Ingrandì l'immagine. Illuminato dalle fiamme dei ceri, Fofò Russo sembrava un gigante ferito a morte e faceva ancora più paura.

«Dovere» rispose il Sarcona.

«Ci mancassi autru» gli fecero eco i presenti. Andrea Sacco si infilò un dito nel naso.

«La famigghia viene prima di tutto. Io ve l'ho dimostrato» tuonò Fofò Russo. Le parole gli uscivano dalla gola frammentate, non parlava, sillabava; era tutto un affollarsi di consonanti dure, raddoppiate a casaccio e con un uso caotico delle vocali.

«Vi sarà riconosciuto, don Fofò.» Era sempre il Sarcona a rispondere per primo, nel tragico rituale doveva essere lui il portavoce designato dalle famiglie. «Anzi, se volete, noi ne abbiamo già parlato e, in segno di riconoscenza per il vostro sacrificio, abbiamo...»

«Senza offesa per nessuno» li interruppe lui. «Non è il momento. Io vi chiedo con rispetto di andarvene e lasciarmi piangere a mè figghia, poi ci riuniremo, ora è il momento del lutto.»

«Come volete voi.»

Ci fu un tramestio, ognuno di loro strinse la mano, lo baciò sulle guance. I capi delle famigghie attraversarono il giardino. Vestiti di nero nel buio si dileguavano e riapparivano improvvisi nel cono di luce dei rari lampioni, sembravano dei monatti. Le auto una dietro l'altra si mossero lente, era un'anticipazione del corteo funebre. Il silenzio calò sulla casa, sulla strada, sugli edifici intorno, avvolse l'intero quartiere. Improvviso risuonò nelle cuffie un lamento prolungato. Il boss inginocchiato davanti alla bara piangeva la sua Saveria e quel «Viiiih, viiih» ripetuto senza pause sembrava l'urlo di un porco scannato.

34

20 dicembre

In casa Russo per due giorni si alternarono parenti e amici ossequiosi. I poliziotti annotarono i nomi dei presenti, registrarono la litania delle condoglianze, ché anche un colpo di tosse poteva avere un significato nascosto. Don Fofò non proferiva parola: articolava grugniti, lanciava qualche sguardo, allargava le braccia, tendeva le mani. Da quel colloquio con gli altri capifamiglia, nessuno aveva più sentito la sua voce. Lorenzo Fundarò era stato per tutto il tempo nel suo appartamento, forse per scelta, o magari gli era stato interdetto il rito collettivo.

All'alba arrivò un lussuoso carro funebre, era ora di portar via Saveria, sarebbe stata sepolta vicino alla madre. La zà Sarina s'era raccomandata. «Annu a stari vicine, cà la picciridda non è giustu ca dormi sula.»

Nella camera ardente i necrofori eseguivano le ultime incombenze, quando comparve il Fundarò insieme con il figlio. Il boss non si girò a guardarli, ma fece un cenno con la mano e il nipote subito gli fu accanto.

«Voglio restare solo con mia moglie» disse Lorenzo. La sua voce tremava, chiedere gli era costato un grande sforzo.

Il suocero scattò in piedi, gli si avvicinò. Lo sovrastava di molti centimetri e dovette piegarsi sulle ginocchia per guardare il genero negli occhi. Appoggiò la fronte a quella dell'altro.

«Saveria è cosa mia. Perciò se vuoi stare con lei, mi devi dare una cosa tua. Daniele viene con me.»

Lui calò la testa, aspettò che i due si fossero allontanati, quindi cadde sulla bara.

«Amore mio, è colpa mia che non ho capito, non ho saputo, non ho potuto» e piangeva e singhiozzava, lisciando il legno pregiato, stringendo le maniglie d'oro.

«Quel bacio mi tormenta! Quello che non ti ho dato la mattina che sei morta. Mi dovevo alzare, preparare il caffè e invece sono rimasto a letto. Ah maledetto me e la mia indolenza. E ora quel bacio a chi lo do?» L'uomo poggiò le labbra sulla bara, si sentì uno schiocco sonoro. «Spero che ti arrivi amore mio, perdonami.» E d'improvviso cominciò a prendersi a schiaffi. Le sue mani si abbattevano con violenza sulle guance pallide, sciaf, sciaf, le cuffie riportavano un rumore di onde. «Non è la pigrizia il mio peggior difetto, ma la pavidità. Io dovevo morire al posto tuo, io che non ho saputo difenderti.» Quindi si portò la mano destra al cuore. «Non ti preoccupare, farò come hai detto tu e starò attento a Daniele, lo porterò via da tuo padre, te l'ho promesso, troverò il coraggio!»

Il boss arrivò silenzioso alle sue spalle. Lo acchiappò per la giacca e lo sbatté in un angolo, aveva sentito tutto. Quindi fece un cenno con la mano, entrarono i suoi uomini, che sigillarono la bara. Le stavano piantando i chiodi, pensò Marò con infinita pietà. Infine quegli energumeni la sollevarono e si avviarono per le scale. Saveria uscì di casa per l'ultima volta portata a braccia dagli sgherri del padre, che esercitava così il suo potere sulla figlia anche dopo la morte. Al suo passaggio, mormorii, singhiozzi, lamenti, preghiere cessarono e si levò un lunghissimo applauso.

«Saluta mamma» disse il vedovo a Daniele.

«Ciao» sussurrò il bambino singhiozzando.

«Un vero uomo non piange» tuonò la voce del boss.

«Ma è un picciriddu» protestò debolmente il Fundarò.

«Ma papà» intervenne il fratello di Saveria, e d'un tratto il suo corpo trasparente sembrava aver ripreso una certa consistenza.

«Anche le minchie vuote ora parlano» li azzittì quello e poggiò la mano sul collo del ragazzino. Roberto si accartocciò su se stesso.

La bara fu caricata insieme a un enorme cuscino di rose bianche. Il portellone si chiuse con un rumore cupo, erano pronti a partire. D'un tratto una signora dimessa si piazzò davanti al feretro. Marò riconobbe la madre di Manlio.

«Scendi, scendi. Che fai, ti nascondi dentro la macchina? Ti scanti di una donnetta? Vieni fuori, fatti vedere, se hai coraggio, Fofò.»

Uno dei necrofori si avvicinò e cercò di convincerla ad andare via. Lei si sdraiò per terra.

«E ora passami sopra, tanto per te ammazzare è cosa di ogni giorno.» Il boss se ne stava chiuso in macchina, nascosto agli occhi della gente dai vetri scuri; e lì rimase, mentre la donna urlava tutta la sua disperazione.

«Tu ci colpi, prima Saveria e poi me figghiu. Ma il Signore vede e provvede. Ce l'hai qualcuno a cui vuoi bene? Sì che ce l'hai! Quel tuo nipote, che ti covi come una ciocca, è il tuo punto debole; certo non sarò io a fargli del male, io sono madre, come potrei? Ma lo stesso devi stare attento, ché la mano di Dio è potente.»

Gli uomini di don Fofò la presero di peso per braccia e gambe e la posarono sul ciglio della strada, come si fa con un sacco di munnizza. Quindi il corteo partì. Dietro il feretro la macchina del boss, poi quelle lussuose dei capifamigghia, infine a piedi la gente del quartiere, con il vedovo e la zà Sarina. Le strade fino al cimitero erano presidiate, il traffico impazzito, ma nessuno osò protestare, né strombazzare. Gli automobilisti se ne stavano al loro posto osservando un silenzio rispettoso.

35

23 dicembre

La scientifica aveva inviato un primo esito degli esami del DNA: i tessuti confrontati corrispondevano, il morto bruciato era il killer della pasticciera. L'ufficio stampa del questore rilanciava spesso con un comunicato, ma i giornali avevano smesso di parlare del delitto dell'Immacolata. L'attenzione dei media era concentrata tutta sul Natale, ché mancavano solo due giorni. Marò si era svegliata bene. Accese la tv, per il tg regionale. Bellomo sorrideva dalla sua stanza, i capelli gellati all'indietro, il faccione cordiale sotto l'abbronzatura dello sportivo. Non era poi così male. Marò cercò il telecomando per alzare il volume, non lo trovò. Buttò tutto all'aria, niente. Intanto il questore si pavoneggiava, il mento proteso, i denti bianchi in bella mostra, le mani curate che toccavano delicate il nodo della cravatta per tornare poi dietro la schiena. Lei poteva facilmente intuire il motivo di tanto orgoglio e attraverso il labiale captò le parole chiave: «Gruppo antifemminicidio, l'eccellenza della squadra Mobile di Palermo, l'impegno dello Stato...». Sullo sfondo la foto di Marchino Serrano, con quegli occhi puntuti che pareva tornato dall'aldilà.

Marò andò in bagno. Muta e minacciosa la bilancia se ne stava tra la doccia e la parete. Da una settimana la vicequestora seguiva con rigore la dieta, era arrivato il momento di pesarsi, ché la dottoressa non le aveva raccomandato altro. «Non si pesi ogni giorno, il dimagrimento è bizzarro, come la crescita. Certi giorni non si scende di un etto, poi tutto d'un botto: due chili di meno.» Ma dal sedici al ventitré dicembre erano ben sette giorni! Dopo sarebbe andata in centro a comprare qualche regalino e un vestito nuovo per festeggiare la sua ritrovata forma. Il cuore batteva forte mentre l'ago oscillava. «Sessantuno, due, tre... cinque. Cazzo!» urlò. Scese, risalì, controllò la tara, nzà mà la bilancia si fosse inceppata, era ingrassata di tre chili. «E certo, il dolcetto, ma lontano dai pasti. E il soffritto tutti i giorni. Sciii, sciii, devono fare le verdure quando le cuoce» Marò rifaceva il verso alla nutrizionista. Ah, se l'avesse avuta tra le mani. In galera la voleva portare. Mentre sbraitava suonò il telefono.

«Dottoressa, ho bisogno di parlarle.» Era il Fundarò, la sua voce era un filo pronto a spezzarsi.

«Ci vediamo dopo Natale in ufficio.»

«No, se aspetto finisce che mi manca il coraggio. E poi non vorrei che qualcuno mi vedesse entrare alla Mobile.»

«Vediamoci a porto Sant'Erasmo tra dieci minuti.»

«No, adesso non mi posso muovere. Lui mi controlla. E poi lì, alle porte di Brancaccio, sono troppo esposto. Questa sera, al Monte Pellegrino, nella grotta di Santa Rosalia. Ci vado ogni anno per devozione e aiuto il parroco a sistemare per la messa del venticinque.»

Era la prima sera di quiete dopo un lungo periodo di pioggia; l'aria era ferma, fredda ma non pungente. Il mare si faceva sentire con il suo respiro virile e il profumo aspro, che il vento aveva sparso per tutti e quattro i mandamenti. Marò bardata di tutto punto si avviò all'appuntamento. Una luna grande e bianca vegliava sul Monte Pellegrino. Lei guidava con prudenza, l'asfalto era scivoloso e i tornanti si susseguivano uno dietro l'altro sempre più stretti, erano le spire di un serpente. Da un lato le rocce scabre e puntute risplendevano come gigantesche perle. Dall'altro lo strapiombo che a tratti era bosco, a tratti mare; sul versante di Palermo, acqua nera di buio; su quello di Mondello, bianca di luce. Da lontano la città sembrava uscita dritta dalle mani di Dio.

La Santuzza era sdraiata nella teca. D'oro i suoi vestiti, d'argento gli ornamenti, lo sguardo sollevato verso un cielo di vetro, marmo e cemento. La grotta sembrava vuota. Il parroco comparve dal nulla e le fece cenno di seguirlo. Dietro l'altare, appoggiato alla roccia, Lorenzo Fundarò se ne stava accucciato, in mano una sigaretta spenta. «A casa non posso fumare, per non dare il cattivo esempio a Daniele.»

Marò sorrise della sua ingenuità, il bambino passava le giornate con quell'assassino del nonno, altro che cattivo esempio!

«E qua nemmeno, per rispetto alla Santuzza» tremava Fundarò, era un fascio di nervi.

Il parroco sorrise con un'espressione comprensiva. «Senti, figghiu miu» gli disse, «questa è grotta, no chiesa. Siamo all'aperto, adduma la sigaretta.»

In lontananza si levò un ululato prolungato. «La sirena del postale» disse don Gaetano. «Nelle notti d'inverno arriva fin qui. È un invito a prendere il largo, una speranza di libertà per chi non trova arrisetto in questa città schiava.»

«Saveria pensava di scappare per mare» disse il vedovo.

«Ma se aveva un biglietto aereo per l'Olanda.»

«Fumo negli occhi, dottoressa.»

Don Gaetano offrì loro due bicchierini di amaro della Santuzza. «Non fa miracoli, ma cu stu friddu quaria.» Il liquore, estratto dalle erbe del cammino della Quisquina, sapeva di caramello e selvatico. Il prete lasciò lì l'intera bottiglia. «Me ne vado, domani è la vigilia, ne abbiamo di lavoro. Lorenzo, ricordati della promessa» e lo incoraggiò con un buffetto.

«Mi racconti dall'inizio» disse allora Marò.

«Sono qui per un giuramento fatto a mia moglie, non so nemmeno io chi mi ha dato il coraggio di telefonarle. La Santuzza forse. Lei però deve aiutarmi a portare via Daniele e a nasconderlo.»

Marò sollevò la mano destra e calò la testa.

«Da dove comincio?»

«Da dove vuole.»

«Io amavo mia moglie. Sa quegli incontri felici che capitano raramente nella vita? Ci piacevano gli stessi giochi, le stesse pietanze; tifavamo per la medesima squadra di calcio. Saveria era una ragazza dolcissima e buona, incapace di odiare. Ce l'aveva solo con suo padre. Per questo da ragazzini eravamo scappati. Non è stata una fujtina per forzare la mano al boss, è che lei sperava in una vita libera e più allegra, in quella casa ne aveva passate, povera ragazza! Botte, punizioni, pure un braccio rotto. Ma lui ci trovò, aveva una rete di informatori che manco i servizi segreti. Io per amore mi sono messo contro la mia famiglia. Se l'immagina cosa significava per un magistrato imparentarsi con Fofò Russo? Mio padre me lo chiese con le lacrime agli occhi di non andare più da lui, altrimenti avrebbe dovuto dimettersi. Io però non potevo vivere senza Saveria. Non gli diedi ascolto e così, solo, caddi nelle grinfie di mio suocero. Lui era geloso della figlia, nessuno doveva avvicinarsi a lei. Quante volte mi ha chiuso fuori, facendo finta di essersi sbagliato. Prima della nascita di Daniele, non sa cosa ho dovuto sopportare. Se non fosse stato per la zà Sarina... ci ha sempre protetti. Quando è arrivato il bambino, abbiamo sperato di avere un po' di pace. Ma quello si era messo in testa che il nipote sarebbe diventato capofamigghia alla sua morte, ché di Roberto non ha alcuna considerazione. Nonostante tutto, avevamo momenti di profonda felicità. La mattina, per esempio, quando mettevo in tavola la colazione e ci trovavamo a ridere e giocare tutti e tre insieme. Saveria a un certo punto, quando l'atmosfera diventò insostenibile, ha cominciato a pianificare la fuga. Pensi che ogni giorno portava via da casa un vestito, un paio di scarpe, nascosti nella borsa. Li lasciava da Manlio, che ha pagato con la vita la sua generosità.»

«La madre di Manlio dice che voi litigavate sempre.»

«Volevamo confondere le acque e, nel frattempo, io tentavo di farmi amico il padre. Provai a stringere una sorta di patto tra maschi, ma lui mi ha sempre disprezzato. Il piano era che Saveria sarebbe scappata e poi, a bocce ferme, l'avrei raggiunta con Daniele. Ma mio suocero ha capito tutto e cominciò a spiarla. Anche i capi delle altre famigghie avevano da ridire su Saveria. Il Sarcona è venuto a casa una sera tardi, e penso che abbia chiesto a Fofò di prendere provvedimenti. Sua figlia sapeva troppe cose e se scappava poteva mettere in pericolo gli affari di tutti. Quando andammo in questura per chiedere il passaporto di Daniele, qualcuno dell'ufficio lo avvertì. Quelli hanno uomini ovunque. Per questo me la sono pensata prima di chiamarla, dottoressa Pajno, non mi sento al sicuro nemmeno con uno squadrone di poliziotti. È stata la zà Sarina a convincermi. "Quella è fimmina, e Fofò alle fimmine non le addinga. Lei ti può aiutare".»

«E poi che è successo?»

«Saveria quella notte, l'ultima che abbiamo passato insieme, me lo chiese con le lacrime agli occhi: "Salvalo Daniele, occupati di lui, qualunque cosa succeda a me". Poi abbiamo fatto l'amore, ancora dopo tanti anni la passione era così forte. E ce ne stavamo sul letto ad accarezzarci e baciarci come due adolescenti. Sa, ero, sono, pazzo del suo corpo. Lei non era perfetta, lo so, ma era morbida e aveva una carne sincera. Con quella biancheria sembrava una dea. Gliela compravo io, ché suo padre le lesinava i soldi. Meno Saveria possedeva e più doveva sottostare. E anche a me, ha fatto cambiare lavoro tre volte. Mi assumevano, e dopo sei mesi mi licenziavano. Era lui il grande puparo. Finché mio padre, rischiando accuse di corruzione, mi ha procurato un posticino al Comune. La nostra vita era un inferno, ma la sera, quando Saveria si cambiava e me la trovavo tra le braccia, ci perdevamo in paradiso.» L'uomo si fermò, stava piangendo. «Scusi, dottoressa, sono cose intime, da non raccontare; ma per un attimo mi è sembrato di averla di nuovo qui, di respirare ancora il suo fiato, assaporarne la bocca!»

"Altro che amante" pensò Marò e nel suo cuore si fece largo un sentimento di bonaria invidia per quell'amore vero ed eterno.

«La mattina dell'Immacolata Saveria aveva un presentimento. E volle indossare il completino nuovo, il mio regalo di Natale. "Mi sembra di averti con me" disse, ché non sarebbe tornata a casa nel pomeriggio come al solito, ma avrebbe preso la nave per Napoli. Lì c'era una compagna di scuola che l'aspettava. Prima che il padre si rendesse conto della fuga sarebbe passato un po', ché il giorno dell'Immacolata lei lavorava sempre oltre l'orario di chiusura e un ritardo non avrebbe insospettito nessuno.»

«Lei sta insinuando che il mandante dell'omicidio di Saveria è Fofò Russo?»

«Sì, mia moglie l'ha fatta ammazzare lui, per non perdere la faccia con le altre famiglie. A Saveria la mafia faceva schifo e lo diceva in giro senza paura. I caporioni non temevano solo che lei rivelasse segreti, erano preoccupati che le sue parole minassero la loro autorità. Perciò avevano ordinato una punizione esemplare. "Dovete avere tutti paura, compresi i parenti" questo era il messaggio che i boss hanno voluto dare.» Il vedovo ora piangeva, il suo naso colava; lacrime e moccico si mischiarono in un rivolo appiccicoso sul mento. «L'ultimo bacio non ho potuto darglielo, mi è rimasto tra le labbra, ché quando hanno sigillato la bara mi hanno cacciato fuori.»

«La sua testimonianza non mi basta, ci vuole dell'altro per arrestare Fofò Russo.» L'uomo tirò fuori dalla giacca uno strofinaccio, dentro c'era una pistola.

«Ecco, guardi. Questa è l'arma del delitto.»

«Dove l'ha presa?»

«L'ha trovata la zà Sarina, era in giardino, nascosta dentro una buca del gallinaio. Ci crede che fu Teresina? S'era messa a covare sempre nello stesso punto e mai un uovo. La zà Sarina pigliò la pala e trovò sta bella sorpresa.»

«Senta, io la pistola la prendo e la porto alla scientifica...»

«Prima mettiamo in salvo Daniele, dobbiamo sbrigarci. Finché il boss rimane convinto che sono un cacasotto non corro alcun pericolo. Ma mi sono lasciato andare a uno sfogo il giorno del funerale. E lui ora mi guarda con sospetto. Se ha il sentore che posso portargli via il nipote è capace di farmi sparire in un lampo. Il problema è far uscire mio figlio da quella casa, ché lui se lo tiene sempre stretto. Dobbiamo farlo la notte di Natale, la zà Sarina lo porta a messa, io rimarrò a casa in ostaggio.»

«Qual è la chiesa?»
«San Michele.»
«Bene, conosco il parroco, e nella sagrestia c'è un'entrata secondaria, che dà su un'autorimessa. Mi troveranno lì. Contemporaneamente i miei uomini verranno ad arrestare don Fofò. Lei invece...»
«Oh, di me non m'importa.»
«Invece è importantissimo! Non solo deve occuparsi del bambino, ma poi dovrà venire in tribunale, ché sulla pistola non troveremo certo le impronte di Fofò Russo e per portarlo a processo c'è bisogno del testimone d'accusa. Non tema per il futuro, avrà il trattamento dei collaboratori di giustizia, le cambieremo nome, le daremo un lavoro e vivrà lontano.»
Marò adesso aveva una risposta a quella domanda che si era fatta più volte: può un uomo così malvagio amare? No, che non può. L'amore è un'attitudine dell'anima e va di pari passo con la bontà e il senso etico della vita. C'erano ancora parecchi interrogativi aperti. Chi era il secondo uomo sulla scena del crimine? E come mai il boss aveva delegato Marchino Serrano e non l'aveva uccisa lui in persona? Perché aveva disatteso il codice d'onore delle famiglie mafiose?

Parte terza

NATALE

CANNOLA

Per la scorcia:

Farina di grano duro: 800 grammi
Sugna: 150 grammi
Uova: 4 tuorli + 2 albumi
Zucchero: 75 grammi
Vino bianco: ½ bicchiere
Aroma di vaniglia

Impastare farina, sugna, zucchero, aroma di vaniglia, uova, vino bianco. Tirare delle sottilissime sfoglie, tagliarne dei quadrati di dieci centimetri; avvolgerli su un fusto di canna e unire le due punte. Friggere in olio bollente fino a quando prendono un leggero colore bronzeo. Sfilare dalle canne e far raffreddare.

Per la crema di ricotta:

Ricotta: 1 chilo
Zucchero: 500 grammi
Latte: un pochino
Cannella
Canditi
Cioccolata amara a gocce

Unire la ricotta dolce con lo zucchero e sbattere con la forchetta. Allungare con un po' di latte e aromatizzare con vaniglia e cannella. Passare al setaccio e incorporare 200 grammi di canditi a dadini e pezzettini di cioccolata.

Farcire gli involucri solo prima di servire, perché rimangano croccanti. Spolverare con zucchero a velo, guarnire con scorza d'arancia candita.

36

24 dicembre

La macchina si fermò davanti alla chiesa di San Michele. Ce n'era voluto per convincere don Fofò a separarsi da Daniele. Aveva preparato tanti regali e voleva aprirli con il nipote.

La navata era zeppa di fedeli, l'atmosfera gioiosa, ché la nascita di un bambino è sempre una grazia. Poco prima di mezzanotte si levò alto nella chiesa il coro. «È la notti di Natali, susi pasturi nun dormiri chiù, lu vidi che è natu u baminu Gesù.» Un bambinello di cera comparve nella mangiatoia. Bianco e rosa, i piedini incrociati, le mani alte, le braccine tese a distribuire amore. Pochi minuti dopo, la zà Sarina e Daniele bussavano alla porta di Carmela e Janek, nessuno li avrebbe cercati lì, quella casa era più sicura della questura stessa. Carmela aveva preparato un grande letto con lenzuola croccanti e profumate; una pentola di pasta con il broccolo arriminato, un repertorio di canzoncine per addolcire la malinconia di tutti.

«Iddu dormi e s'addurmenta, la vuccuzza fa oduri di menta; iddu dormi e s'arriposa e la vuccuzza fa oduri di rosa.»

Era disorientato Daniele, non impaurito. E fu tra un canto e l'altro che venne a sapere la verità sulla mamma. Non pianse, così gli aveva insegnato suo nonno. Rimase abbracciato al petto scarno della zà Sarina e all'improvviso lanciò il suo anatema: «Appena divento grande lo ammazzo», la sua voce era rabbiosa, il viso duro di un adulto. L'educazione del boss aveva dato i suoi frutti.

Janek inorridì. «C'è ancora tempo per cambiare lui?» sussurrò. Carmela si avvicinò al bambino, gli puntò un dito contro il petto: «Tu!» gli urlò, «lo sai che succede se ammazzi qualcuno? Pure che è un fango come tuo nonno?» e cominciò a cantare la canzone del carcerato. «Buttana di to mà, ngalera sugnu, senza fari un millesimu di dannu. Tutti l'amici mia cuntenti foru, quannu carzarateddu mi purtaru. Hannu a finiri sti vintinov'anni, unnici misi e vintinovi jorna!»

Daniele cominciò a piangere, era un bambino solo e spaventato. «C'è ancora tempo» sussurrò Janek rassicurato, mentre la sua compagna intonava una nenia consolatrice: «Bambineddu, picciliddu, lu me cori u voli iddu, iddu cianci ca lu voli...».

Contemporaneamente la casa del boss veniva circondata e don Fofò finiva in galera con l'accusa di essere il mandante dell'omicidio di Saveria, di Manlio Proja e di Marchino Serrano. Sul pianerottolo l'uomo fissò il genero che assisteva all'arresto. Non disse niente, ma gli sputò addosso. Fu quello l'unico cedimento. In carcere rimase in isolamento fino a quando arrivarono la dottoressa Palumbo e Marò. Lui non spiccicò una parola, le fissava con commiserazione, quelle due erano meno che niente, perché erano sbirre e prima ancora perché erano femmine.

Lo lasciarono dopo alcune ore di silenzio, se ne andarono, era Natale per tutti. Marò a casa fissò il soffitto per qualche minuto. Era troppo eccitata per dormire. Decise allora di preparare i cannoli. Aveva promesso a Nanà che ci sarebbe stata per il pranzo con tutti i parenti e non voleva presentarsi a mani vuote.

37

25 dicembre

Preparò le cialde, l'olezzo di fritto alle sette del mattino inondò il cortile della Correria e si spinse, attraverso le finestre, fino a piazza Borsa, risvegliando i turisti di un albergo di lusso. "Non ne tocco nemmeno uno" s'era ripromessa, osservando orgogliosa quei cilindri bronzei, ripieni di ricotta spumosa, con le scorzette d'arancia che parevano sorrisi ammiccanti. "Potessi morire fulminata se li mangio" si ripeté; dopo l'esperienza con la nutrizionista aveva deciso di far da sé e di eliminare pasta, pane e dolci.

La punizione di quel padre crudele l'aveva resa più forte. Marò sentiva di essere vicina a un punto di svolta e di aver innescato un circolo virtuoso. Da due giorni mangiava poco e la voglia di dolce era scomparsa. Con l'aiuto di Carmela avrebbe tirato a lucido la cucina e riempito la dispensa di cibi sani. I cannoli per il pranzo di Natale erano un gesto di fiducia nel futuro e nella sua forza di volontà.

Fece quindi una doccia e bussò alla porta della madre con un'espressione tirata.

«Buon Natale!», «Auguri», «Evviva!» risuonò nell'ingresso. Sembravano tutti felici e per qualche minuto si illusero di esserlo, i complimenti scoppiettavano da un punto all'altro della casa come petardi. «Che bel vestito, Nanà!», «Livio, uomo di sostanza eh?», «Zia, guarda che mi sono fatto!» Il nipote le mostrò un grosso tatuaggio sul polpaccio. In quel cicaleccio pesava come un macigno il silenzio della madre. "Meglio, che quando parla fa danno" considerò Marò, ma si sentiva a disagio.

Si scambiarono i regali, le solite cose inutili. A lei arrivò un piccolo cronografo con la faccia di Mickey Mouse e un paio di scarpe da ginnastica. «Così ricominci a correre» le sussurrò la sorella in un orecchio. Poi si misero a tavola. Marò controllava di continuo il nuovo orologio. Le tonde orecchie di Topolino si muovevano sul quadrante con una lentezza inusuale. Ogni minuto nuovo pesava quanto un'ora del suo vecchio tempo. Dopo qualche bicchiere di vino, l'aria si riscaldò. Si scherzava, ma i sorrisi, i gridolini di gioia, avevano un che di artificioso, quel pranzo era una pantomima. A un certo punto la madre non si tenne più e cominciò la solita tiritera. «E perché non ti sposi come ha fatto tua sorella? Ma com'è che non è venuto pure il tuo fidanzato? Ma metti la testa a partito!»

E quando disse: «Ah, tuo padre si rivolterebbe nella tomba!» lei ingoiò uno dopo l'altro tre cannoli, livida di rabbia si alzò e senza dire una parola fuggì via.

Fece un giro con la Vespa, in una città inondata di sole. Nanà la trovò sotto il portone di casa. «Me ne sono andata pure io» le disse e l'abbracciò.

«Tre cannoli ho mangiato! Niè, mamma è più forte, io contro lei non ci posso.»

«Marò, non è che un poco di carne non ti dona.»

Ricacciò indietro le lacrime, l'affetto della sorella l'aveva commossa, oppure le bruciavano le battute della madre.

«Senti a mia, io non lo so che ci piglia a mamma. Pare che non ne può fare a meno di dire quelle cose. Il fatto è che ne ha passate tante...»

«Sì, ma che c'entra ora papà?»

«Ce l'ha con lui.»

«Ma se quello era un santo.»

«Le cose non sono come sembrano» rispose Nanà. Marò sgranò gli occhi, pure sua sorella con quel tormentone.

«Tu non te lo puoi ricordare, perché eri troppo piccola; papà con noi era tutto zucchero e miele, ma a lei gliene ha fatte passare...»

Marò la interruppe: «A scumissa che mamma fa la stronza e la colpa è di papà?».

Nanà scosse la testa, un'ombra di tristezza le passò per le guance paffute. «Era buono, ci voleva bene, ma aveva bisogno di controllare tutto e tutti. Con noi lo faceva in modo morbido, ci dava soldi, regali, non alzava mai la voce; al momento opportuno riusciva a convincerti che aveva ragione. Con la moglie era autoritario e prepotente, lei si è dovuta difendere. Ora non voglio dire che mamma si sia comportata bene con te, ma i suoi modi bruschi qualche giustificazione ce l'hanno.» Marò era disorientata. Certo che a Natale viene a galla di tutto! Lei, questo padre che Nanà le raccontava, proprio non lo conosceva. «Però tu hai ragione» continuò la sorella, «e pissì e pinnò, da mamma non ci andare più: vedrai che la tua anima non avrà più bisogno di zucchero, anche se un poco di carne ti sta bene. Stattene lontana per un po', non è che sempre si deve affrontare la battaglia, certe volte si può anche scappare.»

Le diede una pacca sul sedere e salì in macchina, il marito l'aspettava paziente alla guida.

La Pajno decise di passare alla Mobile, ché se fosse rimasta sola avrebbe fatto fuori un intero panettone e dei torroncini cui aveva eroicamente resistito nei giorni precedenti.

C'era solo il poliziotto di turno, Fedeli di sicuro era a casa, quello era il momento della tombola.

Riprese il fascicolo della pasticciera. Il pensiero dello sconosciuto con la felpa era tornato a galla. La scientifica aveva definitivamente confermato che la Ruger aveva sparato entrambi i colpi. Sulle guancette del calcio erano stati isolati due tipi di DNA, uno apparteneva a Marchino, l'altro non lo avevano identificato.

Accese il computer e fece scorrere le immagini del video, si fermò su quelle del ragazzo dalla felpa nera. "Chi sei? Dove ti nascondi?" si chiese.

Mandò avanti e indietro le immagini, le allargò. Fissò l'incappucciato finché ebbe l'impressione di averlo conosciuto. Quelle gambe larghe, il pacco ostentato come un trofeo, l'andatura spocchiosa del maschio convinto che tiene lì, proprio lì, il segreto per far felici tutte le donne del mondo, le aveva viste davvero quelle cose oppure le erano solo familiari? In fondo di ragazzi di quel tipo nella sua vita ne aveva incontrati. E d'un tratto tutto ebbe un senso, si trovò a gioire e dimenticò persino le offese della madre. Chiamò Fedeli: «Buon Natale, ispettore!».

«Buon Natale, dottoressa!» rispose quello allegro.

«Che fa, ti disturbo?»

«No, dottoressa, ma perché non viene a bersi un caffè da noi? Siamo sopra al bar Mezzadro. Tra poco inizia la tombola, sono sicuro che si divertirà.»

Fu tentata di rifiutare e convocarlo in ufficio con urgenza. Ma era Natale e disse di sì.

Ci mise pochi minuti ad arrivare. Il bar era come di consueto aperto. Il proprietario dalla cassa osservava i pochi avventori con l'occhio dell'antropologo, faceva il giornalista e da quell'umanità dolente traeva ispirazione per interessanti pezzi di costume. Una coppia di anziani che si divideva una porzione di anelletti al forno; un uomo dallo sguardo assente che stringeva un bicchiere vuoto. La solitudine di quella scena era resa ancora più acuta dalle voci festose che dal primo piano cadevano come una pioggia tintinnante sul marciapiede.

La vicequestora suonò e fu accolta come una regina. La costrinsero a sedere al posto d'onore e, visto che non accettò neanche una nocciolina, per non essere sgarbata dovette giocare una partita a tombola e... vinse. Non lo disse, lasciò che uno dei bambini intascasse il premio, mentre lei si godeva una improvvisa, intima gioia, ché donare certe volte può essere molto più gratificante che ricevere.

Poi chiamò l'ispettore in disparte. «Dobbiamo andare a prendere una persona.» Lui non fece domande. Salirono sulla Vespa. L'ispettore gravava con il suo peso sulla ruota posteriore, quella anteriore si sollevò, la moto era adesso un cavallo fremente, pronto a ribaltarsi. Camminarono lenti, ché il parafango nelle curve toccava l'asfalto con lo stridio di una fresa. Fedeli si era aggrappato timidamente alla giacca della sua capa, lei guidò con prudenza, la paura dell'ispettore l'aveva intenerita. Lasciarono la moto alla Mobile e presero una macchina di servizio. Lungo la strada Marò chiamò la Palumbo. «Buon Natale» esordì. «Grazie, dottoressa Pajno, ma per noi buddisti è un giorno come un altro.» Non ci aveva riflettuto. "Meglio" pensò, "così non ho scrupoli a disturbarla in un giorno che per i cattolici è sacro." «Le volevo chiedere di passare alla Mobile tra un paio d'ore per un nuovo interrogatorio.»

Roberto Russo sembrava che li aspettasse. Aprì subito la porta, indossò la giacca e offrì i polsi per le manette. Salutò la zà Sarina senza rimpianti e lasciò la casa paterna con un'espressione di sollievo sul viso; tra quelle mura che trasudavano sofferenza, aveva paura a star da solo.

In ufficio chiese il permesso di sedersi, sembrava così educato. Parlò senza farsi pregare, non aveva la stoffa del duro. Sì, era lui il secondo uomo sulla scena del crimine. «Ma non l'ho ammazzata io. Marchino ha sparato.»

«Ma lei che ci faceva nascosto nella pasticceria, e perché non ha difeso sua sorella?»

«La storia è lunga...»

«E noi non abbiamo premura. Ci racconti tutto dall'inizio.»

«Vede, dottoressa, io e mia sorella siamo frutti caduti lontano dall'albero. Io non ho la stoffa del mafioso, i morti mi fanno paura, assomiglio a mia madre, una fimminedda duci e senza nerbo. Mia sorella invece mpettava con mio padre, gliele cantava tutte in faccia. Era una cugghiunuta, aveva le sue idee e si è fatta ammazzare per difenderle. Io, fin da bambino, ho cercato di farlo contento. Niente, lui invece mi disprezzava, proprio per il mio carattere. All'inizio del mese mi chiamò. "Vieni qua, figghiu miu. Lo so che tu vorresti lavorare per me. E ora è arrivata l'occasione giusta. Fammi questa cosa che ti dico, dimostra che vali quanto me e un giorno, se Dio vorrà, potrai allora prendere il mio posto." Minchia. Mio padre che finalmente mi faceva l'onore di chiedermi qualcosa! Ci calai la testa, con il cuore che faceva come un pazzo. Lui senza né ah né bà mi ordina: "Devi togliere di mezzo Saveria". Ora io il coraggio di far fuori mia sorella non ce l'avevo, provai a dissuaderlo da quella ammazzatina, in fondo le volevo anche bene. "Perché proprio io?" gli domandai. "Perché idda è parte della famigghia e, secondo le regole dell'onore, non la può toccare nessuno se non un parente stretto." Per la prima volta gli dissi di no. "Facciamo così, o tu o lei" mi rispose e non mi lasciò scelta. Mi fece accompagnare da Marchino, per controllarmi. Ma Saveria se ne accorse che ero nascosto dietro le sedie, e io cominciai a tremare, sparai lo stesso e mancai il bersaglio, colpendola di striscio. Lei cadde lenta, lenta, pareva una pampina che girava nel vento. Mi avvicinai, invece di scappare. Ero...» fece una pausa. Roberto cercava nel suo esiguo vocabolario le parole per dare corpo a un pensiero più grande di lui. «Ero... proprio come diceva mio padre, una minchia vuota. Lei mi guardò con quei suoi occhi verdi e luccicanti come stelle. Mi parse di vedere mia madre che, poco prima di morire, evidentemente se la sentiva, mi abbracciò, non se la fidava manco a sollevarsi dal cuscino, e disse: "Vattene lontano, tuo padre vi ammazzerà tutti come sta facendo con me". E aveva ragione. Prima lei, perché quello che si dice in giro, che iddu l'ha avvelenata, è vero; sempre per il troppo amore, per la gelosia che lo mangia vivo; poi Saveria; e ora sarà il mio turno. Se non mi proteggete, mi farà ammazzare da uno della famigghia. Tornando al discorso, allora Marchino mi strappò la pistola di mano e la ammazzò.»

«Vuole fare una pausa?» chiese la magistrata. Roberto Russo era molto provato, il suo corpo non stava fermo un attimo, batteva i denti. Lui fece cenno di no, aveva fretta di concludere.

«Supplicai Marchino di non dire nulla a casa. Quello fu felice di potermi tenere in pugno. E quando mio padre gli diede ordine di far fuori Manlio, lui mi ricattò. "Il frocio l'ammazzi tu, altrimenti me la canto con il boss." Era un bastardo, un cane che non conosceva padrone.»

La vicequestora sobbalzò. Aveva sentito il puzzo di cane bagnato vicino a Marchino, il suo olfatto funzionava ancora; era stata la sua intuizione a indurla nell'errore suggerendole devozione, il Serrano invece era un cucciolo infido.

«Andai da Manlio quella sera, con una scusa» continuò il ragazzo. «Gli chiesi se mi dava il cd con la voce di Saveria. "Ho nostalgia di lei." Lui si fidava di me, tutti lo sapevano che ero fuori dalla famigghia. Salimmo in terrazza, e mentre cercava la chiave per aprire la porta lo spinsi di sotto. Ecco come sono andate le cose. Manlio era alto e impostato, ma io ogni giorno vado in palestra. E poi nella vita la forza non te la danno i muscoli, ma la disperazione.»

Roberto Russo tirò un lungo sospiro, si era liberato di un peso. Il carcere non lo spaventava, ché quello duro se l'era già fatto con suo padre. Anche Saveria era finalmente libera, considerò Marò. I due fratelli avevano avuto una vita terribile, con una conclusione dolorosa. Famiglia o famigghia, la radice di tutti i mali era sempre lì.

La Palumbo firmò subito il mandato d'arresto. Era stato un malo Natale, finito bene, se così si poteva dire.

Marò passò la notte a scrivere il rapporto, poi chiese una settimana di ferie, aveva dei conti in sospeso con se stessa.

38

1° gennaio

Il periodo successivo all'arresto di Roberto Russo Marò lo passò tra la sensazione di vuoto che segue la conclusione di un'indagine e l'attesa ansiosa della successiva. Il suo cervello eccitato era incapace di riposare, il suo corpo esausto invece si rifiutava di collaborare. Saveria con il suo dramma aveva fatto affiorare ricordi, emozioni dimenticate. La vicequestora aveva cominciato a riflettere sulla sua infanzia, su certi comportamenti che la danneggiavano. Voleva trovarne le cause, guardare in faccia i problemi senza più nascondersi. L'avrebbe fatto, per non permettere più al passato di rovinare la sua vita, di incupirle il cuore. Cercò anche di consolidare i risultati della sua personale battaglia contro il mostro della bulimia. Mise in atto un semidigiuno di cui aveva letto qualcosa sul web. La disciplina era per lei un problema, ma la lontananza dalla madre la aiutò. I primi due giorni furono durissimi. Affrontò con molte difficoltà una vera e propria crisi di astinenza: mal di testa, crampi, nervosismo. Ma d'un tratto si trovò lucida e piena di energia. Mise allora ordine nella sua casa e nella sua vita. L'aiutò Carmela con strofinacci puliti e detersivi profumati. Buttò via vecchi vestiti, insieme ai ricordi spiacevoli. Vuotò i cassetti dalle ricevute accumulate, scoprì la gioia di un armadio semivuoto, che poteva essere riempito di cose belle.

Rimase a casa la notte di capodanno, a guardare i fuochi d'artificio in solitudine. Avrebbe messo ordine anche nelle amicizie. Spento il telefono per evitare messaggi e telefonate di auguri, si era addormentata sul divano con una bottiglia di champagne vicina, che poi non aveva neanche aperto.

Il sonno era stato profondo e ristoratore. Al risveglio praticò una buona mezz'ora davanti a una parete bianca, cercando di vuotare la testa dai pensieri, attenendosi alle istruzioni della Palumbo. Lo faceva da qualche giorno e ne sentiva già i benefici. Prima della doccia si pesò. «Sessantatré!» aveva perso due chili e con la sola forza di volontà.

Il caffè quella mattina dovette prepararselo lei, ché il bar sotto casa il primo gennaio era chiuso. Se ne andò in terrazzo a berlo. Un sole radioso s'era levato sulla città. Il gatto vagabondo si strusciò contro le sue gambe. Era uno strano animale, compariva e scompariva a suo piacimento; quella mattina Marò ebbe l'impressione che non fosse tornato per caso, ma per annunciarle un anno denso di eventi. Lo accarezzò in silenzio, quindi accese il telefono. Il primo messaggio era di Marina: "Auguri nelle assurde lontananze". Non le rispose, quella era una parentesi chiusa per sempre. Le venne in mente Sasà, anche con lui era finita. Non provò il solito rammarico, ma una sorta di comprensiva accettazione di un capitolo della vita. Il suo cuore era un po' come il suo armadio: semivuoto, qualche bel ricordo era rimasto, ma c'era abbastanza posto per accogliere il nuovo. In quel momento la chiamò il questore.

«Disturbo, dottoressa?»

«Già sveglio, dopo una notte di festa?»

«Le feste non mi piacciono. Sono rimasto a casa e pensavo a lei.» Adesso questo che voleva?, si chiese Marò con una certa allegria.

«Non fraintenda, dottoressa. È che stavo riordinando le carte nel mio studio, lo faccio ogni primo dell'anno e traccio una sorta di bilancio. Sono molto orgoglioso del lavoro svolto. Abbiamo risolto un vero caso di femminicidio e lei è stata bravissima. Con una sola indagine abbiamo dato un colpo alla mafia e al patriarcato.»

«È più facile ammazzare un padrino che un padre» scherzò Marò, ma la considerazione meritava di essere approfondita. «E dove lo avete mandato il Fundarò?»

«Nelle Langhe con il figlio, in un posto segreto. E grazie al fondo per le vittime della violenza di genere. Be', per la verità ancora non lo hanno istituito, il progetto di legge ha un iter lungo. I soldi glieli ho dati io, Lorenzo me li restituirà quando avrà un lavoro o appena lo Stato comincerà a pagare.»

Lei era sbigottita. Quel fighetto, elegante e carrierista, aveva un cuore!

«Certo che se il Fundarò beneficerà di questo sussidio per le vittime della violenza di genere ci sarà da ridere. Si parla delle donne e il primo assegno arriverà a un uomo! Cascate sempre in piedi» esclamò Marò.

«Dottoressa, abbiamo pensato pure a lei. Avrà un encomio, diventerà primo dirigente.»

«Basta che non mi trasferiate altrove...»

«A quanto pare comincia ad affezionarsi al gruppo.»

«No, è che...» Marò si interruppe, non poteva certo confidargli che a ogni femminicidio scopriva una parte di sé e acquisiva sempre più consapevolezza delle sue qualità.

«E comunque rimane in piedi il mio progetto per farla diventare questora. I giornali di ieri tracciano un resoconto dell'anno passato e dedicano molto spazio alla nostra squadra. Insomma, iniziamo con ottime prospettive. Mi rimane da risolvere la tensione che c'è spesso tra noi due.»

Lei taceva, non sapeva proprio cosa rispondere.

«Dottoressa, i nostri rapporti sono stati difficili; io mi rendo conto che sono stato antipatico, mi difendo, un po' come lei. Il nostro è un mestiere ruvido, talvolta tagliamo la realtà con il coltello e le sfumature facciamo fatica a comprenderle. I rapporti umani invece sono complessi, ma si può ripartire da zero» disse Bellomo con voce amichevole. «So essere meglio di come appaio. Che dice, me la offre una possibilità?»

«Le cose non sono come sembrano, signor questore, anch'io ho le mie colpe...» Marò stava aprendo uno spiraglio e l'altro ci si infilò subito.

«Questa sera alle sette a Palazzo Butera? Prendiamo un aperitivo, c'è un nuovo bar, e prenoto la visita guidata all'edificio.»

Esitò prima di rispondere. Non era abituata alle galanterie, sua madre l'aveva sempre maltrattata e il padre era stato un uomo affettuoso ma distratto. La sua storia con Sasà era iniziata con uno schiaffone, le premure non sapeva gestirle. Ma la vicenda della pasticciera doveva pur insegnarle qualcosa. L'amore poteva essere gentilezza, attenzione, cura. «Va bene, questore, alle sette.»

Chiuse il telefono, forse avrebbe dovuto chiamare la madre e farle gli auguri per l'anno nuovo; meglio lasciare uno spiraglio, pensò; d'altra parte non era da lei chiudere le relazioni in via definitiva. "Dopo" si ripromise. Salutò il gatto, lo gratificò di una serie di grattini dietro le orecchie, quello oscillò la coda e riprese la via dei tetti.

Rientrò in casa, si vestì con una vecchia tuta, le stava bene e non stringeva. Calzò le scarpe da ginnastica, il regalo di Natale di sua sorella, e se ne andò a correre.

La città le venne incontro bella e altera, era nella sua natura, che solo con la luce forte si riusciva a cogliere. Il centro deserto profumava di promesse. A porta Felice il mare le si parò calmo e pacifico. Il movimento dell'acqua, lento e costante, sembrava il sorriso di un vecchio amico. Un'altra vita era possibile, considerò, e non era solo la password del cellulare di Saveria, ma una speranza.

Glossario

Abbanniare, urlare

Abbufficato, gonfio

Acchianare, salire

Accura, attenzione

Addingare, avvicinare, dare confidenza

Aggigghiare, gelare (anche germogliare, legato al fatto che il seme germoglia d'inverno, mette radici sotto la neve)

A levapilu, a rotta di collo

A matula, a vanvera

Ammataffato, colloso, scotto

Ammucciare, nascondere

Ammuinu, confusione

Annacare, cullare. *Annacarsi*, sculettare

Anticchia, un po'

Arricamparsi, tornare (in origine: tornare dai campi)

Arriminato, ripassato

Arrinesciri, riuscire

Arrisagghiare, sobbalzare

A tinchitè, in abbondanza

A trasi e nesci, un discorso a trasi e nesci, un discorso superficiale, privo di informazioni essenziali

Attasso, sfortuna

Avà, dai

Babbiare, scherzare

Balata, lastra che ricopre le strade

Cafuddare all'urbina, picchiare alla cieca

Chianciulino, piagnone

Chiummo, peso

Ciuciulio, mormorio

Cugghiunare, prendere in giro

Cugghiunuto, persona "con gli attributi"

Cunuttarsi, consolarsi

Curtigghio, pettegolezzo da cortile

Cusà, chissà

Dare nel fituso, diventare cattivo

Fidarsela, essere capaci

Firriare, rigirare

Fissa, fesso, scemo o anche vulva

Fissiare, perdere tempo

Gruppa, grumi, nodi

Impinciarisi (o anche *impinciari*), impigliarsi, inciampare

Incuponarsi, intabarrarsi, coprirsi bene

Lastricu, fondo stradale

Malucumminato, malcombinato

Mpettare, affrontare

Mussiare, fare smorfie di disappunto

Nciuria, insulto, soprannome offensivo

Ncrucchiuluto, accartocciato

Nicu, piccolo

Non poterci pace, non farsene una ragione

Nturciunato, complicato (annodato, attorcigliato)

Nutricu, neonato

Nzà mà, non si sa mai

Nzirtare, indovinare

Pacchione, grassottello

Parrapicca, riserbo, il parlar poco

Picca, poco

Pigghiarsela in criminale, prendersela a male

Pirigghio, pericolo

Quantu junci, poco ci manca

Ripriso, trattenuto

Sarbaggiu, selvaggio

Scantarsi, spaventarsi

Scantulinu, pauroso

Scecco, asino

Sciarriarsi (con qualcuno), litigare

Scinnuta, discesa

Sconcichiare, prendere in giro

Sconzajoco, guastafeste

Scucivolo, duro, asociale

Scunchiuduto, emaciato

Sfurniciarisi, arrovellarsi

Siddiarisi, seccarsi

Sodisfiziato, esasperato

Sperciare, avere voglia, avere intenzione di (letteralmente: bucare)

Spiciuso, speciale

Spirtusari, bucare

Squagghiare, o *squagghiarisi,* sciogliere o sciogliersi

Stenniture, rudimentale stendino per i panni

Strammiare, dare i numeri

Struruso, dispettoso

Stujari u mussu, mettere la parola "fine" (asciugare le labbra, come a fine pasto)

Stutare, spegnere

Susirisi, alzarsi

Taddarita, nottola

Tinto, cattivo

Trippu, voglia di giocare

Turilla, calunnia, pregiudizio. *Attaccare turilla,* insinuare, parlar male, offendere.

Unni e ghiè, ovunque

Vanedda, spiraglio

Vastaso, maleducato

Vastedda, pagnotta

Vrucculiarsi, pavoneggiarsi

Trenta e due ventotto. Calcolo assurdo. Secondo Sciascia è "l'aritmetica del cuore, della bontà, del sacrificio: per dire che così rassegnatamente si affronta una nuova sventura".

Megghiu u picca a godere ca cu l'assai a trivuliare. Meglio gioire con poco che soffrire con molto.

Mutu cu sapi u joco. Chi conosce il gioco stia zitto.

Ringraziamenti

Grazie a:

Daniele Billitteri, Stefania Blandeburgo, Ivan D'Anna, Paola Di Simone, Barbara Gatti, Maria Paola Romeo, Marilena Rossi.

Le ricette alle pagine 9, 13-14, 113, 215-216 sono tratte da: *Profumi di Sicilia. Il libro della cucina siciliana*, di Giuseppe Coria, Vito Cavallotto Editore.

Indice

Mondadori Libri S.p.A.

Questo volume è stato stampato
presso ELCOGRAF S.p.A.
Stabilimento - Cles (TN)

Stampato in Italia - Printed in Italy